黑蜥蜴

[日] 江户川乱步 / 著

凌文桦 / 译

民主与建设出版社

·北京·

© 民主与建设出版社，2022

图书在版编目（CIP）数据

黑蜥蜴 / （日）江户川乱步著；凌文桦译. --北京：
民主与建设出版社，2022.8

ISBN 978-7-5139-3908-9

Ⅰ.①黑…　Ⅱ.①江…　②凌…　Ⅲ.①推理小说－小
说集－日本－现代　Ⅳ.①I313.45

中国版本图书馆CIP数据核字（2022）第129304号

黑蜥蜴
HEI XIYI

著　　者	［日］江户川乱步	
译　　者	凌文桦	
责任编辑	彭　现	
封面设计	尚上文化	
出版发行	民主与建设出版社有限责任公司	
电　　话	（010）59417747　59419778	
社　　址	北京市海淀区西三环中路10号望海楼E座7层	
邮　　编	100142	
印　　刷	三河市骏杰印刷有限公司	
版　　次	2022年8月第1版	
印　　次	2022年10月第1次印刷	
开　　本	880毫米×1230毫米　1/32	
印　　张	9	
字　　数	225千字	
书　　号	ISBN 978-7-5139-3908-9	
定　　价	49.80元	

注：如有印、装质量问题，请与出版社联系。

目录

CONTENTS

黑蜥蜴

暗黑街的女王

据说在这个国家，曾发生过这么一件事，某个平安夜的晚上，上千只的火鸡被活生生地勒死了。

G街可是京城最大的繁华地带，在这儿无数明灭闪烁的霓虹灯，犹如架在暗夜苍穹的绚烂彩虹，将来往的行人们照耀得五光十色。

可每每到了午夜十一点，G街这一带就变得冷冷清清起来，几乎看不到一个人，对于喜欢夜生活的人来说，这着实有些败兴，但是作为京城最具代表性的街道，入夜后就人迹罕见的街道场景倒也符合京城的拘谨作风。而与G街相邻的暗黑街则是一副截然不同的光景，入夜后它开始变得热闹起来，直至凌晨两三点。那些沉浸在声色犬马与享乐中的男男女女，在窗户紧闭、光线暗沉的屋内摇曳生姿，喧闹不已。

就如前文所说那般，在某个平安夜凌晨一点左右，暗黑街某栋从外头看过去就像是闲置房屋一般漆黑一片的高楼大厦里，正举行着一场空前绝后、超级奢华的狂欢派对。此时，派对已经进行到了最高潮部分，每个人都像是打了鸡血似的，异常亢奋。

在夜总会宽敞的舞池中，几十名男男女女有的举杯喝彩，还有的戴着尖尖的、五颜六色的帽子，不停地扭动着身体，更有甚者扮成大猩猩的样子追逐逃跑的少女。有的哭喊，有的发怒，头上五颜六色的纸片如雪花般纷飞，彩带如瀑布般飞泻而下，无数蓝色、红色的气球在缭绕的烟雾中漫无目的地飞舞着。

"嘿！我是黑天使，称呼我'黑天使'即可。"

"黑天使大驾光临了！"

"太棒了，女王陛下万岁！"

醉鬼们含混不清地嚷嚷着，紧接着响起了一阵雷鸣般的掌声。

一名妇人迈着轻盈的步伐，穿过自动让出一条路的人墙，来到大厅的正中央。她身着漆黑的晚礼服，戴着漆黑的帽子和手套，腿上裹着漆黑的丝袜，脚上穿着漆黑的鞋子。全身被黑色包裹的她，美目流盼的面容仿佛盛开的红蔷薇一般，透着一抹微醉的潮红。

"各位来宾，晚上好。我虽然已经醉了，但是，让我们继续喝、继续跳舞吧！"

这位美丽的女士高举起右手，不断地挥舞着，语气欢快地喊道：

"让我们继续喝、继续跳吧！黑天使万岁！"

"喂，服务生，拿香槟来，香槟！"

过了一会儿，响起了一阵"砰，砰"的声音，软木子弹贯穿了五颜六色的气球后继续向上空升起。所有人纷纷举杯示意，大厅内到处都是清脆的碰杯声。接下来，人们不约而同地欢呼着：

"太棒了，黑天使！"

黑街女王到底是何身份？为何她能够如此受到人们的追捧？虽然没有人知晓她的来历，但是她具有无与伦比的魅力。她拥有美丽的容貌、高雅的举止、雍容华贵的气质、无数的珠宝首饰等，无论哪一种，都能够使她匹配"女王"这一称号。她是一名性感的表演家。

"黑天使，请为我们跳一段你拿手的宝石舞蹈吧！"

虽然找不到声音的出处，但这个请求得到了众人一致赞同，并伴随着阵阵的掌声与欢呼声。

角落里的乐队开始演奏，撩人的萨克斯乐曲在众人的耳中显得格外色情。

此刻的黑天使摇身一变成了白天使，站在舞台中央跳起了宝石舞蹈。人们像众星捧月般围在她的周围，她那美艳的身体上，除了两条美丽的项链、奢华的翡翠耳坠、左右手分别戴着镶嵌了无数钻石的手镯和三枚戒指，几乎一丝不挂。

现在的她，只是一团散发着性感光芒的粉红色躯体。她动作娴熟地抖动着肩，并不时地抬起腿，跳着只有在埃及的王宫才能欣赏的妖艳舞蹈。

"喂，快看！黑蜥蜴开始爬了，真迷人啊！"

"嗯，是啊，那只小虫子活灵活现呢！"

一身燕尾服装扮的青年开始与身旁的人交头接耳。

这位美妇的左臂上有一只漆黑的蜥蜴，跟着她的肢体韵律一同摇摆起来，但它的脚上却像长了吸盘一样牢牢吸附在皮肤上，仿佛下一秒它就会从女人的肩上爬到脖子上，再从脖子爬到下巴上，最终停留在娇嫩欲滴的朱唇上。然而它却安分地待在一侧的胳膊上，不时地蠕动着。原来它只不过是栩栩如生的蜥蜴文身。

这种香艳过度的舞蹈仅仅持续了四五分钟，一曲过后，激动不已的绅士们一拥而上，嘴里含混不清地叫喊着什么，然后突然高举起美艳的裸女，就像在祭典中抬起神舆的轿夫们一样，一面激情地放声吆喝着，一面在大厅里转来转去。

"好冷啊，赶快把我带到浴室去。"

抬着神舆的轿夫们领旨之后，便抬着她出了走廊，前往特别为她准备的浴室。

这名美艳妇人的宝石舞蹈为黑街的圣诞夜画上了一个圆满的句号。狂欢结束后，众人带着各自的伴侣，或前往酒店，或返回家中，三三两两地离去了。

狂欢过后的舞厅一片狼藉，彩色纸片及彩带散落得满地都是，整个会场凌乱得像船离港后的码头一样。泄了气的气球三三两两地贴在天花板上，一片狂欢过后的空虚景象。

舞台下的一个空旷房间中，一名像被人揉成一团随意丢弃的垃圾一般的青年，失落地独自蜷缩在角落的椅子上。他身着一件色彩张扬的外套，脖子上系着一条红色的领带。他有着拳击选手一样扁平的鼻子和强健的体魄，气质有些不太讨喜。可是他的神情却与外表截然不同，垂头丧气、失魂落魄，看上去非常落魄。

"我都急成这样了，她到底在磨蹭什么呢？在这种争分夺秒的关键时刻，可能警察下一刻就破门而入了，真是急死人了！"

他颤抖着直起身子，用手指梳了梳凌乱的头发。

这时，一名穿着制服的男服务生踏过一堆彩带，将一杯倒得满满的威士忌送到了青年的手里。他接过酒不满地嘟囔着："这也太慢了吧。"说完一口气喝光，然后马上要求再来一杯。

"阿润，实在抱歉，让你久等了。"这名青年苦苦等待的黑天使终于出现了。

"那些讨厌的公子哥一直围着我，我好不容易才脱身的。好了，跟我说说你毕生的心愿吧。"妇人换了一副严肃的神情，坐到前方的椅子上。

"这里不行。"被称作阿润的青年依然板着脸，声音低沉地回答。

"怕被人听见？"

"嗯。"

"是跟犯罪有关的？"

"嗯。"

"你把谁打伤了？"

"不是，要是有这么简单那就好了。"

黑衣女很识趣地没有继续追问，而是站了起来，说道：

"那么到外面去说吧。除了地铁施工的工人，G街平时是不会有人去的。我们到那里去吧，边走边聊。"

"好。"

这对极为不般配的一对——丑陋的红领带青年与美丽的黑天使，肩并肩地离开了这幢建筑物。

深夜的大街上一片死寂，只有街上的路灯醒目地映照着冷清的柏油马路。在这寂静的夜里，两人的足音形成一段独特的节奏。

"这么失魂落魄，你到底犯了什么事儿？这不像你的风格啊。"黑衣女率先开了口。

"我杀人了。"阿润不敢抬起头，盯着自己的脚尖儿低声坦白道。

"真的吗？你杀谁了？"

这样的重磅炸弹竟然没有在黑衣女的内心激起一丝波澜。

"是我的情敌，那个浑蛋北岛，还有筱子那贱人。"

"天啊，你到底还是……你在哪儿杀的？"

"在那对狗男女的公寓。我把他们的尸体塞进壁橱里了，到了明天早晨肯定会露馅的。我们三个人的那点破事人尽皆知，公寓管理员、邻居什么的都知道只有我今晚到过他俩的住处，万一被警察抓到，我就完了……我不想坐牢啊！"

"那你想逃走吗？"

"是的……夫人，你经常说我是你的恩人，没错吧。"

"是啊，你以前救过我，从那以后，我就十分欣赏你的身手。"

"那么，现在请你回报我吧，我想向你借一千元充作路费。"

"一千元只是个小数目，当然没问题。可是你以为自己逃得掉吗？不行的。在横滨或神户的码头你就会掉进警察的陷阱，被捕是早晚的事。危急时刻，你仓皇逃亡是最愚蠢的举动。"

黑衣女的言语中，仿佛对这种事情见怪不怪。

"那我该怎么办，难道继续躲在东京吗？"

"是啊，我觉得这样较好。可是这也不是长久之计，要是能有更稳妥的法子就好了……"

黑衣女停下了脚步，陷入了沉思。过了一会儿，她突然开口道：

"阿润，你住的公寓是在五楼吧？"

"嗯，怎么了？"青年显得有些不耐烦。

"啊！那就好办了。"这位美妇的声音提高了，"我想到了一个万全之策，阿润，神还是站在你这边的。"

"是什么办法？快告诉我！"

黑天使的唇边扬起一抹神秘的冷笑，她盯着眼前这张苍白的面孔，一字一句地说道：

"你必须死，你要让世人知道，雨宫润一已经不在这个世上了。"

"什么？你说什么？"

这个青年惊讶得合不拢嘴，他呆呆地望着面前这位妖艳的黑街女王。

地狱风景

雨宫润一按照约定来到了京桥的桥头，焦急地等待着黑衣女的到来。这时一辆小汽车停在他的前面，一名身着黑西装、头戴鸭舌帽的年轻司机从车窗内招手示意。

"我不需要车。"

把这种豪华轿车当作出租车实在是太过可惜。不过润一没有多想，直接挥手示意司机离去。

"是我啊，认不出来了吗？快上车。"这名年轻司机竟然是名女子。

"哦，原来是夫人啊。没想到你会开车？"

润一大为惊讶。这位以宝石艳舞而闻名的黑天使，竟在短短十分钟内变成一位身着西装的男子，还开着豪华轿车过来。两人相识已有一年多光景，他仍然搞不清这名黑衣女的底细。

"怎么了，难道我就不能会开车吗？别摆出一副呆呆的表情傻站着了，赶快上车。现在已经两点半了，再磨蹭下去天可就要亮了哦。"

一脸震惊的润一乖乖地上了车，坐在后排的座位上。在这空荡荡的马路上，轿车立刻像离了弦的箭一般疾驰而去。

"这个大袋子是做什么用的？"

润一突然间看到座位上叠着一个大大的麻袋，于是探头向驾驶位上的女士问道。

"这个袋子就是你的救星哦。"美丽的司机回过头来回答道。

"我不明白你的意思。我们到底要去哪儿？我现在心里有些发慌啊。"

"G 街的英雄怎么能说丧气话呢？刚才不是答应过我，不该问的事情不要问。难道你不相信我？"

"不，我不是这个意思。"

此后无论润一如何套话，黑衣女都不再回答，专心致志地望着前方的道路。

车子在 U 公园的大水池附近绕了一圈，然后驶上坡道，停在一处只见长长的围墙且异常荒凉的地方。

"阿润，你带了手套吧？把外套脱掉，戴上手套，然后把上衣的纽扣全部扣紧，帽檐尽量压低一些。"

这名男装丽人下达指令之后，马上将车头、车尾及车内的灯全部关掉。

这一带没有路灯，一片漆黑。发动机停止后，轿车完全隐藏在黑暗之中。

"好了，拿着那个袋子下车，然后跟上我。"

润一按照她的指示下了车，这位身着黑色西装并将衣领高高立起、打扮成西方盗贼般模样的黑衣女随即握住他的手，带着他走进了附近一扇开启着的门。

二人在密不透光的参天巨树下穿行，又穿过了一片宽阔的空地和一幢不知名的、狭长的西式建筑。途中只有零星如萤火般微弱的路灯，前方仍是无止境的黑暗。

"夫人，这里不是 T 大的校园吗？"

"小声点，不许说话。"

黑衣女狠狠地捏了一下他的手，警告他不许声张。现在的季节虽然寒冷，但紧贴在一起的掌心即便隔着两层手套，也还是渗出了些许汗水。但是身负杀人重罪的雨宫润一此刻根本感受不到一丝浪漫的气息。

在无尽的黑暗之中穿行，两三个小时前那惊心动魄的一幕不时在润一的脑海中浮现。曾经的恋人筱子那纤细的脖颈被润一死死掐住，他不停地收紧力道，筱子的舌头开始从齿间挤出，嘴角不停地渗出血水，像青蛙一样大大的、突起的眼睛无神地盯着润一，临死前绝望的呻吟和颤抖着伸向虚空的五指……这些片段不时在他脑海中闪现，就像一道巨大的阴影笼罩着他，使他喘不过气来。

又走了好久，前方宽阔的空地中央出现了一幢红砖砌成的西式平房，外围的木板围墙已经坍塌了一半。

"就是这里。"

黑衣女一边低声说着，一边在木门上摸索着，大概是她有这里的钥匙，只听见咔嚓咔嚓的微响过后，门就被打开了。

他们越过围墙进到院内后，黑衣女立刻关上木门，并打开了事先准备好的手电筒。借着微弱的光芒，二人开始向建筑物的内部走去。地面上满是枯草和枯叶，这种气氛与游乐场里的鬼屋别无二致。

他们踏上三级石阶，来到了门廊的前方，旁边扶手上的白漆斑驳剥落。他们在坑坑洼洼的灰泥地面上走了五六步后，看到了一道古朴庄重的、紧闭着的大门。

黑衣女又取出一副钥匙，一连打开了两道门，来到了一个空荡荡的房间内。一进到这里就仿佛进了外科医院一般，一股刺鼻的消毒药水味中又掺杂着一种说不出的酸甜气味。

"我们到了哦，阿润。待会儿不管看到什么都不可以出声哦。这幢房子里虽然不会有人，可是外面不时会有巡逻的人经过。"黑衣女的声音虽然轻柔，但也令他感到一丝恐惧。

润一整个人被不可名状的恐惧感所支配，他动弹不得，只能僵在原地。这幢用红砖砌成的鬼地方到底是做什么的？那刺鼻的异臭又是怎么回事？还有这一说话就能够听到回音的空旷空间，到底隐藏着什么秘密？

四周又重新变成了伸手不见五指的漆黑。北岛和筱子临死前那扭曲得令人作呕的恐怖模样，交错重叠地浮现在他的眼前。我该不会是被他们二人化成的厉鬼给引到这里，马上就要去见阎王了吧？润一陷入了前所未有的恐惧与不安之中，全身不停地冒着冷汗。

黑衣女手中的手电筒光圈缓缓地在地面上移动着，仿佛正在搜寻着什么。

手电筒的光圈掠过一块块裸露在外的、十分粗糙的木纹地板，过了一会儿，光圈停留在一个老旧而结实的桌子上。这是一张又大又长的桌子。天啊，上面是人，是人类的腿。竟然还有人睡在这间房子里？

可是，这却是两条又干又枯的老人的腿。令人不解的是，他的足踝处竟然还用绳子绑着一块木牌。

等等，现在这种季节，这位老人却赤裸着身体躺在那里睡觉。

光圈缓缓地从老人的大腿处移到腹部，又从腹部移到瘦骨嶙峋的胸口，接下来又从干瘪的脖颈处移至张开得极度夸张的嘴。黑洞洞的口中的牙齿清晰可见，而眼球却像磨砂玻璃一般毫无光泽……原来这是一具尸体。

润一脑海中的幻象一下子与光圈内的物体重叠在一起，惊得他头皮发麻。不久前才犯下杀人重罪的润一惊慌失措，他已经完全丧失了思考能力，甚至分不清此时是梦境还是现实，又或者是自己的精神已经开始错乱。

然而，当手电筒的光芒映照出另一番场景的时候，润一已经完全忘记了黑衣女之前的警告，吓得惊声尖叫起来。

眼前的一个面积约三平方米的大水槽中，杂乱地堆满了男女老少赤裸裸的尸体。这是一幅只有在地狱中才会见到的恐怖景象。

众多的尸体被胡乱地堆放在血水池中，润一不禁开始胡思乱想：这真的是现实世界吗？我是不是下到地狱了？

"阿润，你怎么这么胆小？这里是实习用的遗体存放室，每所医学院都有的。没什么可大惊小怪的啊。"

黑衣女轻蔑地笑了笑，语气中带着揶揄。

原来如此，我们现在是在大学校园里啊。可是，为什么一定要来这么阴森的地方不可呢？就连身为小混混的润一，也不得不对这位美丽的同伴所做出的惊人之举瞠目结舌。

手电筒的光圈在尸体堆成的小山上划过一圈之后，停在了被堆放在最上层的一具年轻人的尸体上。

在光圈的映照下，这具年轻的尸体就像一张诡异的幻灯片，裸露着黄色的肌肤，一动不动地躺在那里。

"就是他了。"

黑衣女手中的手电筒的光圈固定在那具年轻的尸体上。

"这个年轻人是 K 精神病院的患者，昨天才刚去世的呢。K 精神病院与 T 大学签了协议，一旦有去世的患者，立刻会将他们的遗体运到这里来。遗体存放室的工作人员是我的朋友……其实，算是我的小弟吧，所以我才会知道有这样一具年轻的遗体被运到这里来了。好了，这具尸体怎么样？"

"什么怎么样？"

润一已经成了惊弓之鸟。这个女人葫芦里究竟卖的是什么药？

"除了长相，他的身高和体形不都和你差不多吗？"

润一闻言仔细一打量，不论年龄与体形，确实都与自己相仿。

"明白了，原来是要用这家伙当作我的替身啊。话说回来，这个女人一派贵妇派头，没想到竟然如此胆大包天。"润一心里这么想道。

"这下明白了吧，我的智慧是不是好像魔法一样？如果想让一个大活人从这个世界上消失，不使用魔法是做不到的啊。快把麻袋拿出来吧，虽然有点恶心，不过我们得一起把这家伙装进袋子里，然后搬到车上去。"

可是对现在的润一来说，比起眼前的尸体，更令他感到恐惧的反而是帮了他大忙的黑衣女。这女人到底是什么来头？就算这是一种有钱有闲的贵妇常玩的变态游戏，整个计划未免太过周密了。而且她竟然说这间遗体存放室的管理员是她的小弟，在这种地方都能有所谓的

"小弟"，那么她一定是一名不得了的大人物。

"阿润，别愣着了，赶快把麻袋拿过来。"

黑暗中，她的语气显得有些不耐烦。可是润一此刻内心正被一种强大的恐惧感所支配，他的心脏几乎停止了跳动，犹如一只在猫面前无路可逃的老鼠，只能机械般地听从黑衣女的命令。

酒店的客人

京都最为豪华的 K 酒店，在这天晚上也举办了一场国内外名流云集的盛大舞会。凌晨五点左右，通宵狂欢的宾客们几乎都已经离去，门童们也开始打起了瞌睡。这时，一辆汽车缓缓地停在旋转门的前面。

是绿川夫人回来了。

门童们都对这位既阔绰又美貌的客人倾慕不已，一看到绿川夫人回来，便争先恐后地拥向车门。

身穿皮草大衣的绿川夫人下车后，一名男伴在她的后面也下了车。这名男子大概四十岁，留着高高翘起的八字须及浓密的络腮胡子，戴着大大的玳瑁框眼镜，厚厚的皮草大衣下面露出条纹长裤，从气质上看倒像是一位政治家。

"这位是我的朋友。我隔壁的房间还空着吧？请立刻叫人打扫一下，这位客人要马上入住。"

绿川夫人向站在柜台后面的大堂经理吩咐道。

"好的，我们马上准备。请二位稍等。"大堂经理态度恭敬地回答着，紧接着吩咐服务生立刻安排。

留着络腮胡子的客人一言不发地在翻开的登记本上签下了自己的名字：山川健作。之后紧跟在绿川夫人的身后向正面的走廊走去。

房间打扫好之后，二人各自进房梳洗。接着，男子来到了绿川夫人的房中。

脱下外套、仅着一条长裤的山川健作先生不停地搓揉着双手，像孩子一样瓮声瓮气地嘟囔起来，与之前那严肃的表情显得极为不协调。

"天啊，真让人受不了，手上的味道到现在都洗不干净。夫人，我发誓我从未做过那么残忍的事啊！"

"呵呵呵，你不是已经杀了两个人吗。"

"小点声，万一被走廊上的人听见了怎么办啊？"

"没事的，声音这么小，外面的人怎么会听得见呢？"

"啊，一回想起来我全身都起鸡皮疙瘩。"山川先生浑身发抖，"刚才在我的公寓里用铁棒砸烂那具尸体的面容时，我感觉我的手都不是自己的了。把那家伙推到电梯底坑下面时，那一声闷响把我的心都要砸碎了……"

"你怕什么，已经过去的事情就不要再去想了。从那一刻起，雨宫润一就已经死了，现在站在这里的，是一名叫作山川健作的学者。你可别露馅了啊！"

"可是，真的没事吗？大学的遗体存放室里少了一具遗体，校方难道不会发现吗？"

"你以为我会想不到这一层吗？之前我不是说过吗，那里的管理员是我的小弟，是绝不会出现纰漏的。而且现在学校正在放假，既没有老师也没有学生，其他的工作人员也不可能记得住每具尸体的样子，只要管理员在登记簿上动点手脚，那堆积如山的遗体中就算少了一具，谁都不可能注意的。"

"这么说，得赶快把今晚的事情通知那个管理员才好。"

"我知道，天亮之后再打电话吧。阿润，现在我有事想跟你谈，你坐到这儿来。"

绿川夫人穿着华丽的友禅印花布做成的长袖和服睡袍，在床上坐了下来。她指了指一旁的空位，示意已经成为山川的润一坐到自己身边。

"我能摘下这令人难受的假胡子和眼镜吗？"

"可以啊，门已经锁上了，你放心拿下来就好。"

接下来，两人肩并肩地坐在床上交谈起来，仿佛一对情侣一般。

"阿润，你现在已经是个死人了。你知道这意味着什么吗？你的新生命是我赋予的，所以无论我让你做什么，你都必须服从。"

"那如果我不服从呢？"

"那我只能杀了你。我的魔法有多么可怕，相信你已经见识过了。而且，山川健作不过是我一手制作出来的一个木偶，他在这个世界上是不存在的。即便有一天突然消失，也不会有任何人注意到，甚至连警方也束手无策。所以从今天起，你这个有着一身好功夫的木偶就归我所有了。你知道木偶是什么吗？木偶即奴隶，是奴隶哦。"

润一早已被眼前的魔女迷得神魂颠倒，即便是威胁，也没有给他带来丝毫不快，甚至还产生出一种被支配的归属感。

"好的，我甘愿成为女王的奴隶，无论多么肮脏的工作我都不会推辞。我甚至可以亲吻你的鞋底，只求你不要抛弃我，抛弃我这个由你赋予了新生命的孩子。"

他将双手放在绿川夫人的膝上，一面撒娇，声音里还带着哭腔。黑衣女温柔地微笑着，抱着润一宽阔的肩膀，像母亲照顾孩子一样，轻轻地拍着他的肩膀。她感到热泪掉落在自己的膝上，打湿了友禅印花的睡衣。

"哈哈哈，怎么了这是，我们怎么突然变得伤感起来了？好了，我还有更重要的事要说给你听呢。"

夫人松开了手："你知道我是干什么的吗？我想你应该是一无所知的。"

"你是什么人都无所谓，是女盗贼也好，是杀人犯也好，这并不影响我永远成为你的奴隶。"

"呵呵，你猜对了哦。没错，我是一名女盗贼，而且我或许也杀过人。"

"什么？你真的杀过人？"

"呵呵，你果然吓了一跳吧。不过现在你的命运已经掌握在我手里，所以也不怕你知道了。你该不会想着逃走吧？"

"我已经是你的奴隶了。"

润一紧紧抓着她的膝盖，郑重地宣誓。

"嗯，你这样说我就放心了。从今天起你就是我的小弟了，你可要好好地为我卖命哦。对了，你知道我为什么会住进这家酒店吗？四五天前，我就以绿川夫人的名义订下了这个房间，因为我盯上的目标现在也住在这里。那可是头大肥羊，我一个人还真的有些力不从心。正好你及时出现了，有了你这位得力助手，我的心里总算踏实些了。"

"那个人是一个富翁吗？"

"是啊，虽然是一个富翁，但钱财不是我的目的。我的心愿是将世上所有美丽的事物都据为己有，比如珠宝、艺术品、美丽的少女等。"

"啊？连人也要收集吗？"

"是啊，美丽的人类是最棒的艺术品。住在这家酒店的那个目标是一位千金小姐，跟着父亲从大阪来的。"

"那么，你打算绑架她吗？"

润一实在跟不上黑衣女的思维，只能直接向她询问。

"是啊。不过并不是普通的绑架哦，我要用那女孩和她的父亲做个交易，让他用珍藏的日本最大最美的钻石来交换。她的父亲可是大阪有名的宝石商人哦。"

"该不会是岩濑商行吧？"

"没想到你还知道岩濑商行啊。是啊，那位岩濑庄兵卫先生就住在这家酒店。可是他雇了私人侦探明智小五郎，这点让我有些头疼。"

"哦，是明智小五郎啊。"

"是个很难缠的对手哦。好在明智那个讨厌的家伙对我的事情一无所知。"

"他为什么要雇用私家侦探呢？难道他知道此行会出问题？"

"是我故意让他察觉的。阿润，我不喜欢偷袭这种下三烂的手段，所以从不在没有发出预告的情况下行窃。我喜欢事先通知对方，让他做好万全的准备，这样的较量才有意思呀。比起单纯地盗走宝物来，我更享受与对方较量的过程。"

"那么，这次也发出预告了吧？"

"是啊，他们还在大阪的时候我就发出过预告了。啊，我突然开始兴奋起来了，对方可是大名鼎鼎的明智小五郎哦，也算是棋逢对手了。能够与他一较高下，真是一件令人愉快的事情。我说阿润，你不觉得这是一件很美妙的事情吗？"

她时而紧紧握住润一的手，时而又放开，时而又像发了疯似的胡乱挥舞着。

女魔法师

一夜之间，润一就已经彻底适应了山川健作这个身份。第二天洗漱完毕后，玳瑁框眼镜和假胡子都不露一丝破绽，他竟摇身一变成了一名医学博士。

润一在餐厅与绿川夫人相对而坐，一边喝着麦片一边聊着天，言行举止毫无破绽。

用餐结束后他刚一回到房间，等在那里的服务生就立刻上前询问：

"老师，您的行李送到了，现在给您送进来吗？"

润一虽然第一次被人尊称为老师，但他尽力装作从容的样子，并压低嗓音沉着地回应：

"嗯，送进来吧。"

昨晚他已经从绿川夫人那里得知今早会有一只大箱子送到"山川健作"这里。

过了一会儿，服务生和搬运工一前一后地抬着那个巨大的木箱子进来了。

"你的演技还真不错，我想就算明智小五郎来了恐怕也看不破你的伪装。"

服务生离开后，隔壁的绿川夫人立刻来到润一的房间，顺便夸赞了一下新弟子的本领。

"嗯，我的能力还是不错的吧……说起来，这么大的箱子究竟要做什么用呢？"

这位山川先生还不知道箱子是用来做什么的。

"钥匙在这儿，打开看看吧。"

蓄着络腮胡须的山川先生接过钥匙，仍然保持着一副疑惑的表情。

"是不是我的随身衣物什么的？山川健作博士这种身份的人，除了这身行头什么都没有，这总是不太合适的。"

"呵呵，可能哦。"

山川先生转动钥匙打开了盖子，只见箱子里塞满了用粗厚的破布包裹着的不明物体。

"这些都是什么呀？"

里面的东西出人意料，山川一面小声嘀咕着，一面小心翼翼地打开其中一个布包。

"原来是石块啊，还特意捂得严严实实的。其他的布包里面也全都是石块吗？"

"是啊，很抱歉不是随身衣物，这些全是石块，因为必须要增加箱子的重量。"

"增加箱子的重量？"

"是啊，这些石头加起来刚好是一个人的重量。往箱子里塞石头好像并不高明，但是你记住，这样一来就不必大费周章善后了。石头只要扔到窗外即可，破布可以塞进床垫或榻榻米的下面，就可以一下子将箱子清空，而且不留下半点蛛丝马迹。这一招正是发动魔法的诀窍哦。"

"原来如此！不过，清空后的箱子里打算装些什么呢？"

"呵呵，即便是天胜老师[1]，装在箱子里的东西不也就那几样吗？

---

①松旭斋天胜(1886 年 5 月 21 日至 1944 年 11 月 11 日)是明治时期日本著名的女魔术师。天胜本名中井胜，1895 年加入了本名服部松旭的松旭斋天一所创立的松旭斋魔术团，并改名为松旭斋天胜。

好了，先把这些石块处理掉吧。"

二人的房间正好在酒店最里面的走廊边上，窗外就是一处四下无人的、狭小的庭院，遍地都是大块的沙砾，正是处理石块的绝佳场所。二人迅速扔掉箱子里的石头，并将破布一并处理掉。

"这下箱子彻底清空了，下面我就要揭晓魔法箱子的用途了。"

绿川夫人兴致勃勃地望着满面诧异的润一，然后迅速锁好门，又放下了百叶窗，确定从窗外无法窥视后，开始动手脱下黑色的礼服。

"夫人，你想干什么？该不会大白天就要跳那个宝石舞吧？"

"呵呵呵，吓了你一跳吧？"

夫人欢快地笑了起来，却丝毫没有停手的意思，将包裹在身上的衣物尽数褪去。此时她的怪毛病——裸露癖又发作了。

即便身经百战的不良青年，看着面前站着一位赤身裸体的美女，也不由得满面通红、坐立不安。面前的女人身材完美，肌肤散发着迷人的粉红光泽，摆出的姿势也相当大胆，令人意乱情迷。

润一想尽力移开自己的视线，却总是不由自主地瞟了过去，一不小心迎上夫人的双眸，使他愈发面红耳赤。女王在奴隶的面前无论摆出什么样的姿势都从容不迫，也丝毫不会感到羞耻。这过度的刺激使这位奴隶冷汗连连，终于举手投降。

"你怎么这么扭扭捏捏的，难道没见过没穿衣服的人吗？"

她肆无忌惮地展示着自己曼妙的曲线以及躯体上深邃的阴影，紧接着跨进箱子，仿佛子宫内的婴儿一样蜷起手脚，将身体完全装进了箱内。

"现在知道了吧，这就是魔术的真相哦！如何？"

蜷缩在箱子里的黑衣女，用中性的语调问道。

她的双腿前屈，膝盖紧贴着乳房，腰部绷得很紧，臀部高高地翘起，两只手交叉地绕在脑后，头发也被弄得乱七八糟，腋下完全暴露在外。这简直是一个既畸形、浑圆而又美丽的粉红色生物。

润一扮演的山川先生开始大胆起来，忍不住趴在箱子上方弓下腰，贪婪地盯着眼前的黑衣女。

"夫人是打算扮演装在箱中的美人了？"

"哈哈，是啊。其实这个箱子的表面凿出了很多透气的小孔，即使关上盖子，里面的人也不会因为缺氧而窒息。"

说完，她便"啪"地关上箱子。瞬间升起的暖风中带着熟女身上的体香，轻轻地拍打在青年潮红的脸上。

箱子盖上后，摆在面前的不过是一个方方正正的大黑箱，根本不会有人想到里面竟然藏着一个既妖艳又丰满的裸女。因此，许多魔术师酷爱将丑陋的箱子与迷人的美女结合起来，借以制造视觉上的反差效果。

"怎么样？谁也不会怀疑箱内藏着一个大活人吧？"

夫人一面询问润一，一面将箱盖向上推，露出一条缝隙，仿佛藏在蚌壳中的维纳斯一样，露出一抹魅惑的微笑。

"嗯……夫人是打算将那个宝石商的女儿藏在这只箱子里带走吗？"

"是啊，你总算开窍了，我只不过给你做了一次示范，好让你明白我的计划而已。"

过了一会儿，绿川夫人重新穿好衣服，然后大胆地将绑架计划一五一十地告诉了润一。

"到时候由我负责将那姑娘弄到箱子里，我已经做了充分的准备，连麻醉药也准备好了。你的任务是把箱子运出去，这可是对你的第一次考验哦。"

"你需要事先叫人帮你预订车票，说你打算乘坐九点二十分的下行列车去名古屋。然后你带着箱子离开酒店，一定要让酒店的服务生帮你搬运，然后再上火车。明白了吗？你必须让所有人知道你去了名古屋，但实际上你只坐到 S 站就下车。当然，抵达 S 站时，你得以有急事需要提前下车为由，拜托列车员帮你把箱子搬下来。这事情确实有些复杂，但我相信你是可以办好的。"

"你在 S 站下车后带着箱子直接乘车返回东京，然后到 M 酒店下榻并选择最豪华的客房入住，尽量摆出一副富豪的阔绰派头，还得大摇大摆地入住哦。明天我也会离开这里，到 M 酒店跟你会合。我的计划如何？"

"这……听起来是挺周密的，但是这样去要他们真的没问题吗？让我一个人去干，多少觉得心里没底啊。"

"呵呵，你连人都敢杀，怎么现在反倒变得婆婆妈妈的。放心啦，做坏事的时候不要像见不得人似的，要做就大张旗鼓地去做，这样一来反倒是最安全的。再说，即便真的暴露了，你只要丢下箱子逃走就好了。比起杀人来，这不是一件很容易的事吗？"

"可是，夫人不能陪我一起去吗？"

"我必须得全力以赴去对付明智小五郎呀。在你抵达目的地之前，为了不使他起疑心，我必须时刻盯紧那个讨厌的侦探，这件事可比搬运箱子难度更高呢。"

"原来如此，这样一来我就放心了。不过……夫人明早一定会到 M 店跟我会合吧？万一那姑娘突然醒了过来大喊大叫或破箱而出，那我可就应付不来了。"

"没想到你还挺细心的。不过你认为我可能会出现这样的纰漏吗？我会事先把那姑娘的嘴巴堵得死死的，再将她的手脚紧紧绑住，这样一来就算安眠药的药效过了，别说是大喊大叫，就连动一下都做不到哦。"

"唉，我的脑子今天真是不清醒，说起来都是夫人刚才的表演让我停止了思考。下次可千万别再在我面前表演了，我毕竟还年轻，可受不了这样的刺激啊，到现在心脏还怦怦跳个不停呢，哈哈哈。不过，明天我们在 M 酒店会合后要怎么做呢？"

"之后的事情就是秘密了。做小弟的做事情不需要多问，只要听从主人的命令行事就好了。"

于是，围绕富家千金展开的绑架计划制订完毕。

女贼与名侦探

当晚，在酒店宽敞的大厅里，用过晚餐的客人们有的抽烟，有的闲聊，十分热闹。摆放在角落里的收音机，此刻正播报着新闻。大厅里随处可见深深地窝在椅子里、摊开晚报看得津津有味的绅士们。一群外国人围着一个圆桌，一位美国口音的女性不时发出高亢嘹亮的声音。

岩濑庄兵卫及其千金早苗的身影也出现在这些宾客之中。早苗身穿华丽的黄色条纹和服，腰间系着一条金丝编织的腰带，外面罩着橘色的外褂。大厅里本就是穿洋装的女士居多，穿着和服而且身材高挑的早苗显得格外地抢眼。除了衣着打扮，她那大阪式的温柔贤淑的气质以及白皙面庞上的无框近视眼镜，都十分引人注目。

父亲庄兵卫先生则留着半白的寸头，面色红润，没有蓄胡须。他的身材壮硕，颇具名商巨贾的气质。不过现在的他看起来简直像一个跟在大小姐身后的保镖，寸步不离地守在她的身旁，还不时留意四周的动静。

此行除了谈生意，最重要的事情是与京都某个名门望族商谈婚事。女儿早苗的婚事即将谈定，这次带着她来就是为了向亲家介绍的。没想到在出发的半个月前，庄兵卫几乎每天都会收到一封犯罪预告信，这使他感到万分苦恼。

"请注意保护令千金的安全。一个可怕的恶魔正准备将她劫走。"

内容相同但用词遣句却略有差异，而且笔迹也不同的预告信每天都会送到，随着预告信一封一封地增加，岩濑先生感到绑架的日子似乎即将来临。

起初，庄兵卫以为只是无聊之人搞出的恶作剧，因此完全没有放在心上。可是随着投递次数的增多，他终于渐渐感到不安起来，于是前去寻找警察的帮助。可是，信上并没有留下任何的蛛丝马迹，每次寄来时的邮戳也不是同一个地点，有时是大阪市内，有时又变成了京都，甚至还有从东京寄来的，警察根本无从着手。

虽然眼下的情况让他感到不安，可是庄兵卫又不想违背与名门望族之间的婚约。他只想带着早苗外出旅行，暂时离开这个到处都是恐吓信的家中。

为了防止出现意外，庄兵卫特意聘请了私人侦探明智小五郎来保护自己的掌上明珠。此前，明智曾经受托帮他解决了珠宝店的失窃案，于是他对明智十分信任。可是这位名侦探却并不情愿担任千金保镖一职，无奈庄兵卫再三恳求，他只得勉强接下这个保镖的工作，并在他们下榻期间住进他们隔壁的房间。

这位身材修长的名侦探明智小五郎穿着黑西装，坐在大厅角落的沙发上，与同样身着一袭黑色洋装的美貌妇人低声交谈着。

"夫人，您怎么会对这个案子如此感兴趣？"

侦探直视着对方的眼睛，向她询问道。

"我平时最爱看侦探小说了。岩濑家的小姐告诉我这件事情后，我便被这只有小说中才有的情节深深吸引住了。而且我竟然有幸结识大名鼎鼎的明智先生，我都感觉自己也变成了书中的人物呢。"

黑衣贵妇回答。相信各位读者已经察觉，这位黑衣贵妇不是别人，正是本书的主角——"黑蜥蜴"。

这个疯狂收集宝石的女人此前就已经以顾客的身份成功结识了岩濑。入住这家酒店并"巧遇"之后，双方更加熟络了。她凭借出色的社交手腕，不费吹灰之力便取得了早苗的信任，早苗对她甚至连自己的隐私都坦白相告。

"夫人，现实世界与小说中的世界是有区别的，我认为这次的事件，不过是一些小流氓之类的恶作剧罢了。"

这位侦探看起来毫无干劲。

"话虽如此，可是你的工作却十分地用心呢。我知道的哦，你经常在半夜里到走廊上巡逻，还向酒店的服务生打听是否有奇怪的事情发生。"

"没想到您竟然能够留意这样的小事，您的观察力真是非同一般。"

明智望着夫人美丽的侧脸，意味深长地说道。

"可是直觉告诉我，这并不是一般的恶作剧，还是不要掉以轻心才好啊。"

夫人毫不示弱地迎上了侦探的视线，话中有话地回应道。

"多谢您的忠告。不过请放心，只要有我在，一定能够确保小姐的安全。不论手段如何高明的恶贼，都逃不过我的法眼。"

"是啊，我绝对不会怀疑这一点。可是这一次我总觉得非同寻常，对方似乎不是普通人，甚至还可能拥有上天入地的魔力，恐怕会是一个非常难缠的对手啊……"

唉，天底下竟然还有这样胆大自恋的女人，竟然在名侦探明智小五郎的面前把自己捧上了天。

"哈哈哈，夫人竟然这样看重这位虚构出来的盗贼啊。那么我们打个赌怎么样？"明智半开玩笑地提议。

"哦？打赌？太荣幸了，我居然能跟名侦探打赌！我愿意赌上我这条我最珍爱的项链。"

"哈哈哈，看来夫人很有胆识。如果我失败了，而且真的让岩濑小姐……被绑架的话……我该赌些什么呢？"

"就赌你的侦探生涯吧，你如果答应了，我宁愿赌上我所有的珠宝。"

听上去倒很像有钱有闲的阔太太心血来潮时的任性想法，但实际上这位女贼的心中燃起了与名侦探一较高下的斗志。不知明智是否看破了这一点。

"有意思。如果我赌输了，就必须结束自己的侦探生涯。夫人身为女子，都能毅然地舍弃自己如性命般珍爱的珠宝，而我既然身为男子，因此放弃自己的工作也不算什么。"明智也摆出了一副舍命陪君子的架势。

"呵呵呵，那就说好了哦！我会取得胜利，让明智先生放弃侦探生涯的哦。"

"嗯，一言既出，驷马难追。我想我马上就能够拥有大量的名贵珠宝了，哈哈哈。"

就这样，这件事情由愉快的闲谈变成了紧张的竞争。正在二人敲定赌注之后，事件的当事人早苗走了过来，微笑着加入了谈话：

"二位在聊什么有趣的事呢？也说给我听听吧。"

早苗虽然露出了轻松的表情，可是却难以掩饰不安的神色。

"啊，是早苗小姐，快坐到这边来。刚才明智先生正在说，那封恐吓信肯定是谁搞出来的恶作剧，简直无聊透顶。"

绿川夫人看到早苗小姐过来，便随口安慰了她几句。

此时，岩濑先生也走了过来。四人心照不宣地当作没有恐吓信这回事，坐在一起闲话家常。四人聊了一会儿，就变成了岩濑与明智、绿川夫人与早苗各自聊上了。

分饰两角

过了一会儿，女士组站了起来，大厅里只剩下聊得热火朝天的男士组。二人散步似的从大厅摆放的座椅中穿过，除了颜色对比鲜明的黑色的丝绸礼服与橘色的外褂，二人无论身高或发型都极为相似，仅看背影的话很难分辨出她们。美女都能够很好地隐藏年龄，因此绿川夫人虽然三十有余，但还是保留着几分少女的纯情，看起来十分娇俏可人。

二人一前一后地走出了大厅，又沿着走廊向楼梯方向走去。

"早苗小姐，有时间的话到我的房间来看看吧，正好给你看看昨天说过的那个人偶。"

"哦？您带到这里来了吗？那还真想看看呢。"

"我一直都是随身带着这个人偶的呢，因为他是我可爱的奴隶哦。"

关于这位绿川夫人所说的"人偶"，早苗只是觉得"可爱的奴隶"这个形容有些古怪，并未察觉任何的不妥。不过说起"奴隶"，细心的读者一定想到了润一，即山川健作。他不就是夫人的奴隶吗？

绿川夫人的房间在楼下，岩濑父女则住在二楼。二人在楼梯口稍稍停留了一会儿，早苗决定去夫人的房间看人偶，于是直接朝走廊的方向走去。

"来，请进吧。"

到了房间门口，夫人打开了门，示意早苗进入。

"咦？是这里吗？您的房间不是二十三号吗？"

确实，门牌号码是二十四号。这里是夫人隔壁的房间，住在这里的是山川健作。

那位杀人的拳击手匆匆用过餐后，便立刻逃回自己的房间躲藏，并焦急地等待着这一刻的到来。与此同时，房间里还摆放着浸透了麻醉药的纱布、像棺材一样的大箱子，静静地等待猎物自投罗网。

早苗潜意识中感觉到了危险，她的心中渐渐涌上了一股莫名的恐惧感，她敏感地察觉到下一刻可能就会发生巨大的危险。

可是，绿川夫人却淡然自若。

"没有啊，这就是我的房间。好了，快进去吧。"

说完就搂住早苗的肩膀，不由分说地将她带入房间。

二人进了房间后，门立刻紧紧地关上，紧接着响起转锁的声音，将门从里面反锁。

与此同时，房间内还响起了沉闷而惊恐的呻吟声，好像是有人被捂住了口鼻。

片刻过后，房间内一片沉寂。又过了一会儿，里面响起了小声说话的声音、来来回回的脚步声、物品相互碰撞的声音等，足足持续了五分钟左右，里面再次安静下来。接着，再次传来了门锁转动的声音，从微微拉开一道缝隙的门中探出一张戴着眼镜的白皙面庞，悄悄地巡视着走廊。

确认走廊上空无一人后，这名女子才放心地走出房间。出乎意料的是，此人不是绿川夫人，而是原本应该被塞进箱子的早苗小姐。

不，她不是早苗。尽管发型、眼镜、和服的外褂都与早苗小姐一模一样，但定睛瞧去，仍然有所不同。她的胸部太过丰满，个子也变高了一些。最最重要的是相貌……即使在精致的妆容、发型、眼镜等高明的乔装之下，一个人的相貌是不可能完全被改变的。面前的这位不过是乔装成早苗的绿川夫人。不过能够在短短五分钟内完成如此复杂的乔装，这位自称魔术师的女盗贼果然名不虚传。

那么，可怜的早苗小姐现在何处？毫无疑问，女贼的绑架计划进展得十分顺利，早苗已被塞进那只大箱子里了。绿川夫人既然已经将早苗小姐的行头全部卸下，想必早苗小姐已经像早晨夫人所演示的那样，被剥光了衣服、堵住了嘴、捆住了手脚，蜷缩着塞在了箱子的里面。

"那么，接下来就拜托你了。"

乔装成早苗的绿川夫人一边关门，一边轻声说道。

"知道了，没问题。"一个粗犷的声音从里面传来。

是假扮成山川健作的润一。

夫人腋下夹着一个鼓鼓的包裹，一路小跑小心地避开周围的视线，并快步走上楼梯，来到了岩濑先生的房门前，偷偷向里面瞟了一眼，他果然还没有回房。此时他大概还在楼下的大厅与明智小五郎聊天呢。

这间客房里有一个摆放着沙发、扶手椅和书桌等家具的客厅，还连着一个卧室和浴室。进入客厅后，她打开桌子的抽屉，取出岩濑经常服用的卡莫司汀药盒，将里面的药丸全都倒掉并换成她带来的药片，最后关上抽屉。

这步完成后，她走进隔壁的卧室，关掉了明亮的壁灯，只留了一盏小桌灯。准备就绪后她按下了呼叫器。

过了一会儿，传来了敲门声，一名服务生走进客厅。

"请问您有什么需要？"

"我的父亲还在楼下大厅聊天，请你去提醒他赶快回房休息。"

她只将卧室的门打开一点，将自己的脸藏在阴影中，使客厅的灯光只能照射在她所穿的衣服上，并巧妙地模仿着早苗说话的语气。

服务生走后，不大一会儿就传来了急匆匆的脚步声，岩濑走了进来。

刚一走进房门，岩濑先生便轻声地斥责道：

"怎么只有你一个人？绿川夫人不是和你在一起吗？"

夫人依然躲在光线阴暗的卧室里，灯光下只露出身上所穿的和服，并且更加惟妙惟肖地模仿着早苗的语气回应：

"是啊，不过我觉得有点不舒服，就在楼梯口处与绿川夫人告别，自己先回房了。我想先睡了，父亲也早点休息吧。"

"真是的，我不是再三叮嘱过你千万不要落单吗？万一出了事情怎么办？"

父亲并未看出女儿有任何异样，自顾自地坐在客厅的安乐椅上埋怨着。

"是啊，所以我才叫人请父亲赶快回来呀。"

夫人在卧室中模仿着少女的天真语气。

这时，明智侦探也跟在岩濑先生的后面进了房。

"早苗小姐休息了吗？"

"是啊，现在正在更衣。她今天身体不太舒服。"

"那么我也回房休息吧。失陪了。"

明智离开后，岩濑先生便锁上门，然后写了一会儿信，就像平时一样取出抽屉里的卡莫司汀药剂，就着桌上水瓶里的水一口服下，这才走进卧室。

"早苗，身体好点了吗？"

岩濑先生说着，正准备走到角落的床前时，伪装成早苗的夫人立刻将毛毯拉到下颌处，扭头避开光线，背对着岩濑先生，有些不耐烦地说道：

"嗯，没事的，别管我了，我已经困了。"

"哈哈哈，你今天有点怪啊，谁惹你了吗？"

但是岩濑先生并未过多怀疑，也不想再惹得情绪不佳的女儿不开心，于是一边轻声哼着歌谣，一边换上睡衣准备睡觉。

夫人调包的安眠药效果十分强劲，岩濑先生刚一躺下就沉沉地睡了过去。

过了一个多小时，到了晚上十点左右，独自在房中看书的明智小五郎听见隔壁咚咚的敲门声，赶忙跑到走廊上，只见服务生手中拿着电报，一边急促地敲着门，一面不停地呼唤着"岩濑先生"。

"叫了这么长时间却一点反应都没有，有点奇怪啊。"

明智心中警铃大作，于是不管是否影响到其他房客，和服务员一起剧烈地拍起门来。

两人急促地敲了好一阵，就连服用了强烈安眠药的岩濑先生也被吵醒，迷迷糊糊地回应了一句。

"怎么回事？什么事情这么吵？"

"请开门，有您的电报。"

明智大声答道。房内传来了门锁转动的声音，然后门被打开了。

身穿睡衣的岩濑先生睡眼惺忪地展开了电报，茫然看了一会儿。

"可恶，怎么又是恶作剧，用这种讨厌的东西扰人清梦。"

岩濑紧紧皱着眉头，顺手把电报递给了明智。

"今夜十二点有惊喜。"

文字十分简洁，但意思非常明确，与之前的恐吓信内容如出一辙："今夜十二点要绑架早苗小姐。"

"早苗小姐没事吧？"明智的语气严肃了起来。

"没事，没事，早苗就睡在我旁边。"

岩濑先生摇摇晃晃地走到卧室门口，看了一眼角落的床上，松了一口气。

明智也从外面往卧室内瞟了一眼，早苗脸朝里，睡得正香。

"最近早苗也和我一样，每晚都会服用卡莫司汀，所以睡得很沉。而且她今天不太舒服，就不要吵醒她了吧。"

"窗子关了吗？"

"当然，白天就已经牢牢锁上了。"

说完，岩濑就爬上了床。

"明智先生，不好意思，麻烦你锁一下门，然后钥匙就先存在你那里吧。"

他已经困得睁不开眼，连锁门都没了力气。

"不，我还是先待在这里吧，请将卧室的门打开，这样一来就算你睡着了，我也能从这里看到窗边的样子。万一有人从窗户侵入，我就能立刻发现。这间屋子没有其他出口，只要守住窗户就可以了。"

明智对待自己接手的案件总是会全力以赴。说完他就坐在客厅的椅子上，点燃一支香烟，静静地监视着卧室。

差不多过了三十分钟，卧室内没有任何异常。明智偶尔起身看一眼卧室的情况，早苗小姐一直保持着同一姿势，岩濑先生则鼾声如雷。

"哇，你还没睡吗？刚才听服务生说来了一封奇怪的电报，我有点担心，于是就上来看看情况。"

突如其来的声音吓了明智一跳，他回头一看，绿川夫人正站在半掩的房门外。

"原来是夫人啊。刚才确实收到一封电报，但是只要保持现状就万无一失了，我可是个称职的守卫。"

"那封恐吓电报已经发到酒店来了？"

黑衣女一边说着一边径自推门入内。

看到这里，相信读者们可能会满头问号。"作者是不是搞错了呢？绿川夫人不是已经乔装成早苗小姐，正躺在岩濑先生旁边的床上呼呼大睡吗？那么绿川夫人又怎么能从走廊走进房间呢？根本不合逻辑啊。"

其实这绝不是作者的逻辑错误，这两种情况都是真实的。世上的确只有一个绿川夫人，至于她为什么能够脱身，那就要随着故事的进展来见分晓了。

黑暗骑士

"早苗小姐还在睡吗？"

绿川夫人随手关上房门，坐在明智的面前，向卧室的方向瞟了一眼，轻声地问道。

"是啊。"

明智心不在焉地回答道。

"岩濑先生也已经就寝了吗？"

正如前面所述，服下安眠药的岩濑庄兵卫困得睁不开眼，于是将监视的工作交给明智后，马上昏睡在早苗旁边的床上。

"哟，你怎么这么敷衍啊。"绿川夫人微笑着继续发问，"你在想什么呢？像这样守得滴水不漏，难道还是不放心吗？"

明智这才抬起头，望向夫人："怎么，你还记着我们刚才打的赌吗？你一定在心里暗自祈祷早苗小姐真的被人绑架，那么这场赌局就是我输了！"

他语带揶揄地回应着。

"怎么会呢，我怎么可能希望岩濑先生出什么意外呢？我真的只是担心而已。对了，那封电报到底说了什么？"

"电报上说今夜十二点有惊喜。"

明智仍然觉得有些不解，他瞥了一眼壁炉台上的时钟，正好指向十点五十分。

"那还有一个多小时呢，你不会打算一直守在这儿吧？不觉得无聊吗？"

"当然不，我觉得挺有意思的。如果没有做侦探这一行，一辈子能遇上几回像这种极具戏剧色彩的时刻呢？我看夫人这一天下来肯定是累了，不如早点回去休息吧。"

"哟，你想得倒是挺美的，我可比你更期待事件的发展呢，女人可是比男人更容易沉迷于赌博哦！如果不会打扰你的工作的话，请容许我留下来吧。"

"你还惦记着打赌的事呢？算了，你愿意留下那就请随意吧。"

于是，这对奇怪的组合就这样静静地对坐了好一会儿，夫人无意中看到桌子上摆着一副扑克牌，就提出玩一会儿精神精神，明智也正有此意。于是，二人一边打着牌，一边等待着那位盗贼的来临。

这本该令人窒息的一个多小时，竟然在愉快的扑克牌游戏中不知不觉地过去了。在打牌的过程中，明智也密切地注意着敞开的卧室门方向的动静，并不时地瞟上一眼。而卧室的窗户（这是贼人强行进入时的唯一途径）在此期间也没有出现任何异常。

"差不多了，再过五分钟就到十二点了。"

绿川夫人显得有些焦躁不安，连继续打牌的心情都没有了。

"是啊，还有五分钟，还能再玩一局。这样一来，半夜十二点就会风平浪静了。"

明智一边洗牌，一边准备开始下一局。

"可不能小看这名贼人哦。还记得我之前在客厅说过的话吗？我觉得这名贼人一定不会无的放矢。再过一会儿，再过一会儿说不定……"

夫人看起来显得十分紧张。

"哈哈哈，夫人，不必这样紧张。你觉得那名贼人要如何进入这个房间？"

对于明智的问题，夫人条件反射般地举起手，指向了大门。

"哦，直接从大门进来吗？那么为了让夫人安心，我这就把它锁上。"

明智站了起来，用岩濑先生交给他的钥匙锁上了门。

"好了，这下只要不强行破门，谁都不可能接近早苗小姐。因为进入卧室就必须从客厅经过。"

但是，夫人再次举起手，指着隐约可见的卧室窗户，好像一个怕鬼的孩子一样。

"哦，你担心那扇窗户吗？你该不会认为贼人会从中庭弄个梯子爬上来吧？可是窗户已经从内侧紧紧地锁住了，即使贼人打破玻璃进入，从这里也能够立刻发现。如果真的发生了紧急情况，到那时我会让夫人见识一下我的枪法。"

明智拍了拍右侧的口袋，里面藏着一把小型手枪。

"毫不知情的早苗小姐现在睡得可真熟呢。可是岩濑先生怎么还睡得着？在这个关键时刻他是不是有些大意啊？"

夫人走到卧室门前向里面瞥了一眼，奇怪地问道。

"他们最近每天晚上睡前都会服用安眠药。因为被那些可怕的预告信搞得快神经衰弱了。"

"啊，只剩下一分钟了。明智先生，真的没问题吗？"

夫人突然站了起来，语气有些急切。

"当然没问题，因为到现在为止都没事发生。"

明智也不禁站了起来，不解地望着兴奋异常的夫人。

"可是只剩三十秒了！"

绿川夫人大声喊叫着，望向明智的目光中仿佛燃烧着火焰。这名女贼已经沉浸在胜利的喜悦中。与名侦探明智小五郎的较量，终于能够以她的胜利而告终了。

"夫人，你就这样相信那名贼人能够成功吗？"

明智的眼中闪过一道异常的光芒。他无论如何也无法看透这位夫人谜一样的表情。这到底是怎么回事？面前的这名不知来历的美女，究竟为何如此兴奋？

"是啊，我当然相信了。虽然可能太过戏剧化，但是此刻映在我眼帘中的，是不知从何处悄悄潜入的黑暗骑士将美女掳走的一幕。"

"哈哈哈哈！"明智开始大笑了起来。

"夫人，你看，就在你沉浸在中世纪的天方夜谭之际，时针早已走过十二点了。这场赌局是我赢了。看来你的珠宝要保不住了，哈哈哈哈。"

"明智先生，你真的以为这场赌局是你胜利了？"

夫人的红唇都变得有些扭曲了，这一瞬间胜利的快感，使她顾不上保持贵妇的气质，她一字一句地缓缓说道。

"什么？你是说……"

明智突然听出她话中有话，一股莫名的恐惧使他的面色瞬间变得苍白。

"你并没有确认早苗小姐是否还在房间吧？"

夫人的语气中透露着胜利的喜悦。

"可是早苗小姐确实……"

大名鼎鼎的侦探此刻也不禁开始语无伦次起来，而且，冷汗不停地从他宽阔的前额滴落。

"你之前说过早苗小姐正躺在床上睡觉，可是，那真的是早苗小姐吗？是否已经换成了另外一个人？"

"这怎么可能……"

明智虽然嘴上不服输，但夫人的一番话使他惊恐莫名，他迅速冲进卧室，将沉睡中的岩濑先生叫醒。

"怎么了？发生了什么事吗？"

由于岩濑先生之前已经醒过一次，所以这次明智只摇晃了他几下，他就猛地支起上半身，惊诧地问道。

"请去看看早苗小姐。睡在床上的是真的早苗小姐吗？"

明智问了一个听起来有些蠢的问题。

"你在说什么啊？那当然是我的女儿啊。不是我的女儿那会是谁……"

岩濑先生突然止住了话头，他好像察觉到了什么，死死地盯着背对着他的早苗。

"早苗！早苗！"

岩濑先生焦急地呼唤着女儿，却没有任何回应。他赶紧起身下床，深一脚浅一脚地走近早苗，抓住她的肩膀，试图把她叫醒。

可是呈现在他眼前的却是一幅匪夷所思的光景。早苗肩膀以下的毛毯下面竟然是空的，除了毛毯，岩濑先生什么都没有抓到。

"明智先生，不得了了！出大事了！"

岩濑先生愤怒地叫喊着。

"那是谁？躺在床上的不是早苗小姐吗？"

"你自己来看，床上根本就没有人。我们都被骗了！"

明智和绿川夫人赶忙跑到早苗的床边一看，那里确实没有人，所谓的"早苗"其实是一个没有生命的人偶的头部。那贼人不知从哪个展柜里找了一个常见的人偶的头部，并给她戴上眼镜，套上和早苗相同的假发，再用棉被卷成长条形堆成身体的形状，然后在上面盖了一条毛毯。

名侦探的嘲笑

这竟然是人偶的头部。这出人意料的手段的确了得。不过，这唬人的把戏简直像是哄小孩子玩的，也正因为如此，反而更容易使人落入圈套。就连明智小五郎也没想到贼人竟然会使用这么单纯的手段。

言归正传，之前绿川夫人提过的"黑暗骑士"究竟是何方神圣？绑架早苗、用人偶头部设下圈套的神秘人物又是谁？各位读者一定非常清楚，这位"黑暗骑士"不是别人，正是绿川夫人自己。正如前面所述，她乔装成早苗并准备妥当后便上床佯装熟睡，等到岩濑先生熟睡之际，她就取出事先准备好的人偶头部设下陷阱，然后悄悄地潜回自己的房间。细心的读者们一定记得，她溜进岩濑先生的房间时腋下夹着包裹，里面装的就是大变活人的道具——人偶的头部。

明智涉足侦探行业时日已久，还从来没有遇到过如此窘境。他一方面愧对岩濑先生的信任，另一方面又无法收回对绿川夫人夸下的海口。而他马失前蹄的原因竟然是个小孩玩具似的人偶的头部，这种奇耻大辱令他终生难忘。

"明智先生，我请你保护小女，可她现在却被掳走了。你必须把她找回来，现在就找！如果你一个人做不到，那就请警方帮忙……没错，事已至此，只能向警方求助了。请赶紧打电话报警，该不会要我亲自打吧？"

狂怒的岩濑庄兵卫先生讲话的方式也粗暴了许多，绅士的风度都顾不得了。

"不，请等一下。即使现在大费周章恐怕也无济于事了，因为现在离早苗小姐被掳走至少已经过了两个小时。"

明智极力让自己冷静下来，大脑飞速地运转着。

"现在唯一可以确定的是，在我监视房间的这段时间内并没有任何异常，也就是说歹徒在电报送达之前就已经得手了。那封电报的真实用意并非预告犯罪，而是将已经发生的犯罪事实伪装成预告迷惑我们，使我们将全部注意力集中在十二点和房间里这两个点上。在此期间，歹徒就可以顺利地逃到安全的地方。"

"呵呵呵呵呵……啊，抱歉，我一时没忍住。可是，一想到大名鼎鼎的侦探明智小五郎竟然白白地守了人偶的头部两个小时，我就忍不住……"

大获全胜的绿川夫人已经抑制不住喜悦的心情，恶毒地嘲笑着明智。

明智只能咬牙忍受着嘲笑。虽然眼下的情势对他极为不利，但他并不认为自己输得十分彻底，他内心深处仍然保留着一线希望。而就是这一点仅存的希望，使他并没有放弃这场较量。

"可就这么干等着，我的女儿也不会回来！"绿川夫人火上浇油的一席话语搞得岩濑先生更加火冒三丈，心中愈发焦躁，忍不住责怪起明智来。

"明智先生，我这就要报警了。你应该不会有意见吧？"

不等明智回答，岩濑先生便跟跟跄跄地走向客厅，正要拿起话筒的一瞬间，电话却抢先一步响了起来。

岩濑先生气得不行，无可奈何地接起电话，把可怜的接线员狠狠地骂了一顿之后，才粗暴地呼唤明智：

"明智先生，是找你的！"

明智听后先是愣了一下，然后猛然一惊，仿佛想起了什么似的立刻接起电话。

电话的内容不详，只听到明智语气急切，最后说了这样几句话：

"二十分钟？根本不需要这么久。十五分钟？不不，那也太迟了。就十分钟。十分钟之内立刻赶到。我只给你十分钟，没问题吧？"

明智挂断电话后，在一旁焦急等待的岩濑先生不悦地嘲讽道：

"电话讲完了的话，能顺便报个警吗？"

"不必急着报警，现在我最需要的是冷静地整理一下思路。我显然犯了一个重大的失误。"

明智看上去好像轻松了许多，他并不理会岩濑先生，径自站在客厅里沉思起来。

"明智先生，你就一点都不担心我的女儿吗？你之前曾经夸下海口……"

看到明智这样敷衍的态度，岩濑先生更加生气了。

"呵呵呵，岩濑先生，明智先生现在可无暇考虑令千金的事呢。"

绿川夫人从卧室走到客厅，语调中带着几分得意。

"什么？这话是什么意思？"

岩濑先生十分不解。

"明智先生，让我来猜猜你现在最担心的事。那就是我们打的那个赌，对吗？呵呵呵……"

这名女贼已经不再隐藏对明智侦探的敌意，开始显露出十分猖狂的态度。

"岩濑先生，他用自己的侦探生涯和名誉和我打了一个赌。而明智先生输掉了这场赌局，所以他才如此沮丧。明智先生，是这样吧？"

"不，夫人，不是这样的。我之所以那样沮丧，是觉得你很可怜。"

明智反唇相讥道。

我的女儿都已经被绑架了，这两个人现在究竟是在搞什么？岩濑先生被搞得一头雾水，茫然地在两个人的表情之间望来望去。

"哦？我可怜？什么意思？"

夫人反问道。这位狡猾的女贼也无法识破名侦探眼中隐藏着的那抹诡秘的笑意。

"这个嘛……"明智故意慢悠悠地说道，"赌输的不是我，而是你啊，夫人！"

"啊？你在说些什么呀？就这么不想承认自己的失败吗……"

"不承认自己的失败？"

明智看起来心情不错。

"当然了，不赶快去抓歹徒，却在这里强词夺理。"

"是吗，那么，夫人真的以为我让歹徒逃走了吗？根本没有啊，其实我早就抓到那名歹徒了。"

女贼闻言惊得心跳都漏了一拍。这深不可测的男人，直到前一刻都在懊恼不已，怎么又突然说出这样奇怪的话？

"呵呵呵，挺有意思的，你真会开玩笑。"

"你认为这是在开玩笑吗？"

"是啊，我只能这样理解了……"

"那么，请允许我出示一个不是玩笑的证据吧。比如说……如果我说我知道你的朋友山川健作离开这家酒店之后去了哪里，夫人，你怎么说？"

绿川夫人闻言惊得面色惨白，身体不由自主地摇晃了一下。

"山川先生明明购买了前往名古屋的车票，为何又中途下车，住进了市内的 M 酒店？还有，他随身携带的那口大箱子里究竟装了些什么？如果我说我知道这些问题的答案，夫人，你又怎么说？"

"胡说，胡说！"

女贼已经失去了辩解的能力，只能不停地吐出否定的词语。

"是胡说吗？对了，你不知道刚才的电话是谁打来的吧？还是让我来告诉你吧。那通电话是我的一个部下打来的。就在刚才被你嘲讽之际，我仍然在等待着他们的联络。这是因为一旦早苗小姐被带出这家酒店，不可能不被在周围蹲守的五名部下察觉。我再三叮嘱过他们，一旦看到任何可疑人物，一定要盯紧。

我等那通电话等得简直可以用望眼欲穿来形容。不过最终的胜利还是属于我的。这场赌局从一开始你就是输家，因为你一厢情愿地认定我是单枪匹马地保护早苗小姐。夫人，现在请履行之前的约定，把你全部的珠宝交出来吧。哈哈哈哈哈！"

明智像出了一口恶气般得意地大笑了起来。此刻胜负在瞬间逆转。现在的明智心中，充满了比刚才绿川夫人更为强烈的胜利的喜悦。虽然他极力想抑制住大笑，可却怎么也抑制不住。这回轮到女贼灰溜溜地站在那里，无奈地忍受着讥讽。

"那么，你已经把早苗小姐救出来了？恭喜。但是山川先生现在在哪里？"

她稳定了一下情绪，冷冷地开口发问，不让人听出她的声调已经微微发颤。

"非常遗憾，让他给跑了。"

明智坦诚地回答。

"啊，没能抓到犯人吗？唉……"

绿川夫人的表情看起来轻松了许多。

"啊，非常感谢，太感谢了，明智先生。我还没有搞清楚状况就情绪激动，还对你如此失礼，请务必见谅。可是，之前听你的意思已经抓到歹徒了，但是按照现在的情况来看，还是让歹徒给逃走了是吗？"

听到这意外的喜讯，笼罩在岩濑先生心头的乌云瞬间散去。

"不，不是这样的。其实这桩绑架案的主谋并不是山川，所以刚才我说已经抓住了歹徒，这个说法并没有错误。"

听了明智的这番话，绿川夫人的面孔涨成了猪肝色。她就好像一头被逼到绝境的猛兽一样，瞪大了双眼，惊慌失措地四下张望着。

可是，即便她想逃，入口处唯一的出路已经被上了锁。

"那么，那名歹徒呢？"岩濑仍然没能反应过来。

"她就在这里，站在我们面前啊。"

明智揭晓了谜底。

"面前？可是这里除了你、我和绿川夫人，并没有其他人啊……"

"这位绿川夫人就是那名可怕的歹徒——设计绑架早苗小姐的主谋。"

死一般的寂静持续了数十秒，三人都各怀心思地观察着对方的表情。

最后，还是绿川夫人率先打破了沉默。

"这怎么可能呢？我根本就不知道山川先生做了些什么呀。他不过是我偶然认识的一个朋友，于是向他推荐了这家酒店，仅此而已。这不可能的……"

然而，这个妖妇最后的表演也以失败而告终。

她的话音刚落，外面就响起了一阵敲门声。

明智迫不及待地走向房门，用手中的钥匙将门锁打开。

"绿川夫人，即便你再狡辩也是徒劳的。难道面对着早苗小姐，你还能够继续编故事吗？"

明智终于给予了致命一击。

从门外进来的是明智的一个年轻部下，靠在他身边被搀扶着的正是面色发青的早苗，还有一名穿着制服的警察守护在早苗的身边。

这下子女贼"黑蜥蜴"完全陷入了四面楚歌的困境。现场除了早苗，算上警察共有四名男子，她一个势单力孤的弱女子，在这种情况下逃走显然是不可能的。

可是就在这种绝望的情形之下，她竟然没有露出放弃抵抗的表情。

不仅如此，她那苍白的面颊上突然涌上一丝血气，紧接着露出一抹诡异的微笑，而且笑容逐渐加深。

这名大胆的女贼在这最后的关头，竟然莫名其妙地放声大笑起来。

"哈哈哈，这就是今晚这出好戏的结局吗？不过，大名鼎鼎的侦探明智小五郎果然名不虚传，这回的确是我输了，我无话可说。可是你们该不会认为已经抓住了我吧？游戏还没有结束呢，侦探先生，你好好想想，自己是不是遗漏了什么？是吧？你无意之中是不是弄丢了什么东西？呵呵呵……"

她到底还留有什么后手？而明智究竟犯下了什么样的错误？

名侦探的败北

身为一名侦探，在亲手抓到难以对付的罪犯时的那种喜悦心情是一般人无法体会的。因此，这巨大的狂喜麻痹了他的神经，使他放松了警惕。

黑蜥蜴虽然尝到了败北的滋味，可是她那机敏的头脑立刻开始快速运转，很快地，她就想到了一个大胆的脱身计划。

她那紧绷的表情终于放松下来，甚至还不忘对明智微微一笑。

"那么，你打算怎么做？把我抓起来吗？呵呵呵，这恐怕做不到哦。"

这简直是目中无人。在场的除了身体虚弱的早苗，一共有四名身强力壮的男性，其中还有一位是穿着制服的警察。而黑蜥蜴自己不过是一个弱女子。

她的逃跑路径只有一个通向走廊的门，而门前却被刚刚抵达的明智的部下及警察围堵得水泄不通。想从窗户逃跑也不太可能。这里是楼上，窗户的外面是被建筑物包围的后院。她究竟打算用怎样的方法脱离险境？

"不要再虚张声势了。警官，这女人就交给你了，她就是本次绑架案的主谋。不用客气，直接捆起来就好。"

明智并不理睬黑蜥蜴，开口催促门口的警官。

这位不明就里的警察听说面前的高贵美丽的女人就是歹徒时，一时间有些不知所措。不过他在搜查科的时候就已经认识了明智，对他很是信任，于是立刻向绿川夫人走了过去。

"明智先生，好好检查检查你的右侧口袋吧。呵呵，是不是空了？"

绿川夫人——即黑蜥蜴扫了一眼向自己走来的警察，大声地向明智喊道。

明智赶忙伸手摸向口袋，的确是空的。原本放在里面的勃朗宁手枪不翼而飞。这名女贼也精通扒窃本领，在刚才的卧室骚乱中，她不留痕迹地从明智身上顺走了手枪。

"呵呵呵，明智先生，看来你并没有防范扒手的意识。你的宝贝武器在这儿呢。"

女贼一边微笑着，一边从胸口处取出手枪，并对准了前方。

"好了，各位，把手举起来。我的枪法可不比明智先生差，而且，我也根本不会把人命放在眼里哦。"

马上就能够抓住女贼的警官，站在那里不知所措。

遗憾的是，在场的四位男性中没有人带着手枪[1]。

"赶快把手给我举起来！"

黑蜥蜴狠狠地瞪着众人，又舔了一下红唇，将枪口对准了四人，并不停地变换着目标。紧握着手枪的发白的手指不住地发颤，仿佛随时都会扣下扳机。

看着她那带着杀气的、疯狂的表情，众人只得老老实实地高举双手。虽然实在丢脸，但无论是警官、明智的部下、岩濑先生，还是名侦探明智小五郎，都不得不摆出一副准备欢呼万岁的尴尬姿势。

绿川夫人（当时她也仍然一袭黑色洋装）不愧对"黑蜥蜴"的绰号，三两步就冲到了门口。

----

[1] 那个年代的警察还没有配发手枪。

"明智先生，这是你的第二次失误哦，看！"

说完，她用空着的左手伸向身后，将明智刚刚开门时留在锁孔上的钥匙拔了下来，还高举起来晃了晃。

明智无论如何也想不到事态竟然会发展到这种地步。在之前的骚乱中，他竟然忘了拔掉钥匙。而这名女贼却没有漏掉这一细节，并在关键时刻将它派上了用场。

"早苗小姐！"

女贼推开门后，虽然一只脚踏出了房门，但枪口仍然保持对准众人，并对早苗说道：

"其实我很同情你。出生在日本第一宝石商的家中，你只能接受自己不幸的命运。还有，你真的太美了，我虽然非常热爱宝石，却更加渴望得到你的身体。我绝不会放弃的，明白吗？明智先生，我还会卷土重来的哦，改日我会再次将早苗小姐带走。那么，再见啦。"

门"砰"的一声关上了，外面响起上锁的声音。早苗及四名男子被锁在了房里，钥匙只有那一把，除非破门而出或者从窗户跳下，眼下没有其他逃脱困境的办法。

不过，好在他们还有电话这个强有力的武器。

明智飞奔到桌旁，抓起话筒拨通了总机。

"喂，我是明智。现在事态紧急，请立刻派人守住酒店的所有出口。然后，绿川夫人，记住是绿川夫人哦，如果她离开的话请务必抓住她。她是一名凶恶的罪犯，就算是天塌下来也不能让她逃走。立刻通知经理和所有的员工，明白了吗？对了，还有，让服务生把岩濑先生房间的备用钥匙送过来，这件事情也是十万火急。"

放下话筒后，心急如焚的明智不停地在房中走来走去，过了一会儿又重新抓起话筒：

"喂，刚才我说的都办好了吗？跟经理也交代了？嗯嗯，那就好。

谢谢。请尽快让服务生拿备用钥匙上来。"

接着，他又转身面向岩濑先生：

"接线员做事很麻利，我交代的事情都已经办妥了。酒店的所有出口都有专人把守，不管那女人跑得多快，从这里到楼梯之间的距离也挺远的，而且楼梯距离出口也不近。我想，她应该是跑不掉的，因为那位绿川夫人太有名了，不会有哪个工作人员不认识她。"

可是，明智在紧急情况下所下达的指令又出现了纰漏。

黑蜥蜴迅速跑下楼梯后，并没有直接冲向出口，而是回到了自己的房间。

三分钟，仅仅过了三分钟而已。

她的房门再次打开时，一个谁都没见过的青年绅士出现在门口。他戴着一顶新潮的软呢帽，身穿花纹醒目的西装，戴着一副夸张的夹鼻眼镜，下颌蓄着浓密的胡须，右手拿着一根蛇纹木制手杖，左手臂拿着大衣。

仅仅三分钟，她就摇身一变成了另一个人，简直比歌舞伎的变身绝活还要出神入化，这也是只有以魔术师自居的"黑蜥蜴"才能够施展的绝技（她总是会将乔装用的衣物藏在旅行袋的底下）。而更令人惊叹的是，放在箱子里的珠宝首饰，一个不落地装进了这身西装的口袋里面。

青年绅士走到走廊的转角时稍稍犹豫了一下，似乎正在琢磨着是从大门走，还是从后门走？

这时，服务生已经用备用钥匙打开了房门。明智等人赶到楼下后，认为黑蜥蜴不可能从正门玄关逃走，便将正门的监视任务交给经理，然后将几处后门交给了其余的人员。"黑蜥蜴"早就料到明智不会亲自看守正门，于是胆大包天的她竟抬头挺胸、甩着手杖，大摇大摆地从正门玄关走出了酒店。

　　经理亲自带着三名员工，打起十二分精神，密切注视着每一位过往的客人。可是这家酒店共住进近百名客人，再加上外来的访客，他们实在没有办法记得每一张面孔。而且目标只有绿川夫人一位，因此他们在监视时只特别注意了女客，而怎么也想不到这位微笑着向他们点头示意的青年绅士，竟然就是他们所要追踪的目标。他们恭敬地鞠躬回礼，口里说着"很抱歉惊扰了您"，并将他送出了酒店。

　　走下玄关的石阶后，青年绅士并没有招手叫来出租车，而是吹着口哨，慢悠悠地往大门外走去。

　　青年绅士顺着酒店的围墙，沿着微暗的石子小路走了一会儿，就看到了一名穿着西装抽着香烟、面色凝重的男子。

　　青年绅士竟然上前拍了拍对方的肩膀，神态自若地说道：

　　"你好，你是明智侦探事务所的吧？怎么还待在这里？歹徒已经在酒店那边落网了，这会儿大家都忙得不行呢，你快过去帮忙吧。"

　　不出所料，这名男子果然是明智的部下。

　　"你认错人了吧？我不认识叫明智的侦探。"

　　这位部下虽然回答得十分小心谨慎，可是他的行动却出卖了他。青年绅士还没走开几步，他便飞也似的冲向酒店。

　　黑蜥蜴向右转了个弯，注视着男子远去的背影，终于无法抑制自己的情绪，略带诡异地笑了起来。

　　"呵呵呵呵……"

奇怪的老人

结果明智还是败下阵来。不过他并没有彻底输掉，不管怎么说，他已经完美地完成了保护早苗的任务。

对岩濑先生来说，只要自己的女儿得救就好，女贼有没有逮捕归案并不是十分重要。他用自己所能想到的所有华丽的辞藻去夸赞明智的手段。而且，事态会演变至现在这种地步，岩濑先生自己也难脱干系。毕竟他完全没有怀疑乔装成自己女儿的黑蜥蜴，明明睡在一个房间里却没能识破歹徒的奸计。从结果上来说，这也是岩濑先生本人的失误。

然而，明智的心中却没有半点胜利的喜悦。一想到自己竟然输给了一名弱质女流，他就感到万分懊恼。

尤其是从返回酒店的部下口中得知对方已乔装逃走时，盛怒之下的明智将部下劈头盖脸地骂了一顿。

"岩濑先生，这次是我输了。我的黑名单里竟然没有记录这个如此难缠的对手。这次是我轻敌了，但是我不会再次输给她的。岩濑先生，我以自己的名誉起誓，只要我还活着，就算今后女贼再次打算绑架令千金，我也绝不会再让她得逞。我一定会保护令千金的安全，这一点我可以明确向你保证。"

明智虽然面色铁青，眼神中却透着一股极为坚定的意志。这位十年不遇的强敌，使他的斗志熊熊燃烧起来。

各位读者，请记住上面明智的誓言。他真的能遵守诺言，不会再次让女贼得逞吗？假如同样的事情再次发生，那么也就意味着他的侦探生涯将会断送在自己的手里。

第二天，岩濑父女临时改变了行程，匆忙返回大阪的家中。返程途中虽然如惊弓之鸟，但与其继续住在酒店，还不如尽快返回大阪，在家人的陪伴下才能安心。

明智小五郎自然也是赞成的，并亲自护送他们返回。从酒店到车站之间的汽车接送，再到返回大阪的火车上，以及从大阪家中派来迎接的汽车中，没有人知道女贼会从哪里伸出魔爪。所以无论是哪个环节都需要密切留意，容不得半点马虎。

所幸，早苗一行总算平安返回大阪。明智也顺理成章地留在了岩濑家的宅邸，继续保护早苗的安全。一连过了数日，无事发生。

好了，各位读者，从这里开始我们需要稍稍偏离故事的舞台，讲述一下至今从未登场的一名女子的奇异经历。现在看来她的故事也许与黑蜥蜴、早苗小姐、明智小五郎毫无关联，但我相信敏锐的读者们一定能够察觉，这名女子奇异的经历与本事件有着密不可分的联系。

这是早苗小姐刚刚返回大阪后不久的一个夜里发生的事情。一名女子漫无目的地走在大阪市内的 S 街区，兴致勃勃地欣赏着街道两侧的橱窗。

这名女子身穿的外套看起来与她十分搭配，领口和袖口上都装饰着一圈皮草。即使穿着很高的高跟鞋，也丝毫不影响她轻盈的步伐。可是，在她那张漂亮的脸蛋上却看不到什么活力，看上去给人一种自暴自弃的感觉。因此，她整体的气质看上去像是一个娼妓。

也许正是这个缘故，不久之前就有一个人一直在后方尾随着她。此人像是一位变态老绅士，头戴一顶褐色的软呢帽、身穿厚厚的褐色大衣，拄着粗藤拐杖，戴着一副大大的粗框眼镜，头发、胡须都是白的，但面庞却泛着潮红。

这女子一早就发现老绅士在尾随着她，但她却没有逃走，而是利用橱窗当成镜子，饶有兴致地观察着他。

S大街明亮的大马路后方有一条幽暗的小巷，那里有一家以香醇的咖啡而闻名的咖啡店。女子好像突然想起了什么，回过头望了一眼尾随着她的老绅士，然后进入店内。随后，她特意挑了一个被棕榈盆栽挡住的不起眼的包间坐下，然后点了两杯咖啡，另一杯当然是给随后跟进来的老绅士点的。

果然，老绅士后脚也进了咖啡店，然后在昏暗的店内东张西望。看到那名女子后，他便厚着脸皮走进了包间。

"小姑娘，你一个人吗？"

说完，老绅士就坐到了女孩的对面。

"我就知道老先生一定会跟着我进来，所以帮你也点了一杯咖啡。"

少女豪爽地回答。

老绅士倍感惊讶，但他马上露出一个赞许的眼神，微笑着打量起女子美丽的容貌，然后问了一个风马牛不相及的问题。

"失业的滋味怎么样？"

这回变成女子不知所措了。她的脸涨得通红，含混不清地回答：

"啊，你怎么知道这件事？你到底是哪位？"

"呵呵呵呵呵，我只是一个素不相识的老头子。不过，我的确知道一些关于你的事，要不让我说两件吧。你叫樱山叶子，曾是关西商事株式会社的打字员。由于跟上司发生了矛盾，所以今天刚刚被辞退了。哈哈哈哈哈，怎么样，我可说中了？"

"嗯，是的，你简直像个侦探一样。"

可是，叶子马上就恢复了先前的灰心丧气表情，摆出了一副无所谓的态度。

"还有呢。你从今天下午三点左右离开公司后直到现在都没有回过家，也没有去朋友那里，就这样一直在大阪的街头四处乱逛。你到底打算怎么办呢？"

老人对她的行踪掌握得非常清楚。大概他从下午三点一直都跟踪着叶子。他如此大费周章，究竟有什么企图？

"你问这些干什么？也许我从今晚起改行做娼妓呢……"

女子的脸上挂着自暴自弃般的笑容。

"哈哈哈，我看起来像是一个不正经的老头吗？你可不要误会啊，而且我相信你也不是那样的女子。我还知道两个小时前，你进了一家药房，并买了点东西。"

老绅士十分自信地盯着叶子的眼睛。

"呵呵呵，你说的是这个吗？这是安眠药哦。"

叶子从手提袋里取出两盒药来。

"你还这么年轻就开始用阿达林治疗失眠了吗？我觉得不会。而且，两盒阿达林未免也太多了……"

"你该不会以为我想自杀吧？"

"嗯，对于女人的心理，我也并不是完全猜不透的。像你们这样的年轻人的内心世界，成年人是难以揣摩的。未经世事的女子总以为死亡是一道亮丽的风景线，会产生一种想带着自己纯洁的肉体走向死亡的天真情怀。还有一种人则完全相反，她们会选择用堕落来满足自己的被虐心理。这两种心境的变化仅一纸之隔，你刚才说的准备去做娼妓也好，购买阿达林结束生命也罢，都是青春期所带来的情绪波动而造成的。"

"所以，你是在给我上课吗？"

叶子感到有些不快，语气也变得不太友好。

"不，我不会做这种惹人烦的事，这可不是上课，我只是想帮你脱离困境而已。"

"呵呵呵呵呵，我觉得也是这样。那么你可以拯救我啊！"

她还是没能理解老绅士话里的意思，竟然跟他开起了玩笑。

"你不能说这样不知轻重的话，我在很认真地跟你商量事情，一丁点儿都没有想过要包养你什么的。不过，我倒是想雇用你，怎么样？"

"是我冒昧了。你说的是真的吗？"

叶子这时才明白了老绅士的真实意图。

"当然是真的。我先冒昧地问你一个问题。关西商事每个月付你多少薪水？"

"才四十圆……"

"明白了。那么我每个月给你两百圆。不仅如此，你的住宿费、餐费、服装费都由我来承担。至于工作内容，只需到处游玩就行。"

"呵呵呵，还有这样轻松的工作吗？"

"我不是在跟你开玩笑，只是具体的事情现在还没有办法全部告诉你。对于雇主来说这样的报酬并不算多。对了，你的父母呢？"

"都不在了。要是他们还活着，我也不至于对生活失去信心。"

"那你现在？"

"我自己住在公寓。"

"嗯，太好了，这个工作非你莫属。能现在就跟我走吗？过后我会去你住的公寓打点一切。"

如果换作平时，叶子一定不会答应这种不合常理的要求。但对于此刻已经自暴自弃，甚至计划自杀、打算出卖自己的贞操的她来说，已经没有什么事情是不能接受的了。

出了咖啡厅后，老绅士拦下一辆出租车，把叶子带到城郊的一家她从未去过的老旧香烟店。上了二楼，进了一个只有十平方米左右的简陋的房间。地上铺着褪了色的榻榻米，唯一能称作家具的只有摆放在角落的一个小梳妆台，旁边还有一只箱子。

老绅士的举动愈发诡异，但叶子在路上已经从他口中知道了这项工作的大概内容，所以她并没有产生过多的紧张感，甚至还对自己的工作产生了极为浓厚的兴趣。

"好了，先把衣服换上吧，这也是雇用你的条件之一。"

老绅士从箱子里取出一套与叶子的年龄十分相衬且花纹华丽的和服，配套的还有腰带、长衬衣、领口装饰着皮草的黑色大衣，连草履都贴心地备好了。

"镜子有点小，先凑合一下吧，把这身行头换上。"

说完后老绅士便下了楼，叶子便遵照吩咐换上了新的衣服。看着身上昂贵而华丽的和服，叶子有一种前所未有的感觉。

"不错，不错，这样就可以了，挺合身的。"

不知何时老绅士又上了楼，望着叶子的背影出神。

"可是，这身和服搭配我的发型，总觉得有些不合适。"

叶子对着镜子看了一会儿，有些不好意思地说。

"这个我已经想到了。瞧，把这个戴上试试。"

老绅士从箱子里取出一样用白布包裹着的东西。打开之后，里面放着一团头发似的东西，看上去有点吓人。这是一顶高级的梳着西式发型的假发。

老绅士绕到叶子的面前，熟练地给她戴上了假发。再次望向镜中时，叶子整个人的气质都不一样了。

"你还得戴上这个，虽然度数有点高，不过请忍耐一下吧。"

老绅士一边说着，一边取出一副近视眼镜。叶子接过后听话地直接戴上。

"时间紧迫，现在就出发吧。约定的时间是十点整。"

老绅士催促得紧，叶子只能将刚才脱在一边的洋装卷起来，塞进箱子后迅速下了楼。

出了香烟店向前走了一段路，就看到路边停着一辆车子，这并不是刚才搭乘的出租车。车虽然有些破旧，但司机的穿着相当体面，似乎是老绅士的熟人。

二人刚一上车，车子就飞快地开了起来。在灯火通明的大道上转了几次弯后，就来到了黑漆漆的郊外。

"我们已经到了，没有迟到吧？"

司机转头询问老绅士。

"嗯，刚好十点整。好了，把车灯熄掉吧。"

于是司机将车头、车尾及后座的小灯全部熄灭。漆黑的车子在漆黑一片的夜里疾驰而去。

过了一会儿，车子沿着一幢大宅邸的水泥围墙徐徐前行。这条路每隔五十米左右就放置了一盏长夜灯，在微弱的灯光下能够勉强看到周围的环境。

"叶子小姐，要下车了，动作要迅速，明白吗？"

老绅士像是在给运动员加油一样给叶子鼓着劲儿。

"嗯，明白。"

面对着即将开启的冒险旅程，叶子虽然有些紧张，但精神仍然高度集中。

接下来，车子突然在宅邸的侧门前停下。与此同时，车门被人从外面迅速地打开，有人催促道："快下车！"

叶子一声不吭，敏捷地钻出了车子，并按照计划跑进了眼前的小门。

这时，从小门里面冲出一个人，飞一般地与叶子擦肩而过，并直接钻进了车内，坐在叶子刚刚坐过的席位上。

叶子借着远处电灯的光线看到了对方，惊得起了一身鸡皮疙瘩。

她难道出现了幻觉吗？或者说，今夜发生的所有事情都是可怕的噩梦？

叶子看到了另一个自己。以前曾经听说过离魂病，难道自己竟然得了传说中的怪病吗？

竟然有两个樱山叶子。一个冲进了小门，而另一个跳上了轿车，难道世上真的有从发型到服装都如此相似的两个陌生人吗？不仅如此，真正让叶子感到毛骨悚然的，是另一个叶子长着一张跟自己一模一样的脸。

可是，载着另一个叶子疾驰而去的轿车，并不理会此刻无比恐惧的叶子，像一阵黑色旋风一样消失在她的视线中。

"好了，到这儿来。"

她好不容易回过神，先前打开车门的那名男子，在漆黑的夜色中凑近她的耳边发出了指示。

蜘蛛与蝴蝶

大名鼎鼎的宝石商人岩濑庄兵卫的宅邸，就坐落在大阪南郊的南海电车沿线的 H 大街上。但是最近，宅邸外围的水泥围墙上方嵌上了一整排玻璃碎片。

"这是怎么啦？岩濑先生怎么学起那些高利贷商人来了？"附近的居民都感到惊诧不已。

然而，岩濑大宅的变化不仅仅是这些。首先，住在长屋里的房客不一样了。这里原本居住的是岩濑商行的资深店员，现在搬来这里的是某个警官一家，而且据说这个警官是当地有名的剑道高手。

庭院里各处都立起了一根根木桩，木桩的顶部安装了明亮的路灯，这幢建筑物防范的重中之重——窗户上，也安上了坚固的铁栏杆。此外，除了原本寄住在这里的书童，还雇用了两名身材魁梧的保镖。

这座岩濑宅邸已经全副武装成了一座要塞。

他们到底在畏惧些什么？如此戒备森严的理由又是什么？自不必说，当然是为了防范素有"女鲁邦"之称的恶贼"黑蜥蜴"的到来。而岩濑先生的掌上明珠，正是这位女贼的目标。

东京K酒店的绑架计划，在名侦探明智小五郎的干预之下以失败告终。而女贼自然不甘心就此放弃，她早就发出预告，一定会再次将早苗掳走。所以，她现在大概已经来到大阪，也许正在H大街的岩濑大宅周围踩点呢。

那名女贼的手段与魔术师相比也毫不逊色，这一点在K酒店时就已经领教过了，即便不是岩濑庄兵卫，也一定会选择严密的防范。

至于可怜的早苗小姐，最近只能待在宅邸深处一个被铁栏杆围得水泄不通的房间里，过着像坐牢一样的生活。早苗小姐最喜欢的一位老婆婆住在下一间，再向里面住的是从东京来的明智小五郎侦探，玄关的旁边除了三名书童，还有好几名男女用人。他们就这样分别守在早苗小姐的四周并绷紧了神经，一旦有风吹草动，立刻就能赶到她的身边。

早苗小姐就像一只被关在笼子里的金丝雀，一步也无法离开自己的住所，即便偶尔到庭院里散散步，明智或书童也必定寸步不离地守在身旁。

在这种情况下，就算魔术师黑蜥蜴有通天的本领，遇到这铜墙铁壁般的防守，恐怕也毫无施展的余地。也正是因为如此严密的防范，早苗一行回到家中已过去了半月，女贼却没有半点消息。

"可能是我太过多虑了，也太看得起那家伙的手段，搞得有些小题大做了。或者说，那家伙知道我们的防范过于严密，根本无从下手，所以只好放弃了？"

岩濑先生渐渐对自己产生了怀疑。

可是，淡化了对女贼的担忧之后，他又开始担心起女儿来。

"可能是我太过大惊小怪了，把早苗像囚犯一样囚禁起来。她本来就受到了惊吓，这样一折腾，她就更加害怕了。这阵子她简直像变了个人似的，面无血色，整天郁郁寡欢，连跟她说话时她都不愿理睬。不管怎么说得想个办法，得赶紧让她安心一些才行。"

想着想着，岩濑先生突然想起有一批定制好的西式家具会在今天送到会客室。

"对啊，早苗要是看到那些家具，一定会很开心的。"

定制的西式家具，是一套豪华的椅子。一个月前就已经定制了，铺在椅子上的坐垫还是早苗自己选的。

一想到这里，岩濑先生立即前往宅邸深处的早苗房间。

"早苗，之前按照你的喜好定做的椅子已经送来了，现在就摆在客厅里，一起去看看吧，成品比想象的更加完美哦。"

岩濑先生拉开纸门，向房间里望了望，看到早苗靠在桌子旁，像吓了一跳似的回过头来，马上又低下头去。

"是吗，可是我现在……"

她兴味索然地回答。

"不要这么无精打采的，好了，一起去看看吧。婆婆，我带早苗出去转转。"

岩濑先生向隔壁的老婆婆招呼一声后，便牵着萎靡不振的早苗走了。

老婆婆隔壁的明智侦探的房门则大开着，里面没有人。他有一件急事必须本人亲自处理，于是一大早就出门了，到了中午还没回来。不过，他临走时确认了岩濑先生没有外出，并再三叮嘱用人们一定要好好照顾早苗，不能有半点闪失。交代完毕后，明智才放心地外出了。

片刻，早苗跟着父亲走进了宽敞的会客室。

"如何，是不是有些过于华丽了？"

岩濑先生一边说着，一边在其中的一把新椅子上坐了下来。

圆桌的四周摆放着豪华的沙发、扶手椅、女式无靠背座椅、木制靠背座椅等，共七件套。

"啊，确实好看……"

早苗终于主动开口说话了，好像对眼前的家具十分满意。然后，她走到沙发上坐了下来。

"好像有点儿硬。"

这看起来普通的沙发，坐上去感觉和其他的椅子不一样。

"刚刚做好的，难免会觉得有些硬，坐一阵子就会变软了吧。"

这时，如果岩濑先生与早苗一起坐在沙发上，肯定也会觉得哪里不对劲。可是，那把扶手椅坐着太过舒服，他一落座就没有再起来试坐别的椅子。

这时，一名用人从门外探出头来，告知岩濑先生有从大阪门店打来的电话。岩濑先生赶快起身到里面的房间接听电话。临走前他还不忘到书童的房间叮嘱他们务必留意会客室里的早苗，然后才放心离开。

两名书童马上来到了走廊上，并在这里忠实地执行任务。走廊的尽头就是会客室的大门，任何人从这里经过，都逃不过书童的眼睛。

会客室虽然有几扇对着庭院的窗户，但全部都嵌上了坚固的铁栏杆。无论是庭院还是走廊，没有任何一条通道能够到达早苗所在的会客室。否则，无论多么紧急的电话，岩濑先生都不可能让早苗独自待在这里。

通话结束后，岩濑先生不得不马上赶到大阪的门店处理事情。他迅速更衣后，夫人与用人送他来到玄关。

"早苗现在在会客室，你可要看好她啊。虽然我已经叮嘱过书童了，但你也得多加小心。"在用人帮岩濑先生系鞋带的这会儿工夫，他仍不忘反复交代夫人。

把丈夫送上了车，岩濑夫人便向会客室走去，准备看看女儿在干什么。这时，突然传来了钢琴的声音。

"啊，早苗正在弹琴呢，最近她一直都没心思弹。这样才对啊，还是暂时让她独处一会儿吧。"

岩濑夫人安下了心，交代书童小心看护、不可放松警惕之后，就返回起居室了。

父亲离开后，会客室里的早苗将每一把椅子都试坐了一遍，然后又到窗边眺望了一会儿风景。又过了一会儿，她心血来潮地打开钢琴的盖子，随手弹了一曲。弹着弹着便来了兴致，于是又弹起了童谣，接下来又开始演奏歌剧里的片段。

她兴致勃勃地弹了好一会儿，终于开始觉得有些疲惫，于是准备返回自己的房间。刚刚起身，她却看到了意想不到的、极为恐怖的一幕，吓得当场呆在原地动弹不得。

无论是窗户还是走廊，通向会客室的通道应该全部都被堵死了才对，而钢琴、沙发和其他家具的后方，也并不存在能够容纳一个人的空间，旁边的矮凳底下更是藏不了人。到目前为止，会客室里除了早苗，连只猫都没有。可是为什么会发生这样的事？

现在就有一个奇怪的人出现在早苗的面前。对方顶着一头乱蓬蓬的头发，脸上的胡须杂乱浓密，眼中散发着可怕的贼光，身上穿着既肮脏又破旧的西装……虽然不知道他是从何处、采用怎样的手段进来的，但是毫无疑问，这家伙一定是女贼"黑蜥蜴"的手下。

她果然没有死心，而且还盯准了防守松懈的那一刻，并乘虚而入。这名像魔术师一样神奇的女贼，轻而易举地突破了层层防线，像一个幽灵一样从门缝飘了进来。

"不许出声哦，我也不会伤害你的，因为你对我们来说太重要了。"

这个怪人小声地威胁道。

不过，威胁根本是多余的。因为可怜的早苗几乎已经吓得瘫倒在地，连喊叫的力气都没了。

歹徒露出了狰狞的笑容，然后绕到早苗身后，从口袋里取出一团像是手帕一样的东西，猛地捂在了早苗的嘴巴上。

早苗感到肩膀和胸前好像被一条大蛇缠住一般难受，可是嘴巴被手帕捂住，很快就开始觉得呼吸困难。可是不管怎么样，已经不能再这样任人摆布了。这名柔弱的少女用尽了身上所有的力气挣扎着，尝试着从歹徒的魔掌中脱逃。可是现在的她就像一只被蜘蛛网牢牢粘住的美丽的蝴蝶一样，徒劳而又疯狂地挣扎着。

然而，她拼命挣扎着的手脚渐渐失去了力量，很快就无力地垂了下去，显然是麻醉药生效了。

歹徒将丧失了抵抗能力的猎物轻轻地放在地毯上，又替她整理了一下和服下摆。他望着早苗小姐美丽的睡容，露出了一个毛骨悚然的微笑。

千金变身

会客室里的琴声已经停止超过了三十分钟，却不见早苗出来。直到前一刻为止，会客室中还不时传来重物移动的声音，可是现在，门的另一边死一般的沉寂。

"我说，都这么长时间了，小姐怎么还不回房间？"

"好像不太对劲，里面未免也太安静了。"

守在外面的书童终于感觉事情不对，开始窃窃私语起来。这时，同样担心小姐的老婆婆也来了。

"小姐还在会客室吗？老爷也在里面吗？"

老婆婆似乎不知道老爷早就外出了。

"没有，老爷刚才接到了分店的电话，于是匆匆忙忙赶去了。"

"什么，那现在小姐是一个人在里面？这怎么行？"

老婆婆一脸担心的样子。

"所以我们才守在这儿啊。可是，小姐已经在里面待了很久了，而且里面也太安静了，我们也觉得有些奇怪。"

"那我进去看看吧。"

老婆婆快步走向会客室，走到门口立即推开了一道门缝向里面张望。她只看了一眼就赶紧关上了门，然后面色惨白地急忙跑回书童的面前。

"出事了，你们快去看看，沙发上有一个奇怪的家伙，小姐根本就不在里面。快把那家伙撵走吧，天啊，太可怕了。"

书童们当然不会相信这样的话，他们甚至觉得是老婆婆眼花了。可是不管怎么说，他们还是得过去看看。于是，他们打开了门，冲进了会客室。

会客室里的光景果然和老婆婆说的一模一样，沙发上的确有一个像死人一样一动不动的陌生男子。他身穿破旧的西装，脸上的胡须杂乱无章，看起来像个乞丐。

"起来！你是谁？"

有一个书童是柔道一段，他毫不客气地抓住这名乞丐的肩膀，用力地摇晃着。

"哇，真讨厌，这家伙是个醉鬼，而且还在沙发上吐得到处都是。"

书童赶紧大步躲开，并捏紧了鼻子。

这个家伙的确是个醉鬼。他的面色发青，沙发的下面滚落着一只空的威士忌酒瓶。可是，如果他一直待在会客室里喝酒，也不可能会在短时间内烂醉如泥。但是，这突如其来的骤变使书童忽略了这一点。

酒鬼被摇醒后揉着眼睛摇摇晃晃地坐了起来，还用舌头舔了舔肮脏的、流着口水的嘴角。

"不行了，我已经喝不动了。好难受，真的不能再喝了……"

这个醉鬼含混不清地重复着醉话，俨然把这间豪商的会客室当成了酒馆。

"混账，你把这里当成什么地方了！还有，你是怎么进来的？"

"啊？哦，怎么进来的？这还用问吗？哪里有美酒，哪里就有我啊！嘿嘿嘿。"

"等等，先别问了！小姐不在会客室，肯定是这家伙搞的鬼！"

另一名书童开始察觉事情不对了。

几个人几乎把会客室翻了个底朝天，但除了这来历不明的醉鬼，房间里连半个人影都没有。这到底是怎么回事？难道这个年轻貌美的女孩，真的被人在短短的三十分钟里使用魔法变成了肮脏的醉鬼？从结果上来说，虽然看起来像是天方夜谭，但目前也仅剩下这一个可能性。

"喂！你是什么时候混进来的？你看到之前待在会客室里的那个美丽的千金小姐了吗？听到没有？好好回答我的问题！"

书童用力地捏着醉鬼的肩膀不停地询问，醉鬼却毫无反应。

"嗯？美丽的小姐？好怀念啊，我好久都没找过美丽的小姐了，赶快带过来。我可得好好欣赏欣赏。快去啊，啊哈哈哈。"

简直没有办法正常沟通。

"从这种家伙嘴里问不出什么的。总之先打电话报案，把他交给警察吧。继续让他留在这里，只会把呕吐物搞得到处都是。"

岩濑夫人接到老婆婆的报告之后赶忙跑了过来，可是，像她这样有洁癖的贵妇，一听说会客室被一个乞丐醉鬼吐得满地都是，立刻连进都不想进去了，只能在女佣的簇拥之下，小心翼翼地从门缝里面看了一眼。听到刚才书童说的话之后，她马上表示赞同。

"对，就这么办，赶快把警察叫来吧。现在就打电话报警。"

结果，这名来历不明的无赖被当地的警察关进了拘留所。两名警察用绳子捆住了这个无赖的双手，牵着把他给带走了。会客室里只有被吐得到处都是的肮脏的沙发，和满屋子刺鼻的臭气。

"才定制好的沙发，真可惜。"老婆婆站在远处，面带怒容地望着沙发。

"哎呀，除了呕吐物还有别的呢！这么长一道裂痕，真恐怖，那家伙还带着刀具吗？把沙发划这么大一个破洞。"

"太可惜了，这么昂贵的沙发。不能再把它继续摆在会客室了，赶快联系一下家具店，请他们来把它搬走，然后更换一下饰面。"

岩濑夫人有洁癖，她一刻都无法忍受将如此肮脏的家具摆放在家里。

醉鬼骚动结束之后，大家才开始担心早苗的安危。岩濑先生早就接到了关于此突发状况的报告，而明智离开时也告知了今天的去处，因此致电让他立刻返回。

与此同时，宅邸内展开了一场地毯式的搜索。闻讯赶来的三名警察、书童以及其他用人们，一起参与到这次的搜索行动中，从会客室到早苗的房间，再从楼上到楼下，再到庭院，甚至地板下面都仔仔细细地找了一大圈。

可是，这位美丽的千金小姐却像清晨叶尖上的露水一样蒸发在晨光中。一个大活人，就这样在会客室中消失得无影无踪。

魔术师的绝技

醉鬼事件经过了大概两个小时后，接到消息的岩濑先生及明智小五郎火速赶回，二人立刻在岩濑先生的起居室里针对这桩离奇的事件展开了讨论和分析。岩濑夫人和老婆婆待在一旁，负责保护早苗的两名书童也被喊了过来等待问话。

"真是失算了，这次我又大意了。"

明智感到十分惭愧。

"不，不是你的错。这次是我不好啊，看见女儿这样消沉下去，我实在于心不忍，所以就把她带到会客室，结果就出了这样的事情。

说到大意，真正大意的人是我才对啊。"

"我们也太大意了，以为有书童在就可以安心了。"

岩濑夫人也感到内疚。

"可是，现在不是追究谁的责任的时候。眼前最重要的是，必须搞清楚早苗小姐是什么时候被带离会客室、又被带到哪里去了？"

明智指出了问题的关键。

"唉，这也是我们想不通的。喂，仓田，你们当时到底有没有用心守护小姐？小姐从会客室离开时，你们总不可能没注意到吧？"

对于岩濑的指责，被称作仓田的书童露出悲愤交加的神色。

"不，绝没有这回事。我们一直紧盯着会客室的大门不敢放松，更何况小姐如果要从会客室前往其他房间，一定会经过我们所守卫的走廊。如果小姐真的走过来，我们不可能看不到的！"

"哼，说得比唱得都好听，我问你，既然如此，小姐怎么会不见了？难道她还能割断牢固的铁栏杆飞出去吗？啊？铁栏杆都被卸掉了吗？"

岩濑先生只要情绪一激动，就容易出口伤人。

两名书童脸上一阵青一阵白，挠了挠头，老老实实地回答道：

"没有，别说铁栏杆，就连窗户上的锁都没有被打开的迹象。"

"你看，结果不就是你们玩忽职守所造成的吗？"

"岩濑先生，先不要着急下结论，我认为这并不是他们的疏忽。先不说早苗小姐去了哪里，就算再粗心大意，一个醉鬼进了会客室，他们总不会完全没有察觉吧。"

明智略加思索后提出了一个疑点。

"确实不同寻常，可是事情也的确发生了。"

对于岩濑先生的讥讽，明智并没有放在心上，继续说道：

"既然铁栏杆没有被破坏，而书童也没有擅离职守，那么得出的结论只有一个——根本就没有人进出会客室。"

"哼哼，难道早苗把自己打扮成了一个醉鬼吗？开什么玩笑，我女儿可没有这种演技。"

"岩濑先生，你刚才说特地让早苗小姐看了新定做的沙发吧？那些家具是今天刚刚送到的吗？"

"是的，就在你出门后不久。"

"那就奇怪了，我认为那些今天新到的家具与小姐的失踪并非偶然，其中也许有什么关联……"

明智眯着眼睛，陷入了沉思。片刻后，他猛地抬起头，嘴里说着莫名其妙的话：

"人椅……这种只有小说家才有的奇思异想，真的能够实现吗？"

他突然站起身，也不向众人解释，急匆匆地离开了起居室。

这位名侦探突如其来的举动把在场的众人搞得一头雾水，大家呆呆地站在原地，茫然地面面相觑。过了一会儿，明智又匆匆跑了回来，还未进屋声音先到：

"沙发呢？沙发怎么不在会客室里？"

"明智先生，请冷静一下。沙发根本不重要，现在我只担心我的女儿啊。"

岩濑先生说完，明智又走进了起居室，但并未进屋，就那样站在门口并继续问着同样的问题。

"不，我现在只想知道沙发在哪儿。它到底放在哪儿了？"

一名书童回答道：

"刚才已经让家具店的师傅搬走了，因为夫人交代要更换沙发的饰面。"

"夫人，是这样吗？"

"是啊，沙发被那个醉鬼弄得又破又臭，实在是太脏了，我就赶紧请他们来拉走了。"岩濑夫人还没有反应过来，认真地解释道。

"是这样啊。唉，这下可真是有些糟糕了……等等，也许……也许可能只是我的误会……请允许我再借用一下电话。"

明智自言自语地嘀咕着，然后又猛地扑到桌前的电话上，抓起了话筒就开始对书童喊道：

"快，告诉我家具店的号码。"

书童报出一串号码，明智马上把号码转述给接线员。

"喂？是 N 家具行吗？这里是岩濑宅邸。刚才这边要求更换沙发饰面，不知道你们搬走的沙发现在已经到店了吗？"

"哦，是要更换沙发的饰面吗？明白了。抱歉让您久等，我正要派店里的人过去。"

话筒的另一端传来的是令人发狂的回答。

"什么？正要派人过来？你不是在开玩笑吗？沙发不是已经让你们店里的师傅搬走了吗？"

明智急上心头，忍不住冲着家具店的人一阵怒吼。

"不，这不可能啊？本店的员工还没前往府上。"

"你是老板吗？好好问一问员工们，是不是其实已经有人来过了，只是没有告诉你？"

"不，这不可能的。我并没有通知员工今天到府上去搬沙发，所以不可能有人去的。"

听后，明智"咣"地一声挂断了电话，然后站起身准备向外跑去，又好像想起了什么似的，转过身来再次拿起话筒。这次拨打的是当地的警察局，而且直接请搜查科的主任接听。搬到岩濑宅邸的第一天，明智就与搜查科主任搞好了关系，所以在这种紧急时刻，这样的交情就能够派上大用场。

"我是岩濑宅邸的明智。还是刚才那个醉鬼骚动的事情，有人假借家具店的名义来到岩濑宅邸，把那张被醉鬼弄脏的沙发搬上卡车后逃走了。我不清楚卡车开到哪个方向去了，我想请你紧急派遣人手查找并拦阻……是的，就是那张沙发……人椅，是的，那是一张藏了人的椅子。不，我绝不是在玩笑……请相信我，除此之外没有第二种可能。好的，那么就拜托你了。稍后我会将详细情况都告诉你。"

明智正打算结束通话时，却从对方口中知晓了另外一个信息。

"什么？那家伙逃走了？这真的是太疏忽了……以为他是个醉鬼就没有严加防范？是啊，这也是没办法的事，那家伙的确不简单，肯定是黑蜥蜴的手下，只可惜让他给跑了！还没有抓到吗？……总之，人命关天，请全力搜寻他们，无论沙发还是醉汉……好的，随时联络。"

挂了电话之后，明智像泄了气的皮球一样蹲在了地上，一脸愁容。在场的众人都竖起耳朵听着电话另一端的声音，连大气也不敢喘一下。听了一会儿之后，大家总算明白这位名侦探为什么会有一系列奇怪举动了。

"明智先生，刚才的通话内容，我已经大致听明白了。你超凡的洞察力真是令人惊叹不已。而且，那歹徒大胆、周密的偷天换日计划，也实在令我太过震惊。其实，那个伪装成醉鬼的恶棍早就把在家具店里定制的沙发偷偷地调了包，然后自己藏在了暗藏机关的沙发里。然后，沙发送到客厅里，再然后早苗就进来了……那家伙偷偷地从沙发中钻出来把我的女儿……明智先生，我的女儿该不会被那家伙给……"

岩濑先生打了一个冷战，将后半句话咽了回去。

"不，我不认为他们会对小姐不利。经过上次在 K 酒店的绑架事件，我相信那女贼要的是活生生的猎物。"

明智安抚着岩濑先生。

"嗯，我也这么想……那家伙把我女儿弄晕，然后放到沙发的机关里，再把盖子盖好。一切完成之后自己就躺在沙发上装成一个醉鬼的样子。不过，那些呕吐物可真的是……"

"精彩。看来岩濑先生的想象力比起黑蜥蜴来毫不逊色。我也是这样分析的。那家伙最最可怕的地方，就是敢于把异想天开的戏剧情节设计成简单的剧本，并大胆地加以实施。这次绑架的构思根本不是现实中的东西，而是直接挪用了一部名为《人间椅子》的小说里的情节。那部小说的情节就是一名歹徒藏在沙发里伺机作案，这种天方夜谭般的情节竟然被黑蜥蜴用来策划绑架早苗小姐。而那些所谓的呕吐物，我相信应该是事先就已经装到酒瓶里的。他先把早苗小姐迷晕之后，再把呕吐物洒在沙发上。对，就是那个空的威士忌瓶。现在里面还剩下一些残留液体，只要检查一下就能发现里面充满了令人作呕的气味。其实，这种手段出自以前的欧洲童话故事，只不过那个故事中，瓶子里装的不是呕吐物，而是更加肮脏的东西。"

"那么，那个醉鬼已经从拘留所逃走了？"

"是啊，已经逃走了。醉鬼也好沙发也好，都像童话里讲的一样，变成泡沫消失了。"明智不由得苦笑了一下，马上又正色补充道，"放心吧，岩濑先生，无论怎样，我也会履行之前我们在 K 酒店的诺言，我会用我的生命保护早苗小姐的安全，绝不会发生无可挽回的悲剧。你可以看看我的表情，我的面色惨白吗？看起来有半点慌乱吗？并没有。正如你所见到的，我十分镇定。"

明智说完露出了一个自信的笑容，那是发自内心的微笑，看起来并不像虚张声势。大家抬起头看着这位名侦探的表情，心里又充满了希望。

"埃及之星"

在翌日报纸的大肆渲染下，宝石商千金被绑架事件立刻传遍了全国。除了地方警局，整个大阪府的警察倾巢出动，全力搜寻早苗的下落。无论是在商场陈列的货架、家具店的橱窗、车站的货物仓库，但凡是能够容纳一个人大小的沙发类长椅，全都因这次的事件而被贴上了怀疑和恐怖的标签。有些神经过敏的人，甚至连摆放在自家客厅里的沙发都心生疑虑，如果不仔细检查是否有机关存在，根本就不敢坐在上面。

距离案发已经过去了整整一天，那个内藏机关的沙发仍下落不明。美丽的早苗小姐好像从这个世界消失一般毫无音讯，没人知道她是生是死。

无论是使早苗陷入危机，还是大意放跑了歹徒，都是岩濑夫妇的疏忽，原本不该把过错推到别人身上。可是岩濑夫妇由于过度悲愤而丧失了理智，他们开始互相指责，甚至认为如果明智不轻易外出，那么这次的事件也不会发生。

明智自然能够理解岩濑夫妇的心情，而且身为名侦探的他，对于此次的绑架事件深感自责，并极度懊悔没能阻止事情的发生。可是他毕竟是一名经验老到的智将，很快就驱散了沮丧的情绪，恢复了以往的自信。

"岩濑先生，请相信我，早苗小姐不会出事的，我一定会把她平安地带回来。而且，那些恶贼不会对早苗小姐怎么样，反而会把她视为珍宝，小心翼翼地照料。因为他们有必须得这样做的理由，所以请不要太过担忧。"明智再三安抚岩濑夫妇。

"明智先生，虽然你说要救回我女儿，可是现在她在哪儿？难道你知道她的下落吗？"

岩濑先生又开始冷嘲热讽起来。

"是的，也可以这么说。"

明智不慌不忙地回答。

"哼，那你为什么还不赶快去救回我女儿？在我看来，从昨天起你就把事情全部推给警方，自己只在一旁袖手旁观。如果你真的全都了如指掌，那为什么不赶快采取适当的措施呢？"

"我在等啊。"

"啊？等什么？"

"黑蜥蜴的通知。"

"通知？这怎么可能，歹徒难道还会写信通知你他在什么地方，然后请你带回小姐？"岩濑先生一边冷哼一边冷笑，越说越过分。

"没错，是这样的。"名侦探的回答像个孩童一样天真，"那家伙真的会通知我们去接回早苗小姐也说不定呢。"

"什么？你是认真的吗？歹徒是疯了吗？怎么可能这样做……明智先生，我希望你明白现在这种场合是开不得玩笑的。"

宝石王的脸一下子沉了下来。

"这可不是开玩笑，相信你很快就会明白的……啊，来了，说不定通知信就夹在里面哦。"

二人此时正坐在之前早苗被绑架的会客室中，一名书童走了过来，带来了当天的第三批信件。

"这里头有歹徒的通知信？"

岩濑先生从书童手中接过信件，然后一封接一封地查看寄信人，好像正在准备证明明智的理论有多么荒唐。可是马上，他就惊愕地大叫起来：

"啊！这是什么？这是什么图案？"

那是被封装在一只优雅精美的西式信封里的信件，背面没有写寄件人的名字，只在左下角栩栩如生地画着一只漆黑的蜥蜴。

"这就是黑蜥蜴。"

明智仿佛早已料到，脸上丝毫没有惊讶的神色。

"真的是黑蜥蜴，邮戳还是大阪市内的。"身为一名成功的商人，岩濑先生的眼神也是十分了得，"对了，明智先生，你是怎么知道歹徒会送通知信来的？按照我的理解，这实在是……"

他一脸钦佩地望着名侦探。岩濑先生脾气虽然不好，但气消得也很快。

"打开看看吧，那位黑蜥蜴在信里提出了什么要求？"

岩濑先生小心翼翼地拆开信封，从里面取出信笺并展开。信纸是没有任何印记的纯白纸张，上面仿佛刻意用拙劣的字迹写了以下的内容：

岩濑庄兵卫先生：

　　对于昨日的骚动深表歉意。令千金在我手中，现在正在一个警察绝对找不到的安全之地。

　　如果您有诚意赎回早苗小姐，那么就请答应下面的条件，这样您才能够拿到与我谈判的筹码。

　　（金额）您所收藏的"埃及之星"（一个）。

　　（交易日期）明天午后五点整。

　　（交易地点）T公园通天阁顶楼的观景台。

　　（交易方式）在指定时间前，由岩濑庄兵卫一人携带指定物品至通天阁。

如违反了以上任何一个条件或将此信函交予警方，又或者筹划在交易时将我逮捕，那么你们得到的将是早苗小姐的尸体。

如果能忠实地履行以上各个条件，早苗小姐当晚即可送还府上。您不必回信，如果明日您没有按照指定时间到达指定地点赴约，那么此次协商终止，我会立刻按照原计划行动。

此致

黑蜥蜴

读完信后，岩濑先生面露难色，陷入了沉思。

"她的目标是'埃及之星'吗？"

明智看出了岩濑先生的忧虑。

"是的。这下可难办了，'埃及之星'的确是我私人的收藏品，可它是被称为国宝的珍品，我真的不想把它交给可恨的歹徒。"

"我听说这件珍宝非常昂贵？"

"时价二十五万日元。可是，它的价值绝不仅仅有二十五万日元。你听说过那个钻石的故事吗？"

"是的，曾听说过。"

"'埃及之星'产自南非，足有三十几克拉，目前是本国最大、最珍贵的钻石。过去曾经收藏于埃及王室的宝库中，后来又经欧洲各国的上流人士之手辗转漂泊。第一次世界大战期间，某个宝石商人在一次偶然的机缘下得到了它。再后来，就被岩濑商会的巴黎分店收购，现在已经成了大阪总店的镇店之宝。这不过是几年之前的事情。"

"对我来说，这颗历史悠久的宝石几乎和我的生命同等重要。因此在安保方面，我极为谨慎，绞尽了脑汁。除了我，不要说普通的店员，就连我的妻子都不知道放在哪里。"

"也就是说，在盗贼看来，与其大费周章地调查钻石的保存场所，不如直接绑架亲人更为简单有效。"

明智已经明白了对方的意图。

"是的。这些年来'埃及之星'一直是各种盗贼下手的目标，每经历一次都让我更加谨慎提防。结果到了最后，保存场所变成了只有我一个人才知道的秘密。不管盗贼的手段如何出神入化，也不可能从我的脑中偷走这个秘密……可是，这个秘密现在也终于要保不住了。我根本就没有想到，那个歹徒竟然要我用这颗钻石来赎回早苗……不管多么珍贵的珠宝都无法取代我的亲人。明智先生，我虽然很不甘心，但如今也只有将它拱手相让了。"

垂头丧气的岩濑先生向明智明确地表示了自己的决心。

"你完全不需要把如此珍贵的宝物让给恶贼，这种恐吓信，不要把它当回事。我保证早苗小姐一定不会有危险。"

虽然明智极力安慰、再三保证，可现在的岩濑先生已经听不进去了。

"不，这些穷凶极恶的恶棍，难保不会手段激进。我虽然心疼钻石，可就算它再珍贵，也不过是颗矿石而已。可是如果早苗出了什么事情，那将是无可挽回的灾难。我还是决定答应歹徒的条件。"

"既然岩濑先生有如此魄力，我也就不再阻止你了。假意顺从、交出钻石麻痹歹徒，也是一种迂回的计策。这样一来，我接下来的计划就更容易实施了。但是岩濑先生，你完全不必担忧。我再次郑重承诺，无论早苗小姐还是钻石，最后一定都会平安送还到府上。一定让那家伙竹篮打水一场空。"

明智沉着镇定而又自信满满地作了保证。

塔上的黑蜥蜴

第二天，还没到约定好的五点，岩濑庄兵卫先生就严格按照黑蜥蜴的要求，独自来到离 T 公园入口处不远的那座高耸入云的铁塔下面，除了明智，他没有告诉任何人。

说起 T 公园，它占地面积广，每天要接待大量游客，因此被称为大阪市内首屈一指的游乐场所。这里到处都是喧闹的人群，走路时扬起的尘土，鳞次栉比的剧场、电影院、餐馆，还有露天商贩的叫卖声、留声机的音乐声、孩子的哭闹声、由数万只穿着木屐的脚踏出的足音……无数种声音汇成一曲气势磅礴的交响乐。仿造巴黎的埃菲尔铁塔建造而成的通天阁，就高高耸立在公园的正中央，俯瞰着整个大阪。

唉，这名女贼黑蜥蜴竟然如此胆大妄为，傲慢不逊，竟然挑选了大阪市最热闹的场所，而且在青天白日之下的塔顶进行交易。这种张扬放肆的冒险精神，除了黑蜥蜴，恐怕无人能够做到。

岩濑先生虽然是一名见多识广的商人，但一想到即将要和歹徒面对面交易，也无法抑制内心的不安情绪，迈着僵硬的步伐走进了通往塔顶的电梯。

随着电梯的快速上升，视线下方的大阪市越变越小。冬季的太阳已经接近地平线，所有屋顶的侧面都被黑影所覆盖，看起来像一个美丽的棋盘。

电梯终于到达塔顶。下了电梯之后，展现在岩濑先生面前的是全方位开放的展望台。与平地完全不同，塔上的寒风狠狠地拍打在面颊上，像刀子一样割得生疼。冬天的通天阁没有什么人气，再加上此时已近黄昏，展望台上一个游客都没有。

塔顶只有一家张着防风的帆布，售卖糖果点心、水果和明信片等的小店。老板夫妇百无聊赖地坐在那里，冻得直打哆嗦。除此之外半个人影都没有，仿佛这里是远离人间烟火的天上仙境，给人一种寂寥、萧条的感觉。

靠着栏杆向下俯视，塔下仍然一派喧嚣景象，与塔顶的寂寥萧瑟相比截然不同，成千上万的游客密密麻麻的，像无数只蚂蚁在脚下不停地爬来爬去。

岩濑先生顶着寒风等了一会儿，下一班电梯升了上来。一阵咔嚓咔嚓的响声过后，铁门开了，一位戴着金边眼镜、身穿和服的妇人出现在展望台，并微笑着向岩濑先生走近。

一位打扮端庄贤淑的妇人，在这个时候孤身一人来到这寒冷的塔顶，显然十分奇怪。

"这位夫人真是个怪人。"

岩濑先生心不在焉地打量着妇人，没想到她竟直接上前向他搭话：

"呵呵呵，岩濑先生，这么快就不认识我了吗？我是绿川啊，前些日子在东京的酒店里我们还见过面的。"

啊，原来这个女人就是绿川夫人，也就是黑蜥蜴啊。她只是换上了一身和服，戴上了一副眼镜，又梳了一个圆髻，看起来就像变成了另外一个人，简直像变身术一样。谁也不会想到，这位优雅的妇人就是臭名昭著的女贼黑蜥蜴。

岩濑先生十分厌恶她这种居高临下的搭讪，于是一言不发地瞪着面前这张美丽的面孔。

"对于上次的失礼，我深感抱歉。"

说完，她优雅地行了一个礼，俨然一副贵妇的派头。

"少来这套。我已经严格地遵照你提出的条件办了事，你该把我的女儿放回来了吧？"

岩濑先生并没有心思陪她应酬，于是单刀直入地切入了主题。

"是的，这个自然……请不要担心，令千金目前非常安全……那么，我要的东西带来了吗？"

"嗯，带来了，你确认一下吧。"

岩濑先生从怀里取出一个银制的小盒子，不舍地看了看，然后下定决心似的把它递到夫人的面前。

"啊，太感谢了！容我仔细看看……"

黑蜥蜴从容自若地接过，并在袖子的遮挡下打开了盒盖，聚精会神地观察着安放在白天鹅绒底座上的那颗巨大的钻石。

"啊，真是太美了……"

她的面庞上满溢着激动的色彩。这位脸上戴着千层面具的女贼，也不得不被这世间罕见的钻石的神秘魅力所征服。

"这五光十色的火彩，真的就像正在熊熊燃烧着的五彩火焰。啊，我终于能够得到它了。与这枚'埃及之星'相比，我这些年收集的那近千颗钻石，根本就一文不值。真是太感谢您了。"

说到这里，她又恭恭敬敬地行了一礼。

虽然岩濑先生已经下定决心，但看到对方欣喜若狂的表情，又一想到几乎与自己的生命同等重要的宝贝就这样落入他人之手，不断涌上心头的憎恶之情自不必说，更加觉得眼前这惺惺作态的女人可恶至极。于是，岩濑先生的毒舌本性再一次暴露，忍不住反唇相讥：

"好了，我已经付过赎金了，现在该你把早苗送回来了。说真的，我可不敢太过信任你，毕竟和我打交道的可是个小偷，而我居然先交定金，这风险未免太大了。"

"呵呵呵，放心吧，我不会食言的……那么，就请您先回去吧，我晚走一步。"

夫人装作没有听到岩濑先生的挖苦，开始打算脚底抹油开溜了。

"哼，把钻石弄到手就想溜了吗……话说回来，你为什么不能和我一起离开呢？还是说你害怕跟我共乘同一部电梯？"

"虽然我也想跟您同行，可我毕竟是个正在被追捕的犯人，如果没有亲眼看着您返回……"

"你担心会有危险？你是不是以为我会跟踪你？哈哈哈，你在说笑话吗？难道你会怕我？你要是胆子这么小，那为什么还约在没什么人来的地方和我单独见面？我可是一个男人。万一，我是说万一，我决定以牺牲女儿为代价，来将你这个为祸人间的女贼绳之以法，那也不是完全没有可能的。"

看着她那张令人厌恶的面容，岩濑先生忍不住继续发挥着自己的毒舌本领。

"有道理，所以我早已经有了防范。"

岩濑先生本以为她准备掏出手枪，谁知她反而快步走向旁边的商店，将陈列在店头的望远镜拿了起来。

"您看到那边公共浴室的烟囱了吗？您再看看那个烟囱后面的屋顶上。"

她把望远镜递给岩濑先生，并随手指了一个方向。

"嗯？屋顶上有什么吗？"

岩濑先生好奇地举起望远镜。离通天阁的塔顶约三百米远处，能看到一排长屋的屋顶，公共浴室的后方是一个晾衣台。在那晾衣台上，能够清晰地看到一名工人模样的男子蹲在那里。

"那晾衣台上有一位身穿西装的男子吧？"

"是啊，确实有。那又怎么了？"

"请仔细看看，那名男子在做什么？"

"嗯？奇怪，他好像也拿着一个望远镜看着这边。"

"还有，他的另一只手上是不是还拿着什么东西？"

"没错，好像是一块红布。那个男的好像在看着我们。"

"对，是的，那是我的部下。他从一开始就密切关注着我们的一举一动，只要看到我有任何危险，他马上会挥舞红布发出信号，向在长屋附近监视的另一个部下示警。然后，那名部下会马上给其他看守早苗小姐的人打电话，与此同时，她就会香消玉殒了。呵呵呵，我毕竟是个盗贼，无论是大事还是小事，都必须要谨慎行事才行啊。"

原来如此。难怪这女贼特意挑选了不便的塔顶为交易地点，她已经事先安排手下在安全的远处监视，这在平地上反而是做不到的。

"哼，你倒真会未雨绸缪啊。"

岩濑先生虽然嘴上不服输，心里却不由得赞赏这名女贼的精明。

奇怪的潜逃者

岩濑先生接受了黑蜥蜴提出的条件，自己搭乘电梯下了塔，并坐上了停在不远处的车子里。车子开走后，黑蜥蜴仍然无法安心。

对方中还有明智小五郎这号头等危险人物。她完全预料不到那家伙到底会以怎样的方式，做出怎样可怕的举动。

她举起望远镜，从栏杆处仔细地观察着塔下无数的游客，想从中找出形迹可疑的人。但看着看着，她开始变得疑神疑鬼起来，并陷入了一种莫名的恐惧之中。

站在那里穿着西装仰望塔顶的男子，说不定就是刑警。还有不远处那个流浪汉也很可疑，他一直蹲在那里，可能就是明智的部下乔装的。

至于明智小五郎本人，现在一定就隐藏在如织的游客之中。

她开始烦躁不安，一直保持观察望远镜的姿态，在展望台上来回地踱着步。

她并不担心自己会被逮捕。对方想必也很清楚，一旦这么做，早苗小姐的性命就会不保。她真正害怕的是跟踪。如果遇上跟踪高手，简直就像一块牛皮糖一样，无论怎么甩都很难脱身。而那位明智小五郎正是跟踪的高手。如果明智混在人群当中，再神不知鬼不觉地尾随她，并顺藤摸瓜找到她的藏身之处……一想到这里，女贼忍不住后背发凉。

"还是用那招吧，小心驶得万年船。"

她快步走近商店，并向老板娘搭话：

"麻烦你一下，能不能帮我一个忙？"

缩成一团围在柜台后方的火盆边取暖的夫妇吓了一跳，惊讶地抬起头来。

"您需要什么呢？"

老板娘长相甜美，并露出一个亲切的笑容。

"不，我不是要买东西，而是想请你帮个忙。刚才在那边和我交谈的男子，其实是一个可怕的大恶棍，他盯上了我，我很可能会有危险，能请你帮帮我吗？刚才我好不容易才说动他，让他先回去了，但是我想他肯定会在塔底设下圈套等着抓我。请你帮帮忙吧，就装成我的样子在那边的栏杆旁边站一会儿行吗？我们可以在那道防风布后面互换衣服，老板娘穿上我的衣服，然后我穿上老板娘的衣服。幸亏我们年纪差不多，发型也一样，肯定没问题的。在这之后还要麻烦一下老板，我乔装成老板娘之后，能不能请你把我送到那边？我一定会好好答谢二位的，我愿意付出所有的钱财。拜托你们了。"

她言辞十分恳切，并取出钱夹，把七张十元纸钞强行塞进老板娘手中。

夫妇俩转过身去商量了一会儿，觉得不能错过这笔意外之财，于是便没有过多怀疑，痛快地答应了这个唐突的请求。

店主用防风布将小店围了起来，从外面完全看不到里面，两人在里面迅速地互换着衣物。

皮肤白皙的老板娘穿上了黑蜥蜴那套行头，然后梳理好凌乱的头发，再戴上金框眼镜，转眼之间就变成了一位气质优雅的贵妇。

至于黑蜥蜴，乔装打扮本来就是她的看家本领。她换上了条纹和服、看起来有些脏脏的连袖围裙、打着补丁的藏蓝色短布袜，又解开了圆髻，并在地上抓起一把灰尘，在脸上胡乱地抹了几圈，一下子就变成了一个小卖店的老板娘形象。

"呵呵呵，不错啊。我的怎么样？合适吗？"

"这真是太不可思议了，我媳妇这样一打扮起来竟然像一个真正的贵妇人，而夫人看起来却卑微了很多，简直不敢相信我的眼睛！这样一乔装，我想就算是您先生也绝对认不出来！"

老板打量着乔装后的两人，惊得瞠目结舌。

"啊，对了，你之前是戴着口罩的，正好，把口罩也给我吧。"

黑蜥蜴戴上了白色口罩，遮住了大半张脸。

"好了，老板娘，现在就请站在那边的栏杆旁边，举起望远镜观望一会儿吧。"

然后，乔装成老板娘的女贼黑蜥蜴和老板一起搭乘电梯，来到人山人海的地面。

"好了，赶快走吧，被发现可就糟了！"

二人从熙熙攘攘的人群中穿过，又走过了一条电影街和一片公园的树林，不停地向僻静的地方走去。

"谢谢，已经没事了……啊，真有意思，我们的样子简直像一对私奔的情侣。"

他们现在的样子的确像是一对奇怪的私奔情侣。女的乔装成之前老板娘的样子，男人也许是耳朵受伤了，从头部到下巴处缠绕着一层层绷带，头上还戴着一顶肮脏的鸭舌帽，木棉条纹和服上披一件黑毛呢外套，腰间系着一条皮带，脚下只穿了一双木屐。两人脸上都戴着俗气的口罩。男人牵着女人的手，一边避开别人的视线，一边一路小跑着穿过一片片树林。

"嘿嘿，真是不好意思。"

男人听后一下反应过来，于是马上松了手，不好意思地笑了笑。

"没事的，不用在意……对了，你头上怎么缠着一圈绷带呢？"

脱离了险境后的黑蜥蜴心生感激，便语带关心地随口问了一句。

"啊，我得了中耳炎。不过已经好得差不多了。"

"哦，是中耳炎啊，那可得多注意身体啊。不过，你有一个好老婆，真有福气呢。两人开一间夫妻店，那样一定很幸福吧。"

"嘿嘿嘿，那家伙可没您说的那么好。"

这个男人有些呆，黑蜥蜴心中觉得好笑。

"那么，我就先告辞了。麻烦帮我问候一下老板娘，说我绝不会忘记她的这份恩情……啊，还有，那件和服虽然有些旧，不过质地挺好的，就送给老板娘吧。"

出了树林后，就是一条纵贯公园的大马路，有一辆车停在那里。黑蜥蜴向男人告别后，迅速向汽车方向跑去。

司机一直在那里等候着黑蜥蜴，看到她出现后立刻打开车门。女贼快速钻了进去并关上车门，发出一句指示后，车子立刻开动了。这名司机一定就是黑蜥蜴的部下，他们事先已经部署好在这里接应首领。

那商店的老板目送女贼的车子开走后，竟然没有返回塔顶，而是径直跑到马路上，看到有出租车经过后，立刻招手拦了下来，然后拉开车门飞快地钻了进去，又像变了个人似的吐字清晰、一字一句地说道：

"我是警察，快跟上前面那辆车！我会多付些车费，快跟上！"

出租车一边跟踪着前面的车，一边适当保持着距离。

"注意不要被前面的车察觉。"

他一边不时地发出指示，一边猫着腰，像一个勇猛的骑手一样专心地凝视着前方。

他虽然自称警察，但他真的是一名警察吗？看起来真的不太像。他的声音似乎有些熟悉，而且在那层层缠绕的绷带之下注视着前方的锐利眼神，更加给人一种亲切、熟悉的感觉。

追踪

冬日暗淡的阳光转眼间被黄昏的幽暗所取代。在大阪市纵贯南北的S干道上拥堵的车流中，有一辆汽车与前车保持着一定的距离，却又穷追不舍地跟随着。

前面的车里，坐着一名小商贩老板娘模样的美丽女子。她身穿和服，上面还罩着围裙，蜷缩在后座的角落里。

这位衣着寒酸，看起来完全不像出门会叫出租车的女子，实际上正是大名鼎鼎的女贼——黑蜥蜴乔装改扮的。

即使是经验老到的女贼也有疏忽大意的时候。她根本没有注意到有一辆车正紧紧跟随在自己的身后，就像一头盯上猎物的大灰狼一样穷追猛打。在那辆尾随的车里，有一名用绷带遮住了半张脸的小商贩老板模样的男子，正用犀利的眼神紧紧地盯着前面的车，不时粗暴地命令司机"再快一点""开慢一点"。

这名男子到底是什么身份？

他保持着注视前方的视线，迅速地脱下身上的毛呢外套和条纹和服，露出了隐藏在下面的土黄色工作服和土黄色工装裤，上面甚至还有些污渍。转眼间，这名小摊贩就变成了一名在工厂工作的工人。

这名工人抬起手，拽掉了遮住半张脸的绷带。原来他根本就没有得什么中耳炎，装病只不过是为了麻痹对手而已。

隐藏在绷带下面的，是炯炯有神的双眼和浓浓的一字眉。这位神秘人物的真面目竟然是明智！是明智小五郎！

他早已料到黑蜥蜴有此一招，于是干脆乔装成在通天塔顶经营小店的老板守株待兔。等到黑蜥蜴溜走时就暗中跟踪，直接找到她的藏身之处。

女贼不仅完全落入了明智的圈套，甚至还主动请求他帮忙脱身。虽然随时都能逮捕这名女贼，但是目前未能确认早苗的安全，也不知道女贼的藏身之处，无法贸然行动。因此他努力使自己平静下来，决定耐心地尾随着她，然后安全地将早苗解救出来，并夺回钻石，最后将黑蜥蜴抓住，交给警察处理。

天色已经完全暗了下来。在不断被抛在身后的路灯映照下，两辆车像是在举行某种比赛一样，迂回穿梭在大阪的大街小巷中。

女贼已经熄灭了车里所有的灯，不时掠过的路灯微光只能隐约从后车窗照映出她的头部。明智只能在不暴露的前提下，尽量地与她拉近距离。

车子过了一个街角后拐了弯，一条著名的运河就流经那里。运河的一侧是紧闭着大门的商品批发街，另一侧则正对着运河。河岸是一条长长的斜坡，以便工人们卸货。到了夜里，整条街变得一片漆黑，很难想象繁华的市内竟然还有如此冷清的地方。

不知为什么，女贼的车开始在昏暗的光线中缓缓前行，开到稍远处的桥头时，突然在路灯的下面停了下来。

"啊，糟了！快停车！"

明智刚刚命令司机刹车，女贼的车就突然掉头并朝着这边开了过来。

透过挡风玻璃，可以看到前面亮起了"空车"的红灯。不知什么时候，坐在后座上的乘客已经不见了踪影。

明智来不及细想，那辆怪车已经开到了面前。司机不紧不慢地按着喇叭，从旁边缓缓地开了过去。

借着擦身而过的机会，明智仔细地观察了车内，发现竟然空无一人，刚才还坐在后座的女人竟然消失得无影无踪了。

这名司机一定是黑蜥蜴的手下，就连车也是她的。她们为了避开警察的检查，所以才伪装成了空车。

现在就逮捕司机吗？不行，那样只会把事情搞砸。必须找到黑蜥蜴，并查出她的藏身之处才行。

可是，这个女贼到底躲到哪里去了？那辆车刚才只在桥头停了一小会儿，并没有任何人下车。而且在前方明亮的路灯映照下，绝不存在看漏的可能性。另外，车子向河边拐弯的时候，黑蜥蜴的的确确还坐在车里。

这样来看，现在只能认为问题出在车子拐弯至桥头的那五十米左右的黑暗中。女贼让车子减速，然后她从车上跳下并躲藏了起来。可是她能藏到哪里去呢？马路的一侧是一连串大门紧闭的商家，四周万籁俱寂；另一侧则是黑乎乎的运河。明智走下车，在那可能出现问题的五十米路线上仔仔细细地调查了几个来回，可是不要说人，连条狗的影子都没看到。

"这真是怪事，一个大活人总不会跳到河里去了吧？"

明智回到车上，司机也是一脸大惑不解。

"嗯？跳到河里吗？也不是完全没有这种可能。"

明智说完，向卸货区下方的黑暗中望了望，发现了一艘大大的日式货船停在那里。

船上不见人影，但尾部船舷边上的油纸门中隐约透出灯光，船主人一家应该就住在里面。再仔细一看，连接船与河岸的踏板还架在上面。难道……那名女贼黑蜥蜴正悄无声息地躲在那道红色的油纸门后面？

这个假设看起来有些异想天开，可是除了这里，女贼根本无路可逃。黑蜥蜴向来不按常理出牌，那个看似最不可能的可能性，反而最有可能是真正的答案。

"能帮我一个忙吗？"

明智将一张纸钞塞进司机手里，然后贴近他的耳边交代了一番。

"看到那艘船上有一扇亮着灯的油纸门了吧？你先把车头灯关掉，然后把车头掉转一下，确保能够正对着那扇油纸门。接下来的事情有点难度，我希望你能大叫'救命'，声音越大越好。这一切做好之后，你就按下开关把前车头灯点亮。没问题吧？"

"嘿嘿，要我演这么一出有意思的戏是吧……明白了，这件事就交给我吧。"

收钱好办事，司机很爽快地答应了。他关掉了车头灯，然后悄无声息地掉转了车头。

另一边，一身工装打扮的明智抱起滚落在旁边的大石块，从斜坡卸货区一直向河岸下方走去。

"救命啊！谁来救救我！"

寂静的夜里，突然听到了一名男子大喊救命的尖叫声。那声尖叫听起来十分急迫，仿佛下一秒就会有人被杀掉。

与此同时，水边响起了沉闷的"扑通"一声，是明智不失时机地将大石块扔进了水里。如果只听声音，谁都会以为是有人被推落水中。

果然，这场骚动成功地使船上的人拉开了油纸门。拉门的人向外探出头，刚好被车头灯照了个正着。虽然那人赶快躲回了门后，但明智已经看得一清二楚，那就是黑蜥蜴——乔装成老板娘的黑蜥蜴。

当然，对方并没有看到明智，也没有察觉到自己已经被跟踪了一路。否则以那个女人谨慎的作风，绝不会轻易从门中探出头来。

被这场骚动所惊动的商店员工也纷纷拉开大门，跑到了大街上。

"怎么啦，怎么啦？"

"好像是打架？有人被收拾了吧？"

"好像有奇怪的落水声！"

这时司机已经迅速掉了头，将车子向前驶了约五十米远。

而明智却沿着河岸在漆黑中奔跑，来到了桥头的公共电话亭。

敌人是打算从水路逃走。这种情况下已经很难继续追踪，因此为了之后的部署，必须先对手下的人交代一番。

怪谈

第二天清晨，有一艘不满二百吨的小型汽船正悄悄驶离大阪河岸。这一天风平浪静，十分适合航行。这艘汽船体积虽小，马力却相当充足，没多久就快速地驶过了这片海域，下午就抵达了纪伊半岛的南部。可是，这艘汽船既没有找港口停靠，也没有驶入伊势湾，而是穿过太平洋的中央，朝着远州滩疾速驶去。而且，这艘不起眼的小船竟然选择了大型汽船的远洋航线。

船的外观十分普通，与常见的黑色货船别无二致，但船内却一处货舱都没有。从甲板下来后，船内竟然是一整排豪华的舱房，与寒酸的外观相比显得极为不协调。这艘伪装成货船的汽船实际上是一艘客船，甚至可以说，它是一幢豪华的房屋。

在这些舱房之中，接近船舵的那个房间既宽敞明亮，内部又装饰得十分雅致，显得格外与众不同。这应该就是船主的房间了。

这个房间的地板上铺着昂贵的波斯地毯，天花板被漆成白色，上方悬吊着华贵精致的水晶灯，简直不像是船内应该有的配件。除此之外还有装饰衣橱、铺着针织物的圆桌、一张沙发和几张扶手椅。

可是，有这么一张和房间的风格完全不协调的沙发，静静地摆放在角落里，好像是从什么地方临时搬到这里的。

等等，这沙发怎么看起来好像在哪里见过？……啊，对了，上面还被割开了一个大裂缝，没错，就是它！这就是三天前摆放在岩濑宅邸的会客室里，而且和被塞到里面的早苗小姐一同被运走的那一张。可是，它怎么会在这里呢？

既然沙发出现在这里，难道说……不，这已经相当明显了。而且我们被眼前的沙发吸引了全部注意力，竟然忽略了坐在上面的人。此人穿着缎面黑丝绸洋装，耳垂、胸口、手指上都挂满了珠光闪闪的珠宝，使她的美给人带来一种窒息的压力。在黑色洋装的包裹下，丰满的曲线呼之欲出。她就是只见一面也能够给人留下强烈印象的黑蜥蜴。一天以前，她正躲在日式汽船的油纸门后面，完全没有察觉自己已经被明智侦探跟踪。

黑蜥蜴藏身的日式汽船连夜顺着支流驶入大河，之后她又换乘了这艘停泊在河口的汽船。

那么，这艘船到底是谁的呢？如果是普通的商船，想必船主人一定不会把最上等的船舱让给一个臭名昭著的女贼使用，因此这艘船极有可能是黑蜥蜴的私有财产。

如果真的是这样，就可以解释那个"人椅"为什么会出现在这里。而且既然人椅在这里，那么就说明原本被塞在里面的早苗，现在已经被囚禁在这艘船内的某一处了。

先抛开这些疑点不谈，我们必须要看一看其他房间。在入口处，还有另外一个人站在那里。

他头戴一顶挂着金缎带徽章的船员帽，身穿镶着黑边的立领西装，看起来像是这艘商船的乘务长。可是此人看起来也十分面熟。塌鼻梁、魁梧的身材，看上去像一名拳击运动员……啊，这家伙不就是在东京的K酒店里乔装成山川博士并绑架了早苗的流氓拳击青年吗！其真实身份是将灵魂献给黑蜥蜴的小弟之一，即雨宫润一。

"天啊，连你也被这种事吓到了吗？真不像话，一个大男人，难道还怕鬼不成？"

黑蜥蜴悠闲地靠在沙发上，美艳的面庞上浮现出一丝冷笑。

"可是当时那种情形确实瘆得慌！而且船上的家伙个个都迷信，你要是听到了他们成天念叨那些神神鬼鬼的话，肯定也会害怕的啊！"

汽船随着波浪的起伏不停地摇摆着，阿润乔装的乘务长仍然一脸惧色，脚下跟跟跄跄。

室内的天花板上悬挂着明亮的水晶灯，可是越过这道铁板墙，外面已经彻底黑了下来，四周只有漆黑的天空和大海。海上万籁俱寂，像小山一样高的海浪，不时地向小船袭来。这渺小的汽船犹如一片漂浮在无尽的黑暗之中的落叶一般，只能孤孤单单地随波逐流。

"到底是怎么回事？告诉我详细的经过。都有谁看到鬼了？"

"谁也没有亲眼看到。可是，北村和合田两人在不同的时间里，分别听到了那奇怪的声音。一个人也许是听错了，可是两个人同时都听见了，这总不会是错觉啊。"

"在哪里听到的？"

"就在那位客人的房间。"

"啊？是早苗小姐的房间吗？"

"是啊！今天中午北村从门前经过时，就听到里面有人在低声说话。当时，你、我、其他人都在餐厅，而且早苗小姐的嘴巴一直都是塞得严严实实的，根本不可能开口说话。北村觉得可能是有某个水手企图对早苗小姐不轨，于是就打算推门进去看看。可是他突然发现门一直是从外面锁上的，他这才觉得事情不对，然后赶忙取了钥匙开门。"

"是不是塞着嘴巴的布团掉出来了？然后那位早苗小姐就在低声诅咒着我们吧。"

"可是布团塞得严严实实的，而且绑住双手的绳索也没有松动的迹象。当然，房间里除早苗小姐绝对没有第二个人，所以北村当时就吓得后背发凉。"

"他也向早苗小姐确认过了吧？"

"是啊，他拿掉了布团后问她是怎么回事，可是早苗小姐却好像受到了惊吓，一直说她根本没听见任何声音。"

"还有这种事？是真的吗？"

"一开始我也是这样怀疑的，我想可能是北村出现了幻听，所以并没有放在心上。可是就在一个小时前，这次也是所有人都在餐厅里的时候，合田又听到了有人低声说话的声音。他也赶忙取了钥匙开门，结果和北村当时遇到的情形一模一样，除了早苗小姐绝对没有第二个人，而她嘴里的布团也一直塞得好好的。这两件怪事马上就传遍了整条船，然后就被传成了那种都市传说类型的鬼故事。"

"他们是怎么传的？"

"这些家伙多多少少都是有过前科的，而且身上背着人命的家伙也不止两三个，所以大家都认为船上有厉鬼作祟。听到这些话，我自己都觉得浑身发毛啊。"

这时，又一道大浪猛地拍打过来，发出了一阵骇人的声响。船身随着波涛高高浮起，下一刻又落回了水面，宛如在万丈深渊里漂浮挣扎。

与此同时，也许是发电机出了故障，头上的水晶吊灯的光芒突然变成了红褐色，诡异地闪烁个不停，给这个都市传说又笼罩上一层惊悚的色彩。

"今晚真让人受不了啊。"

润一好像在注视着某种可怕的东西一样，无奈地仰望着吊灯，长叹了一口气。

"你一个大男人，怎么胆子这么小？呵呵呵……"

黑衣女的笑声在这座铁墙房间里产生了回音，在这种气氛烘托下，听起来更加诡异。

她的笑声还未落，门突然开了，一个白色的物体悄无声息地飘了进来，像是在配合这种惊悚的气氛一般。他的头上戴着大厨帽、身穿白色立领服，还系着一条白色的围裙，像厨神一样圆润的面庞上挂着紧张的神色。此人是这艘船上的厨师。

"天啊，怎么是你啊。你怎么突然冒出来了，吓死我了！"

润一抚着胸口抱怨道。厨师憋得满脸通红，特意压低了声音，向二人报告了刚才发生的一件大事。

"又发生怪事了！那鬼魂这次竟然溜进厨房，偷走了一整只鸡！"

"偷鸡？"

黑衣女觉得十分奇怪。

"啊，他并没有偷走活鸡。我把七只鸡的毛都拔掉，用开水烫过后挂在柜子里。做午餐的时候的的确确是有七只的，但刚才看的时候居然少了一只，只剩下六只了！"

"我记得晚餐没有鸡肉吧？"

"是啊，所以才奇怪啊。这艘船上并没有嘴馋得不行的贪吃鬼，除了幽灵什么的，谁会去偷鸡呢？"

"你是不是记错了？"

"肯定不会的，我的记性向来很好。"

"这确实是件怪事。阿润，你和大家分头把整条船搜查一遍吧。也许真的混进了什么奇怪的东西呢。"

怪事一桩接着一桩，女贼终于开始觉得事情不对了。

"好，我也是这么打算的。管它鬼魂也好、怪物也罢，只要能说话、能吃食物，那一定是有形的物体。仔细搜查一下，也许那个'怪物'真的会现身呢。"

于是，润一乘务长立刻离开，命令众人立刻检查船舱。

"啊，对了，那位客人托我向你带句话。"

厨师突然想起还有事情要报告给首领。

"啊？是早苗小姐吗？"

"是的。今天也不知道吹的哪阵风，刚才我去给她送饭，替她解开绳子、取下嘴巴里的布团后，她竟然津津有味地把饭菜都吃光了。然后，她说保证不会逃跑，也不会大喊大叫，求我不要再绑着她了。"

"她真的这么说？"

黑衣女惊讶极了。

"是啊，她的状态很好，还说自己已经想通了，会配合我们，和昨天的态度简直一个天上一个地下。"

"这太奇怪了。叫北村把她带过来。"

厨师领命后退下。过了一会儿，那个叫作北村的船员便牵着已经松了绑的早苗进来了。

骇人的谜团

早苗看起来非常憔悴，被绑架时身上穿的日式丝绸家居服现在变得皱巴巴的，头发也蓬乱无比，大量的碎发凌乱地垂落下来，遮住了苍白的前额。凹陷的面颊显得鼻子更加高挺，眼镜腿也歪了，只能无奈地暂时搭在耳朵上。

"早苗小姐，你还好吧？别站在那里了，坐过来吧。"

黑衣女指着自己坐着的沙发，语调变得柔和起来。

"好。"

早苗听话地向前走了几步。可是当她认出黑衣女坐着的沙发后，立刻就像见到鬼一样面露惧色，不由自主地向后退去。

是人椅、人椅！她再一次清晰地回忆起来，三天前自己曾被强行塞到里面。

"怎么了？你害怕这张沙发吗？这也是在所难免的。算了，你坐在那边的扶手椅上吧。"早苗提心吊胆地坐在了黑衣女所指的椅子上。

"是我不好，我不该像之前那样剧烈地反抗。以后肯定不会了，你说什么我就听什么，请原谅我吧。"

早苗头也不抬地轻声道着歉。

"你终于放弃抵抗了？这样才对嘛。只要你肯听话，我是不会为难你的……不过，我觉得很奇怪，到昨天为止你都一直不配合，怎么今天突然就想开了呢？到底发生了什么事？其中一定有什么理由吧？"

"不，没有……"

女贼一边用锐利的目光紧紧盯着垂下头去的早苗，然后紧接着问了下一个问题：

"听北村和合田说，从你房间里听到了有人说话的声音。告诉我实话，到底是谁进了你的房间？"

"没有人啊，我根本没有注意到，也没听到有任何人说话。"

"早苗小姐，你是在对我撒谎吗？"

"不，绝对没有……"

黑蜥蜴盯着早苗看了好一会儿，好像是在思考着什么。房间里死一般的寂静。

"请问，这艘船到底要开到哪里去呢？"

过了一会儿，早苗率先打破了沉默的气氛，胆怯地问道。

"这艘船吗？"女贼好像突然从冥想中清醒过来，"让我来告诉你这次航行的目的地吧。我们现在正经由远州滩向东京方向航行。在东京的一个隐秘的地方，有我的一座私人美术馆哦。呵呵呵，那间美术馆里的收藏品有多么丰富，到时候一定让早苗小姐亲眼看看。正是为了尽快将你与'埃及之星'一同陈列在美术馆里，我们才像现在这样没日没夜地赶路呢。"

"……"

"乘坐火车虽然会快很多，可是运输的毕竟是你这个活生生的货物，走陆路的话风险实在是太高了。如果走水路的话，速度上虽然慢了点儿，但是非常安全。早苗小姐，这艘是我私人的船。你的黑蜥蜴姐姐连蒸汽船都准备好了哦。惊讶吧？不过以我的资产来说，拥有一艘像这样的船是完全没有问题的。陆路不安全的时候，我们就可以乘坐这艘船改走水路。如果没有这么方便的工具，这些天来我们怎么能够如此顺利地避开警方的视线呢？"

"可是，我……"

早苗竟然换上了一副倔强的神情，抬眼望着黑衣女。

"嗯？怎么了？"

"我不会到那种地方去的。"

"我当然也知道你不会老老实实地服从我的安排。不过，就算你不配合，我也会强行把你带去哦。"

"不，我绝不会去的……"

"哟，怎么突然这么坚定呢？难道你以为能从这艘船上逃走吗？"

"我相信一定会有人来救我的，所以我根本不害怕。"

早苗这充满信心的态度，使黑衣女顿时感到一阵心慌。

"你相信谁呢？谁会来救你呢？"

"难道你不知道吗？"

早苗的语气中充满了坚定的信心，同时又带着难解的谜题。能够让这位柔弱的千金小姐变得如此坚强，到底是出于什么原因？

难道是……黑衣女的脸色一下子变得铁青。

"其实我早就知道了，那个来救你的人……是明智小五郎！"

"啊？……"

早苗完全没有料到她会猜出答案，因此大惊失色。

"我说得对吧？虽然大家都认为偷偷潜入你的房里和你说话的那个是个鬼魂，但鬼魂是无法开口说话的。它不是鬼魂，而是明智小五郎。那个侦探答应要救你出去，对吧？"

"不，没有的事……"

"别以为你能骗得过我。好了，没有什么要问你的了，出去吧。"

黑衣女面色变得十分难看，"腾"地一下站了起来。

"北村，把这女孩按照之前那样捆起来，再用布团把嘴堵上，锁到屋子里。记住房间要从里面上锁。在没得到我的指示之前，你就待在里头看着她。把手枪准备好，不管发生什么事情，要是让她逃跑了，我可饶不了你！"

"遵命，我马上照办。"

北村拖着早苗走出房间后，黑蜥蜴赶忙冲到走廊上，刚好碰到了在舱内搜索结束的润一乘务长。

"啊，阿润，那个捣乱的鬼魂其实是明智侦探。明智应该已经溜进船内了，赶快再派人搜查一遍，要仔细！"

接下来，舱内又重新展开了地毯式搜查。十名船员分头拿着手电筒仔细检查了甲板、船舱、机关室，甚至连通风口的里面、锅炉房的底部都彻底搜索了一遍。可是，不要说明智的影子，就连与其相关的半点儿线索都没有发现。

水上葬礼

黑衣女一无所获，精疲力竭地瘫坐在之前的那张沙发上。她冥思苦想了这么久，也解不开这难解的谜团。

舱内垂头丧气的气氛并没有使引擎的工作停止，它仍然兢兢业业地运转着。汽船在漆黑的水面上乘风破浪，全速向东驶去。

引擎发动的声音和不断拍打着船舷的海浪声使船身快速而有节奏地颤动着。突然一个巨浪袭来，使船身剧烈地摇晃起来。

黑蜥蜴半靠着沙发，单臂支起身体，好像看到了这世上最惊悚恐怖的事物一样，凝视着沙发表面的那道裂痕。

她无法抑止不断涌上心头的那种诡异的恐怖感。舱内的每一个角落都仔仔细细地搜过，已经不存在其他可能性了。唯一遗漏的地方，就是最大的盲点所在——那张沙发的内部。

她静下心来，仔细地捕捉着异样的气氛。果然，她感到从坐垫的下方传来一阵与引擎的发动频率明显不同的轻微震动。

那是人的心脏跳动的声音。沙发里面有人！

血色从她的脸上褪去，她咬紧牙关，强行抑制住想立刻从这个房间里逃走的冲动。

可是，就在她紧张得无法动弹之时，从沙发里传来的心跳声一下比一下明显。此刻她已经无法听到海浪和引擎的声音，只有沙发底下那神秘而恐怖的心跳像鼓声一样，一下一下地在耳边回荡着。

她已经到了忍耐的极限。我不会逃了！为什么要逃走呢？就算那家伙真的藏在沙发里，那不就跟瓮中之鳖一样，为什么要担心呢？根本就没什么好怕的。

"明智先生，明智先生？"

想到这里，她干脆大着胆子大声呼唤着，同时拍了拍沙发上的坐垫。

于是，真的从沙发里传来了沉闷的回答声：

"我就像你的影子一样，无论你走到哪里都会出现在你身边。你的这个道具正好派上了用场哦。"

这阴森恐怖的声音好像是从地底或是墙壁中传出来的。黑衣女听到后不由自主地打了个冷战。

"明智先生，你不害怕吗？这艘船上可都是我的手下，而且这里是海上，警察这个远水也救不了近火哦，你难道不怕吗？"

"该害怕的人是你吧，嘿嘿嘿……"

天啊，这笑声竟然如此诡异。他也不着急从沙发里出来，而是悠闲自得地继续待在里面不动，真是个深不可测的人。

"怕倒是不怕，不过我的确由衷地佩服你。你怎么知道这艘船是我的？"

"我根本不知道你还有一艘船，不过我一直跟着你，所以就跟到这儿来了。"

"你一直跟着我？可我并没有发现啊。"

"能从通天阁开始就一直跟着你的，就只有一个人吧。"

"什么？那个人竟然是你吗？你的确厉害，值得敬佩。原来那个小店的老板就是明智小五郎，我怎么这么蠢，竟然相信真的是因为中耳炎才会缠着绷带，这真是太可笑了。"

黑衣女突然觉得心中有一种异样的感动，仿佛沙发里面的那位并不是她的敌人，而是恋人似的奇妙情绪。

"嗯，是啊，我本来是打算引你上钩，可是没想到你竟然自投罗网，那一刻的心情确实非常愉快。"

正在这时，房门突然开了，乘务长打扮的雨宫润一走了进来，打断了这奇妙的对话。原来他在外面听到房间里有奇怪的说话声，于是推门进入看个究竟。

黑蜥蜴抢先一步用食指贴近嘴唇发出暗号，示意雨宫润一不要说话。然后，她向润一招了招手，并拿起了桌上的手袋，从里面取出铅笔和记事本。接着，她一边保持着和明智的交谈，一边迅速地在记事本上写着字。

（记事本上的文字）明智侦探藏在这张沙发里。

"所以当时在 S 桥的河岸边大喊救命，还制造了有人被推下水的声音，这些都是你搞出来的？"

（记事本上的文字）快去叫几个人过来，再拿些结实点的绳子。

"没错。如果当时你没有从油纸门里探出头来，我可能就找不到这里了。"

"我猜对了。那么之后你是怎么跟踪我的？"

两个人的交谈还在继续，而润一蹑手蹑脚地离开了房间。

"我借了一辆自行车。为了不跟丢你的船，我骑着自行车从陆路走，从一处河岸追到另一处河岸。等到夜深人静的时候，又借了一条小船划到这里。在黑暗中我花了好大力气，像表演杂技一样才爬上了甲板。"

"可是，甲板上也有人把守啊。"

"确实有。所以我又费了不少力气才进了船舱，然后又找了好久才找到了囚禁早苗小姐的房间。可是等我找到早苗小姐，正准备将她救走的时候……哈哈哈哈哈，却发现船已经离港了。"

"可是你为什么不赶紧逃走呢？躲在这里面，肯定会被发现的啊。"

"因为我不想在这么寒冷的天气里下水，而且我的游泳技术也不怎么样。像这样躺在温暖的沙发垫下，当然要舒服许多了。"

这真是一场奇怪的谈话。其中一个人躺在沙发的里面，而另一个人隔着坐垫坐在沙发上面，两人甚至无法感受到彼此的体温。而且这两人是敌对关系，就好像一座山上的两头猛虎一样，只要时机一到就会跳起来紧紧咬住对方的喉咙。可是他们的谈话内容却十分平和，就好像夫妻在枕头边上的谈话一般。

"我说，我从晚餐后就一直躺在这里，已经快躺不住了。而且，我有点想欣赏你美丽的容貌了，现在可以让我出来了吧？"

不知道明智还留了什么后手，语气越来越大胆了。

"不行哦，你不可以出来。万一被船员们发现，你可就没命了。还是在里面安静地待着吧。"

"哟，你为什么要保护我呢？"

"因为我不想失去一个旗鼓相当的对手呀。"

这时，润一带着五名船员，手里拿着长长的绳子，蹑手蹑脚地走了进来。

（记事本上的文字）明智还被困在沙发里面。用绳子把沙发捆好，然后搬到甲板上扔进大海里。

船员们接到指示后，悄悄地从沙发的尾部开始一圈一圈地捆了起来。黑衣女笑得十分灿烂，然后从沙发上站起，以免妨碍他们的工作。

"喂，怎么回事？有人进来了吗？"

被关在里面的明智听到沙发外面有异常响动，便随口问了一句。

"是啊，现在正在用绳子绑住沙发。"

这时，绳子已经捆住了整张沙发。

"绳子？"

"是啊，我们正准备把名侦探沉塘呢，呵呵呵……"

黑蜥蜴天生的邪恶心性完全暴露出来，她像一个黑暗的魔鬼一样露出狰狞的嘴脸，用着激进的语气下了一道残忍的命令：

"好了，各位，把沙发搬到甲板上去……"

六个男人毫不费力地抬起被绳子包成了粽子一样的沙发，快步穿过走廊并上了楼梯。被装在沙发里面的可怜的名侦探像一条被渔网捕住的鱼一样，不停地扭动挣扎着。

今夜不见一缕星光，天空、大海、甲板上都是一望无际的黑暗。螺旋桨搅起的泡沫像在夜色中发光的萤火虫一样，在后方拖出一条醒目的、长长的白色尾巴。

六个人影扛着像棺材一样的沙发，站在了船舷的边上。

"一、二、三！"

吆喝声刚落下，一道黑影随即顺着船舷滑了下去，"扑通"地在海面上激起了一片水花。啊，名侦探明智小五郎竟然如此轻易地葬身海底，变成了太平洋中的一片碎藻。

地下宝库

装着明智的沙发瞬间坠入海中，在船尾拖出的磷光泡沫映照下，像个活物似的翻滚了几下，很快便沉入了漆黑的海底。

"水葬就是这样的吧，这回心腹大患终于被消灭了。不过，一想到那个锐气十足的明智侦探就这样葬身海底……夫人，其实他也挺可怜的呢。"

雨宫润一观察着黑蜥蜴的表情，口是心非地出言讽刺她。

"好了！你们快进去吧。"

黑衣女不耐烦地把船员们都撵回了船舱，然后靠在船艏的栏杆上，默默地注视着刚才沙发沉下去的海面。

螺旋桨的声音重复地打着相同的节拍，并不断喷出萤火虫磷光般的泡沫，此起彼伏的海浪勾画出相同的轨迹。是船在前行，还是水在流动？只有永恒不变的律动，才会不断地重复着相同的旋律。

黑衣女一动不动地在寒冷的夜风中站了近三十分钟，这才恋恋不舍地回到船舱。在明亮的灯光下照射下，她的面色显得极为苍白，面颊上还留有未干的泪痕。

她先是回到了自己的卧室，只过了一会儿就感到焦躁不安，于是又来到走廊上，摇摇晃晃走向囚禁早苗的房间。

她随手敲了敲门，一个叫北村的船员打开了门并探出头来。

"你先出去一会儿，暂时由我来看着早苗。"

把北村支走后，她走进了房间里。

可怜的早苗倒在房间的一个角落里，双手被绑在身后，嘴里还塞着布团。黑蜥蜴上前取下她嘴里的布团，开口对她说道：

"早苗小姐，我是来告诉你一个非常糟糕的消息的。我想你一定会忍不住掉眼泪的。"

早苗并不说话，而是直起身体，直直地瞪着女贼，目光中充满了敌意。

"你知道刚才发生了什么事吗？"

"……"

"呵呵呵，明智小五郎，你的守护神明智小五郎已经死了哦。他被装在那张沙发里，然后用绳子紧紧地捆住，最后连人带沙发一起沉入海底了哦。就是刚才发生的事，我们在甲板上为他举行了水葬，呵呵呵。"

早苗震惊地抬头望着眼前歇斯底里大笑着的黑衣女。

"这是真的吗？"

"难道你认为我是特意来逗你玩的吗？看看我的表情，我都开心得不得了呢。可是我想你一定非常难过。因为你唯一的伙伴死了，半点获救的希望都没有了。从此再也没有一个人能够救得了你，你会永远被关在我的美术馆里，再也无法接触到这个世界。"

通过对方的表情和言语，早苗终于明白这噩耗绝不是一个谎言。而她也十分清楚，名侦探的死对她意味着什么。

是绝望。她对于明智寄托的希望越大，就越是感到无比地绝望。她强烈地感觉到，现在身在一群可怕的敌人之中的，只剩下自己一人。

她紧咬着嘴唇，竭力地忍耐了好一会儿，悲伤终于像决了堤的洪水一样涌上心头。她的双手仍然被反绑在身后，她保持着这个姿势，将额头靠在自己的膝盖上，开始不住地抽泣，热泪一滴一滴地落在自己的膝上。

"好啦，有什么好哭的？真不像话，太没出息了。"

看着哭泣的早苗，黑蜥蜴忍不住高声斥责起来，声音听起来十分尖锐。可是，不知什么时候，这个妖妇也颓唐地瘫坐在早苗的一旁，眼泪唰唰地流个不停。

不知是由于失去了世上唯一的劲敌，还是出于某种其他的理由，女贼深深地陷入了无比的悲伤情绪之中。

不知不觉中，绑匪与人质——黑蜥蜴和自己的猎物，这两个仇人此刻竟然像一对要好的姐妹一样，紧握着对方的手痛哭失声。二人悲伤的理由虽各有不同，但是心底那深切的悲痛却别无二致。

黑衣女简直像个五六岁的孩子一样放声大哭。受到这种气氛感染的早苗也随即号啕痛哭起来。这是多么意外而又荒诞的一幕啊，眼前的二人就像两个稚气的幼女，或者说就像两个纯真的原始人一样。所有的理智和情感都被抛到了九霄云外，留下的只有无尽的悲痛情绪。

这不可思议的悲痛合唱，随着单调而机械的引擎声音一直持续了好长一段时间。哭着哭着，女贼心中又被昔日的邪恶所占据，而早苗的心头再次涌上了仇恨的情绪。

第二天傍晚，汽船驶入了东京湾，停靠在T填筑港的海岸附近。夜深人静后，小艇被放了下来，几个人划着小艇来到了四下无人的填筑地的一角。

三名船员留在小艇上，上岸的只有黑衣女、早苗及雨宫润一三人。早苗的双手仍然被反绑在身后，嘴里也塞上了布团，而且连眼睛上都罩上了厚厚的一层布。终于要到黑蜥蜴的藏身之地了，因此他们不想节外生枝。雨宫润一也脱掉了乘务长的行头，换上了卡其色的工装服，又用唇须和腮须遮住了大半张脸，乔装成一名机械工人。

　　T填筑地是一片宽阔的工厂街，基本看不见住宅楼。在这个工业不景气的时代，几乎没有工厂是在夜间工作的。因此，入夜之后除了大街上的几盏光线昏暗的路灯外，根本看不见其他灯光，荒凉得宛如一处废墟一样。

　　三人穿过了与海岸相连的宽阔草原，在工厂街的道路上转了几圈后，进了一座废弃的工厂。

　　门外是残破的围墙和倾斜的门柱，门内杂草丛生，这是一座像鬼屋一样的废弃工厂。周围并没有半点灯光，黑衣女打开随身携带的手电筒照亮了地面，踩着杂草走在前面。身穿职工服的雨宫润一从后方制住被蒙住双眼的早苗，紧跟在黑衣女的后面。

　　从大门进去大约十米，出现了一座大大的木结构建筑。手电筒的光芒飞快地从这座建筑物的侧面掠过，这幢建筑有很多的玻璃窗，可是玻璃全部都是碎的。黑衣女人推开了一扇破旧的木门，走进了到处结满蜘蛛网的屋子里。

　　手电筒的光芒从坏掉的机器、高悬在天花板上坏掉的升降井、驱动轮、断裂的传动带上迅速掠过，然后停留在建筑物角落里。那里有一间小屋子，看上去像是管理员的办公室。

　　三人推开没有玻璃的玻璃门，踩着木地板走了进去。

　　"咚咚、咚咚咚、咚咚……"

　　黑衣女用鞋跟有节奏地敲了几下。这应该是她们独特的接头暗号，而不是那种司空见惯的摩斯信号。鞋跟敲打地面的声音一停，手电筒的光圈所覆盖的一块地板就悄无声息地挪开了一个三尺见方的洞，下面竟然能够隐约看到水泥地面。令人惊叹的是，那块水泥地面本身就是一个仓库大门上的厚重的门帘，它缓缓地沉了下去，"扑通"一声，眼前出现了一处漆黑的地下入口。

　　"是夫人吗？"

从地底传来一个低沉的声音。

"对,今天我带了一位贵客过来哦。"

随后,雨宫润一仍然从后方制住早苗,小心翼翼、一阶一阶地踩着地道的楼梯向下走去。黑衣女也随即走了下去,紧接着,水泥隐藏门与地板都恢复了原状,地面上好像没有发生过任何事情一样,只剩下一座废弃工厂矗立在黑暗之中。

恐怖美术馆

早苗小姐是被蒙住双眼带到小艇上的,因此她根本不知道小艇停在何处、上岸后又去了哪里、现在究竟是在地上还是地下。

"早苗小姐,真是委屈你了。好了,我们已经安全了。阿润,让她恢复自由吧。"

黑蜥蜴"亲切"的话音刚落,堵在早苗小姐嘴里的布团被拿掉,双手也能够行动自如了,而且眼前一下子明亮了起来。由于早苗长时间处于黑暗之中,眼前这突如其来的光线让她觉得十分刺眼。

这是一处蜿蜒曲折的回廊,无论是天花板、地面还是左右墙壁,全都由钢筋混凝土浇筑而成。天花板上悬挂着华丽的水晶吊灯,在左右墙边镶着玻璃的陈列台整齐地排成一排,里面陈列着各种各样的珠宝,在璀璨夺目的光线照耀下像无数的星星一样闪耀着光芒。

这些奢华的珠宝看上去无与伦比地美丽,早苗甚至忘了自身的处境,不由得连声赞叹。就连平时见惯了珠光宝气的大珠宝商千金都大为震惊,可想而知陈列在这里的各种宝石是多么豪华与珍贵。

"怎么样，震惊吧？这就是我的美术馆哦，可是其实它只不过是一个入口而已。和你们店里的那些珠宝相比也是毫不逊色吧！这些可是我十几年来拼上性命、绞尽脑汁、费尽千辛万苦才搜罗到手的。我想就算是全世界最高贵的名门望族们的宝库中，也不会网罗到数量如此之多的珍宝吧。"

黑衣女一边得意扬扬地说着，一边打开了一直小心翼翼地抱在怀里的手袋，取出了装着"埃及之星"的银制小盒。

"对你的父亲来说的确有些不公平，不过这可是我多年以来的夙愿哦。今天，这枚'埃及之星'终于成功地陈列在我的美术馆中了。"

她打开了盒盖，映入眼帘的是在水晶吊灯照耀下闪烁着夺目火彩的大钻石。黑蜥蜴心满意足地欣赏了好一会儿，这才从手袋里掏出一串钥匙，打开玻璃陈列台上的锁，将"埃及之星"连盒子一同摆放在阵列台的中央。

"啊，她是如此美丽，与之相比其他的珠宝简直像块小石头一样。我的美术馆里又添了一样珍品，早苗小姐，我由衷地感谢你。"

黑蜥蜴并没有存心嘲讽，可是早苗又该如何回答呢？她只能沉默不语、难过地低下了头。

"好了，我们再到里面看看吧，我还有好多珍宝想给你瞧瞧呢。"

接下来，几人继续在地底回廊中前行。最初出现在视线中的是一片古老的名画，在名画展区的旁边则是成群的佛像。再里面的则是西洋大理石像和名贵的古董工艺品等，展品数量与种类极为丰富，的确是当之无愧的美术馆。

根据黑衣女的说法，摆放在这里的这些珍品大多数是各地的博物馆、美术馆、贵族及富豪的宝库中的著名收藏品。而她使用了仿造得足以以假乱真的赝品换掉了这些收藏品，并将它们摆放在自己的地下美术馆中。

如果她说的都是事实，那么光明正大地展示在博物馆中的那些其实都是赝品，而且那些贵族和富豪们当成传家宝一样珍藏起来的也是仿造的。连珍宝的收藏者尚且如此，普通的民众更加不可能存有疑心，简直令人难以置信。

"可是，能够拥有这些珍品只能说明这是座很棒的私人博物馆。只要聪明一点儿而且资金雄厚的盗贼都可以做到。这些收藏品并不值得炫耀，我真正想让早苗小姐欣赏的宝贝还在后面呢。"

接着，她们在回廊的转角拐了个弯。这时眼前出现的是与前面截然不同、不可思议的景象。

那些好像都是蜡像，而且做得十分精致、逼真。

不到两米长的墙壁像橱窗一样整体被玻璃所包围，里面有一位西洋女性、一位黑人男性，还有一位日本青年和日本少女。这四尊男女蜡像全身赤裸，有的站立，有的下蹲，有的直接躺在地上。

站着的黑人看起来像一名拳击运动员，用骨节突起的手指抱着自己的胳膊。蹲着的金发女性两肘搁在膝上，保持着双手托腮的姿势。日本少女双臂交叠俯卧在地上，浓密的黑发披散在肩膀的两侧，下颌搭在了交叠着的手臂上，头侧过来一直盯向这边。日本青年全身的肌肉隆起，保持着投掷铁饼的姿势。这几名男女，无论容貌还是身材都是万里挑一、完美无缺。

"呵呵呵，这些人偶相当逼真吧？不过，它们是不是太过栩栩如生了呢？你再离橱窗近些仔细看看，这些人身上是不是有细细的汗毛？你听说过人偶的身上还能长汗毛的吗？"

早苗不禁感到好奇起来，她忍不住靠近玻璃仔细地看了看。这些人偶散发着一种独特的魅力，使她一时忘掉了自己即将面对的是怎样一种恐怖的命运。

他们的身体的确长着汗毛，而且连皮肤的光泽和十分细微的皱纹都看得到。怎么会有如此逼真的蜡像呢？

"早苗小姐，你以为这是蜡像？"

黑衣女冲着早苗诡异地笑了笑，像是等待着她的询问。听了这句话，早苗不由得心里一阵发毛。

"他们与普通的人偶不太一样，有些逼真得可怕了吧？早苗小姐，你见过动物标本吗？如果人类的美丽形体也能够像标本一样永久地保存下来，这该是多么美妙的事情啊！眼前的这些就是哦，我的部下研究出一种制作人类标本的方法，展示在这里的就是他的试验品哦。虽然还称不上十分完美，可是它们可不像蜡像那样死气沉沉。你看，它们跟活着的时候是不是一模一样呢？它们的体内虽然也要用蜡充填，不过皮肤和毛发都是真的哦。这些标本上面依附着人类的灵魂，保留着人类的气味，这简直太完美了！这些人虽然年轻貌美，可是随着时间的流逝，终归是会老去的。如果把他们做成标本，不就能够永远地保留青春了吗！我敢保证无论你在哪家博物馆都找不到这种藏品，他们甚至连想都不敢想！"

黑衣女一旦打开了话匣子就根本停不下来，她兴高采烈地说个不停。

"好了，到那边去吧，里面还有更好的展品。这些蜡像虽然栩栩如生，而且还保留着灵魂，可是它们却不能说话，也不会动。里面的可是活蹦乱跳的哦。"

早苗只能跟在她的后面。又转了一个弯后，眼前真的出现了会动的美术品，与之前展厅沉寂的气氛截然不同。

这里有一个像是动物园中用来关狮子或老虎的大笼子，四周的铁栏杆又粗又大。笼子里面摆着一个取暖电炉，里面竟然有一个活人。

被关在里面的也是一个日本人。有二十四五岁，长得十分像电影

T 里面的一位男明星。他的身材匀称而结实，身上一丝不挂，像一头被关在牢笼里的美丽野兽。

他一边用双手揪着浓密的头发，一边焦躁不安地在牢笼里走来走去。一看到黑衣女人出现，就像关在动物园里的猴子一样，立刻扑上前去用力摇晃着铁笼，对着她大声吼了起来。

"站住！你这个毒妇！你打算把我逼疯吗？你干脆直接杀了我！我宁可死，也不想多待在这牢笼里一天！听到没有，开门！把门打开……"

他猛地从铁栏杆之间伸出白皙的胳膊，想抓住女贼的衣角。

"哟，干吗生这么大的气呢？真是糟蹋了这张俊脸。不过，你的愿望能够实现了，我很快就会满足你的要求，让你离开这个世界。然后，你就会和之前被关在同一个笼子里的 K 一样，变成永远不会衰老的人偶。呵呵呵……"

黑衣女残酷地冷笑着。

"你说什么？ K 变成人偶了？你这个混账东西，到底还是杀死了她，并制成了标本……我可绝对不会变成人偶，我不是你的玩具！我看谁敢靠近我！只要你们敢靠近一步，我就直接咬断你们的喉咙！"

"呵呵呵，你只能趁现在逞逞威风了。等你变成了人偶，就会像一尊石像一样一动不动了。而且，看到这么一个美男子奋力抵抗，实在是让我觉得愉悦无比。呵呵呵。"

黑衣女兴致勃勃地嘲讽着这位青年，然后又制造了一个新的恐怖话题。

"K 不在了，你一定很寂寞吧。不管是哪家动物园，关在铁笼里的猛兽基本都是一雌一雄哦。这段时间我一直想给你找一个妻子，今天才好不容易找到了一个适合你的。你看，多美丽的新娘。怎么样，还满意吗？"

听到这里，早苗总算明白了，她忍不住后背发凉，下颌不住地哆嗦起来。

此刻她终于明白了黑蜥蜴邪恶的计划。女贼之所以绞尽脑汁将她绑来这里，原来是打算先剥光早苗的衣服，然后把她关进铁笼里，等待合适的时机后活活地剥下她的皮，再把她制成恐怖的人偶标本，用来装饰她的恶魔美术馆。

"咦？早苗小姐，你怎么了？冷得发抖吗？你看起来像寒风里瑟瑟发抖的一片芦苇叶。你清楚自己的使命了吗？我给你找的这个新郎不错吧。你不喜欢吗？可是不管你喜不喜欢，我都已经这样决定了，就请你忍耐一下吧。"

可怜的早苗由于太过恐惧，双腿发颤，早就失去了说话的力气。她只觉得脑中一片空白，仿佛下一刻就会瘫倒在地。

大水槽

"早苗小姐，到这边来吧，里面还有东西要给你看呢。这回不是动物园，而是水族馆哦，我最引以为傲的水族馆。"

黑蜥蜴搂着浑身发抖的早苗，向下一个转角处走去。

走着走着，这条漫长的地道终于到了尽头。这里摆放着一座巨大的玻璃水槽，水槽的上方装着十分明亮的电灯，透过厚厚的玻璃板，可以清楚地看到水中的景象。

这个水槽的长、宽、高各有两米左右，底部铺着一层奇异的海草，像无数条水蛇一样摇摆、纠缠在一起。

可是，为什么这里会被称作水族馆？除了海草，连一条鱼都看不到。"这里没有鱼吧？不过，这并不奇怪。因为我的动物园里是不收藏兽类的，所以水族馆里没有鱼也是很正常的啊。"

黑衣女轻轻地笑着，继续开始论述她那恐怖的构想。

"我打算向水槽里面扔一个人玩玩。比起鱼来，当然是人有趣得多。关在牢笼里激烈反抗的人类固然很美，可是在水中跳着舞蹈的人，难道不是更加令人着迷吗？"

此刻黑衣女的声音已经在早苗的脑海中形成了一部怪异的电影。在昏暗的水中，一个白色的物体正在奋力挣扎着。无数条摇晃着身体的水蛇中，突然出现一张巨大的人脸，紧紧地贴在了玻璃水槽上，并大张着口，像一条被甩到岸上的鲤鱼一样一张一合地痛苦呼吸着。这张人脸闭着眼、蹙着眉……此人并不是一个男子，也不是一个老人，她是一个年轻女子……而且这名深陷在无数水蛇中不断挣扎的年轻女子不是别人，正是早苗自己。

"你不觉得这实在是太美妙了吗？多么精彩的一场表演啊！不管是什么样的名画、雕刻作品；无论多么富有才华的舞蹈天才，都无法演绎出这种至高无上的美。这可是以生命为代价的艺术啊……"

可是，早苗已经听不到她这般高谈阔论了。她沉浸在自己的想象中，周围都是无边无尽的洪水。她用尽全力挣扎着，终于精疲力竭，整个人被前所未有的恐惧与痛苦所笼罩，最终昏死了过去。

黑衣女总算发觉了早苗的异常，正要伸手搀扶时，早苗却已经像无骨的水母一样，瘫在了冰冷的水泥地上。

白色野兽

也不知过了多久，早苗终于醒了过来。此时她突然发觉自己全身的肌肤都暴露在空气之中。随手摸了摸，也只摸到了柔滑的肌肤，除此之外一丝不挂。她全身的衣物已经被脱光，自己则赤裸地躺在地上。

她缓过神来环绕四周，前方有好几道像条纹一样且粗大的铁棒，将她围在中间。想起来了，这是铁笼的内部，她失去意识的时候被人关进了铁笼里。

这一定是铁笼的内部，她失去意识前曾见到过这个笼子，而且里面还关着一个年轻的男子。那么，这里肯定不止她一人，那个同样全身赤裸的英俊男子应该就在旁边。

一想到这里，早苗立刻羞得满脸通红，连抬起头确认周围环境的勇气都失去了。她现在全身上下一丝不挂，而且还躺在一个陌生男子的面前，实在是太丢人了。

早苗的面色由通红转为惨白，她立刻起身，然后跑到角落、像一只小猴子一样缩成一团。她虽然努力控制自己的视线，可是同在一个小铁笼中，根本无法完全避开映入眼帘的光景。最后，她终于还是无可避免地看见了那名赤身裸体的年轻男子。

铁笼中的二人像是伊甸园里的亚当与夏娃一般，在地底的牢狱中四目相对。应该说些什么？或者该做些什么？由于过度羞耻，早苗像一个孩童一样眼中泛着泪光。积蓄在眼眶中闪闪发光的泪水包裹着那名年轻男子的白色躯体，然后一点点地倾斜、变形。

"这位小姐，你没事吧？"

突然传来了一个响亮的声音，是那名青年率先打破了沉默。

早苗惊讶地抬起脸，然后用力眨了眨眼，甩去了眼中的泪水，抬头看着青年的面容。

面前的男青年有一张洁白光滑的面庞，高而宽阔的额头，浓密的黑发，一双有着清澈眼神的双眼皮大眼睛，像希腊雕像一般的高挺的鼻子，红润紧致的嘴唇。对方虽然是一名美男子，早苗反而更加胆怯。

黑蜥蜴不是说自己是她特地给这位青年找来的新娘吗？那么这位青年也是这样想的吗？早苗一想到自己和对方都是赤身裸体被关在这个无处可逃的牢笼之中，就不由自主地产生一些敏感的联想，几乎使她无地自容。

"这位小姐，请不要害怕。虽然——虽然我现在看起来像是个野人，但，绝对不是一个野蛮人。"

青年也显得十分紧张，结结巴巴地安慰着早苗。察觉到这一点后，早苗总算放下了吊在嗓子眼儿的心。

后来，随着二人逐渐熟悉起来，他们开始拉近了与彼此的距离，并互相倾诉各自的遭遇，又一起愤恨地诅咒女贼卑劣的手段。眼下的他们就好像一对亲密的白色动物一样，依偎在一起不停地交谈着。

不知什么时候天已经亮了，在这地底深处也能感到来自人类的喧嚣。过了一会儿，黑蜥蜴的那些粗俗的手下们，成群结队地前来参观牢笼中新来的客人。

从粗鄙的盗贼口中吐出的是怎样不堪入耳的污言秽语；在这些粗俗下流的视线之下，早苗究竟遭受了怎样巨大的羞辱；像一头怒吼的野兽一般的青年，又是用怎样激烈的语言去诅咒这些浑蛋们，我想读者们一定不难想象。这四五名在地下室过夜的部下咿里哇啦地闹个不停时，突然隐约传来之前听到的摩斯暗号似的敲打声。很快地，一名船员打扮的男子大惊失色地跑到地下室的门口。

人偶的异变

这名船员打扮的男子也是黑蜥蜴的部下之一，不过他一直与其他船员留宿在汽船上待命。他走到地下道最深处，来到了首领黑蜥蜴的房门前，又用那暗号一样的节奏敲了敲门。

"进来。"

以女贼的地位来说，即便在一群粗俗的男人堆中，她也不会没有自信地锁上房门。即便是在三更半夜，只要她随口招呼一句，马上就会有人开门进来听候吩咐。

"这一大清早的是怎么啦？现在才刚六点啊！"

黑蜥蜴旁若无人地俯卧在白床单上，身上仅穿了一件白丝绸睡衣。她斜眼看了一眼走进房间的手下，然后点燃了一支雪茄。隔着柔滑的丝绸睡衣，那丰满的身材一览无余。每每看到首领这副样子，男部下们都会感到极度尴尬。

"这么早来打扰您，实在是因为发生了一些奇怪的事情。"

男部下吞吞吐吐地报告着，尽量不让自己的视线迎上床畔。

"什么奇怪的事？"

"船上的伙夫阿松，从昨天晚上开始就没有看到他的人影。后来我们把船翻了个底朝天，竟然也没有找到他。我觉得他不太可能逃走，有可能是上岸的时候落到警方手中了，所以赶紧前来报告。"

"是吗？你们让阿松上岸了？"

"不，我们绝对没有这么做。只不过昨晚阿润上了一趟船，然后回到这里来的过程中，阿松就在那艘载着他小艇上划着船。可是小艇返回的时候，就只有阿松不见了。我以为是大家记错了，于是和他们一起找遍了整艘船，然后又到您这里来询问，可是现在发现阿松的确是失踪了。我想那家伙该不会偷偷到附近到处乱晃，结果被警察给抓住了吧？"

"这确实有点糟糕。阿松那个蠢货，上不了什么台面，所以也就让他当了一个伙夫。万一那家伙被抓了，肯定会说一些不该说的话。"

黑蜥蜴一下子从床上直起身体，皱起眉头思考了起来。正在这时，又有一个部下敲门进来汇报了一件匪夷所思的事情。

突然，房门开了。三名部下走了进来，其中一人语速飞快地汇报了一个消息：

"夫人，你快来看一下吧，这可真是奇了怪了，人偶全部穿上了和服，身上还挂满了珠宝，全身都珠光宝气的，这到底是怎么回事啊？我们刚才调查了其他人，可是没有一个人知道到底是谁搞的鬼。难道是夫人您自己干的吗？"

"有这种事？"

"是真的！阿润都吓傻了，现在还站在橱窗前面发呆呢！"

这个晚上竟然接连不断地发生了好几件怪事，先不说这件事与阿松的失踪到底有什么关联，可是这两件怪事同时发生，这绝对不是什么巧合。这位地下王国的女王终于也无法继续保持冷静，她先让部下们离开，然后迅速换上平时穿着的黑色洋装，急忙向人偶展区赶去。

来到了人偶展区一看，见多识广的黑蜥蜴也禁不住目瞪口呆。直立着的黑人穿着像流浪汉一样破烂的卡其色衣服，胸前还戴着那枚大钻石——"埃及之星"，像一等功勋章一般散发着夺目的光芒。双手托腮的金发女孩穿上了日本少女的长袖和服，双手双脚上都挂上了钻石胸针和珍珠项链，看起来像一副手铐脚镣一般。俯卧在地上的日本少女全身包裹着一条老旧的毛毯，浓密的黑发上挂满了各种宝石，像璎珞一般垂在两侧，那笑容看起来着实有些诡异。还有那投掷铁饼的日本青年，穿着已经脏得发黑的针织衫，手腕上同样挂着价值不菲、光彩夺目的珠宝首饰。

黑衣女与愣在原地的雨宫润一对望了一眼，二人瞠目结舌、半天说不出一句话。

这种恶作剧实在太过震撼。在这些人偶的奇装异服中，只有长袖和服是早苗昨晚为止一直穿在身上的，剩下的都是黑蜥蜴的那些男部下的衣物。这说明有人偷走了卧室箱柜里的衣物，并套在了人偶们的身上。他们身上挂满的珠宝也是被人从珠宝展区里拿了出来，现在那些玻璃展柜中几乎空无一物。

"这到底是谁干的？"

"目前完全没有头绪。昨晚除了我，就只有五个大男人，而且都是信得过的伙伴。我已经挨个问过了，大家都说不知道是怎么回事。"

"门口值夜的守卫也问过了吗？"

"问过了，入口并没有任何异常。而且，如果不是从里面打开入口处的水泥盖，外面的人肯定是进不来的。所以有人从外部侵入这个思路直接就可以否决了。"

二人低声交换着意见，然后再次沉默着面面相觑。过了一会儿，黑衣女突然想到了什么似的，自言自语地说了一句"啊！我想起来了！"然后面色凝重地跑向铁笼子的房间。可是，铁笼那窄小的出入口完好无损，上面的锁根本没有任何被强行撬开的迹象。

"这一切是不是你们搞出来的？给我老实交代，搞出那些恶作剧的就是你们吧？"

黑衣女突然冲了进来，高声质问道。铁笼中的"亚当"与"夏娃"正在面对面友好地交谈着，女贼突然一出现，他们立即条件反射地做出了防备。早苗还是像之前那样缩到角落里，像个小猴子一样缩成一团；青年则"噌"地一下站了起来，挥舞着拳头向黑衣女的方向走了过去。

"为什么不回答？给人偶穿上和服的就是你吧？"

"你胡说八道些什么？我不是一直被你关在笼子里吗？你脑子有毛病吗？"

青年杀气腾腾地吼了回去。

"呵呵呵，你还挺威风的。不是你就好，那我知道该怎么做了。对了，你喜欢这个新娘子吗？"

黑衣女突然换了一个风马牛不相及的话题。见青年沉默不语，她再次发问。

"我在问你到底喜不喜欢？"

青年与缩在角落的早苗对望了一眼，然后高声喊道：

"是啊，我喜欢她。所以这次我一定会保护好她，绝不再让你碰她一根手指头！"

"呵呵呵，我想也是这样。那我倒要看看你要怎么保护她。"

黑衣女冷笑着，然后向站在身后穿着工装的雨宫下了一道命令。

"阿润，把那女孩拖出来，丢进水槽里。"

她下了一个残酷的命令，接着把铁笼的钥匙交给了阿润。

"这么快吗？这才过了一个晚上啊。"

雨宫润一惊讶地瞪大了双眼，在满脸的假胡子中显得分外明显。

"这有什么关系，你应该习惯我反复无常的脾气。马上按我说的去做吧……现在我要回房间用餐了，在我用完餐之前你要把这件事情办妥当。还有，你叫人把那些珠宝都收回展柜里，这些事情就交给你了。"

交代完毕之后，黑衣女便头也不回地走出了房间。

她看上去非常愤怒。原本人偶发生的那些诡异的变化就已经使她极为不安，再加上铁笼中的这对男女亲密交谈的情景，更加让她火上浇油。

女贼绝不是真的要让早苗成为青年的新娘，她只不过想恐吓并羞辱她，然后再欣赏她恐惧、悲伤的神情而已。可是事与愿违，青年竟然挺身而出保护早苗，而早苗也一副小鸟依人般的幸福模样。看到这一幕，黑衣女心中顿时升起一股近似于嫉妒的不快情感。

接下了这烫手山芋的润一显得有些犹豫不决，好半天才无奈地走近铁笼。

"你这个浑蛋！你想对她做什么！"

铁笼中的青年一脸凶相地站在铁笼的入口，仿佛随时准备咬住侵入者的喉咙。可是，雨宫到底是拳击手出身，他不慌不忙地拿着钥匙开了锁，然后拉开门钻进了铁笼中。

满面胡须、身穿工装的雨宫与赤身裸体的美青年互相抓着手臂，表情凶恶地盯着对方。

"我决不会让你过去的！只要我还有一口气，就不准你碰这位小姐一根手指头！你把她带出去试试？看我不先用胳膊勒死你！"

青年像疯了一样拼命举高双臂，想勒住雨宫润一的脖子。

然而，雨宫根本没有抵抗的意思，反而保持着手臂被青年抓住的姿势，脖子向前一伸，竟然把头贴近青年的耳边，并小声说了几句话。

一开始，青年一个字都不愿听进去，可是马上，他的脸上竟然浮现出极为惊讶的神情，同时老实得像变了一个人似的，勒着对方脖子的双臂也垂落下来。

灵魂出窍

雨宫润一到底对这位铁笼中愤怒的青年说了些什么，才使他老老实实地听话了呢？过了一会儿，他支起失去意识般一动不动的裸体少女，带着她走到玻璃大水槽的前面。紧接着他抱着早苗顺着架在水槽边的梯子爬了上去，把顶部的铁盖掀开，然后将少女推入水中。任务完成后，他关上了水槽的盖子，顺着梯子爬了下来。最后来到黑蜥蜴的房门前，将门推开一道缝，向首领报告道：

"夫人，已经按照你的吩咐办妥了。早苗小姐现在正在水槽里游着泳呢，请赶快过去参观一下吧。"

说完，他从工装的口袋里取出一张叠得很小的报纸，展开后直接放在水槽旁的椅子上，然后转身向走廊的另一边疾步走去。

雨宫润一前脚刚离开，房门后脚就跟着打开了，黑衣女走了出来，大步向水槽的方向走去。

蓝黑色的水透过玻璃板剧烈地晃动着，铺在水槽底部的海藻像无数条弓着身体的水蛇，剧烈地左右摆动着。

水槽里面的裸女正痛苦地扭动着……前一天晚上出现在早苗脑海中的光景，丝毫不差地变成了现实。

黑衣女人的双眼中露出残暴的光芒，苍白的面颊由于过度兴奋而剧烈颤抖着。她握紧了拳头，聚精会神地盯着水槽。可是不大一会儿，她就发觉事情有异。水中的裸女不但没有激烈挣扎，反而看不到一丝平日的活力。原来少女洁白的身躯只不过随着水面的晃动轻微摇摆而已。

难道早苗因为太过胆小，在被丢入水槽前就已经被吓得失去了意识，因此避免了溺水而亡的痛苦了吗？可是，事情应该不止这样单纯。她又盯着水槽看了一会儿，水中的女孩慢慢地回过身来，原本背对着水槽正面的脸此刻终于转了过来。嗯？这是早苗的面孔吗？不对！即便在水里，人的容貌也不可能发生如此巨大的变化。这具女尸根本不是早苗！她是陈列在人偶展区的日本少女标本！可是，这到底是怎么一回事？

"来人啊！赶快来人！阿润到哪去了？"

黑衣女放声尖叫了起来。很快地，部下们争先恐后地从人偶展区跑了过来，而且个个一脸惊恐，似乎那边也有大事发生。

"夫人，又发生不得了的事了！人偶不见了一个！刚才我们在给人偶脱衣服、取下珠宝的时候明明全都在的，可是刚才我们发现，其他的都还在，只有之前俯卧在地上的那个少女不见了！"

其中一名手下大惊失色地报告。可是就在刚才，黑衣女已经知晓了这件事情。

"你们检查了铁笼子没有？早苗小姐还在里面吗？"

"不在，里面只有那个男的。阿润不是已经把早苗小姐扔进水槽了吗？"

"是啊，可是扔下去的不是早苗小姐。你们仔细瞧瞧，那个不就是失踪了的人偶吗？"

部下们纷纷望向水槽，漂在水中的确实是那具失踪的少女人偶。

"天啊，这真是见了鬼了。到底是谁干的？"

"肯定是阿润。没有人看见他吗？刚才他还在这里的。"

"没有看到。润一先生今天情绪好像很不稳定，火气大得很。一会儿让我们干这，一会儿又让我们干那，呼来喝去的。"

"这可就奇怪了。可是他能去哪儿呢？他又不可能到外面去，你们再好好找找，找到他以后叫他立刻来见我。"

部下们离开后，黑衣女的心中开始被不安所笼罩。她抬起头呆呆地盯着上方，努力地思索着答案。

这到底是怎么回事？先是汽船的伙夫下落不明，后来出现了穿着衣服的人偶骚动，而现在本应是早苗被推进水槽，可是却突然变成了人偶……这几桩天大的怪事之间绝对不会是巧合，一定是有某种关联的。

难道这背后有一种人力所不能及的力量在操纵着吗？那到底是什么呢……难道……不不不，这世界上不可能有如此荒谬的事情，这绝不可能。

黑衣女拼命地抑制住不断涌上心头的巨大恐惧感。即便是胆大包天的女贼，此刻也承受不住巨大的心理压力，全身的每一个毛孔都渗透着冷汗。

过了一会儿，女贼正打算坐在一旁的椅子上休息时，却看到上面放着一份报纸。这是刚才雨宫润一故意摆放在那里的那张报纸。

黑衣女拿起报纸随便看了几眼，一下子就看到了一则极为醒目的报道，脸上的表情马上就被严肃的神情所替代。

"明智侦探大获全胜

岩濑早苗小姐平安归来

宝石王一家喜极而泣"

映入女贼眼帘的是分为三段的、极为醒目的头版头条。她赶紧展开报纸，坐在椅子上仔细地阅读起来。报道的内容大致如下：

被怪贼"黑蜥蜴"绑架的宝石王岩濑先生的千金——岩濑早苗小姐，于昨日即七日午后平安返回岩濑宅邸。据悉，岩濑先生为赎回爱女，不惜以当代最著名的大钻石"埃及之星"作为交换。可是收到了赎金的女贼究竟能否遵守约定，释放早苗小姐呢？记者接获此喜讯后，立刻当面采访了岩濑庄兵卫先生及早苗小姐。可是令人意外的是，两人皆称此乃私家侦探明智小五郎的功劳，绝非女贼遵守承诺的结果。可是事情的原委暂时不方便透露，因此本报记者并没有继续深究。女贼黑蜥蜴究竟隐藏在何处？明智侦探单独前往追踪黑蜥蜴，目前下落不明。在这场名侦探与女贼的对决中，究竟谁才是最终的胜利者？而那枚稀世名钻"埃及之星"能否重新回到岩濑先生的手中？本报记者怀着极度忐忑的心情，持续追踪着后续发展。

这篇报道的最后还附上一张标题为"父女重聚"的照片。岩濑先生和早苗小姐坐在会客室的椅子上，笑眯眯地看着镜头。

这篇犹如天方夜谭的报道简直像一道晴天霹雳，使女贼无法相信自己的眼睛。看着这张父女重逢的照片，女贼那美艳的面庞上浮现出的不仅仅是惊讶，更多的是恐惧。这是大阪地区发行量最大的报纸，报道中所说的"昨日即七日"，正好是前天黑蜥蜴的汽船驶过大阪湾之际。可是那天早苗的确在船上。不仅仅是那一天，就连昨天、今天甚至直到刚才，早苗都全身赤裸地缩在铁笼里发抖啊！

这到底是怎么一回事？像这种级别的大报社，不可能随便刊登不准确的报道，而那张照片就是最有力的证据。可是本来被囚禁在汽船中的早苗，却在同一天出现在大阪郊外的岩濑宅邸，世界上怎么可能会有如此荒唐的事情？

聪明如黑衣女冥思苦想许久，也无法解开这个谜题。她平生第一次被这种匪夷所思的恐惧感所笼罩，面色苍白得像个死人，额头上不断地渗出汗珠。这时，她的脑中一下子闪现了"灵魂出窍"这个诡异的词语。她曾在以前的小说和外国的心灵学杂志上读到过类似的故事，讲的是一个人分裂成两个人，然后分别采取不同的行动。黑衣女虽然是个无神论者，可是眼下这种无法用常理来解释的情况，让她不得不相信灵异事件的存在。

正在她苦思无果的时候，前去寻找雨宫润一的手下们垂头丧气地回来了，他们在哪里都没能发现阿润的影子。

"现在是谁守着入口？"

黑衣女有气无力地问道。

"是北村，他说根本没人进出，他的话肯定可信。"

"如果真的是这样，那他现在一定还在这里，绝对不会人间蒸发了，再好好找找，顺便连早苗也找找。既然水槽里的不是她，那她现在应该已经躲在什么地方了。"

手下们看着脸色铁青的首领，面面相觑，然后不情不愿地准备向走廊原路返回。

"先等等，留下两个人，把水槽里的人偶捞出来，我得好好检查检查。"

留下的两个手下爬上梯子，从水槽中把人偶抱了下来，然后平放在地上。无论检查了多少遍，都没有发现任何线索。唯一能够确认的是这个瘫软无力的人偶不是早苗，至于其他的事情仍然是个谜。

黑衣女焦躁地在房间内走来走去，刚一坐到椅子上，马上又拿起报纸浏览了起来。可是不管读了多少遍，确实是存在着两个早苗，而照片上的那位也的的确确是早苗本人。

"夫人。"这时从她的背后突然传来了手下的声音。

黑衣女被突如其来的声音吓了一跳，迅速转过头去，望了望站在她身后的一名男子。

"是你？阿润！你跑到哪儿去了？"

她忍不住责备起阿润来。

"还有，我交代你办的事情你是怎么办的？你竟然用一个人偶代替早苗扔进了水槽里，这样做很好玩吗？"

可是雨宫润一沉默地站在那里，盯着黑衣女的脸看个不停，然后挑衅似的微微一笑。

灵魂出窍的男人

"回答我！到底发生了什么事？你怎么像变了个人似的？还是说你不想服从我了？"

润一的态度实在是太糟糕了，黑衣女忍不住提高了声调。毕竟先前的一桩桩怪事已经把她的耐心消磨殆尽，使她处在了崩溃的边缘。

"早苗现在在哪儿？你不可能不知道吧？"

"是啊，我真的不知道。她不在铁笼里吗？"

阿润终于开口说了一句话，可是语气却十分冷淡。

"铁笼？你不是已经把她拖出来了吗？"

"你在说什么呀？我还是去看一下吧。"

润一说完就若无其事地离开了，好像真的打算去铁笼那边看个究竟。这家伙是糊涂了吗？难道其中有其他理由？黑衣女越来越感到不安，于是紧跟在阿润的身后，监视他的一举一动。

走到囚禁人类的铁笼前面一看，笼门的钥匙竟然还插在那里。"你今天是怎么回事？居然还把钥匙插在锁上。"

黑衣女一边低声责备着，一边看向昏暗的铁笼内部。

"早苗果然不在里面。"

对面的角落里有一名裸体的男子蹲在那里。他今天看起来无精打采，像生病一样精疲力竭地垂下了头。难道他睡着了？

"要不然问问他吧。"

阿润像是自言自语般地嘟囔了一句，然后推开了铁笼门，一脚踏了进去。他今天无论是说的还是做的，实在是太过反常了。

"喂，香川先生，早苗呢？没有看到吗？"

原来被关在铁笼里的英俊青年就叫作香川。

"喂！香川！你是睡着了吗？快起来啊。"

润一一边大声呼唤着，一边抓住香川的肩膀用力地摇晃，可是这名叫作香川的男子竟然没有半点反应。

"夫人，情况不太对，这家伙该不会死了吧？"

黑蜥蜴的脑中嗡的一声，这到底又发生了什么状况？

"他该不会自杀了吧？"

她迈进铁笼中，向香川走了过去。

"把他的头抬起来。"

"这样行吗？"

阿润托住香川的下巴，一下子将他无力垂下的头抬了起来。

啊，这个人！

坚强如女贼黑蜥蜴也不禁放声尖叫，一连后退了好几步。是噩梦，这一定是一场噩梦。

蹲在角落的男子竟然不是香川。没想到连被关在铁笼里的人也在不知不觉中被掉了包。那么，眼前的这个赤身裸体的男人到底是谁？

黑衣女的全身被一种强烈的不安所支配。如果有一种精神疾病能够使人将一个事物看成两个，那她肯定已经患上了这恐怖的疾病。

被润一托起下巴抬起头的那个男人，竟然还是润一，润一变成了两个。赤身裸体的阿润、身穿工装贴着假胡须的阿润。眼前仿佛出现了一面透明的大镜子，将一个阿润变成了两个镜像。可是，究竟哪个才是真的润一，哪个又是镜像呢？

之前的早苗小姐虽然也分身成为两人，可是那仅存在于刊登在报纸上的照片。这次则是两个阿润同时出现在黑衣女的面前，现实世界中怎么会有如此荒谬的事情？其中一定隐藏着某种诡计。可是如此离奇荒诞的诡计，到底是谁、出于什么目的在背后操纵呢？

可恨的是，满脸胡子的那个阿润像是神经错乱一样笑个不停，仿佛是在嘲笑目瞪口呆的黑衣女。他在笑什么呢？最震惊的难道不该是他本人吗？

润一一边大笑着，一边继续猛烈地摇晃着裸体的阿润。摇着摇着，裸体的阿润终于轻哼了几声，然后睁开了双眼。

"天啊，你总算醒了！快起来，你在这里干什么呢？"

穿着工装的润一仍然使用不合常理的语气呵斥着。

裸体的润一刚刚清醒，脑中一片空白。他眨了眨惺忪的睡眼，突然发现站在眼前的黑衣女，这才像服了苏醒药一样，一下子恢复了意识。

"夫人！我可倒了大霉了……啊，就是这家伙！这个浑蛋！"

看见穿着工装的润一后，裸体润一立刻愤怒地扑了过去。两个润一扭打在一起，展开了殊死的格斗。

可是，这场像噩梦一样的格斗并未持续太久，裸体的润一很快便被打倒在水泥地上。

"浑蛋！你这个浑蛋！竟敢冒充我！夫人，千万不能相信他，这家伙是个可怕的叛徒！他是伙夫阿松乔装的！这家伙是阿松！"

被打倒在地的裸体阿润歇斯底里地喊道。

"喂，听到没有，把手举起来。在我向阿润问话时，你不许乱动。"

发觉事态严重的黑衣女立即掏出了随身携带的手枪对准了身穿工装的润一。她的语气虽然平稳，可是她坚决的眼神却说明了随时可能开枪。

身穿工装的润一听话地举起了双手，仍然保持着一脸笑眯眯的表情，显得十分诡异。

"好了，阿润，这到底是怎么回事？"

真正的阿润突然发现自己赤身裸体，于是只好蜷缩起来，向黑衣女汇报了当时的经过。

"昨晚大家到了这里以后，只有我又回了船上一趟处理事情，这件事夫人也是知道的吧。我办好了事后又划着小艇上了岸，可不知什么时候，这家伙……伙夫阿松居然一直在黑暗中偷偷地跟踪我。我把他大骂了一顿，可没想到他竟然猛地扑过来把我给打倒了。

"我真的没想到那个蠢笨的阿松竟然有这么好的身手，我被狠狠地修理了一顿，然后我就昏过去了。也不知道过了多久，当我清醒过来时，发现手脚都被绑住了，连嘴里也塞上了布团，根本叫不出声，而且还全身赤裸地被关在储藏室里。我挣扎了一会儿，就看到这家伙跑了进来。他穿上了我的工装，还粘上了假胡子，看起来跟我一模一样。他的乔装技术怎么会如此高明呢？

"我想，这家伙冒充我一定别有企图，没想到阿松是这样一个人，我真是看走了眼。可是我被困在那里，根本挣脱不了。这个家伙让我再忍耐忍耐，然后又把我给打昏了。直到刚才我才好不容易恢复了自由，说起来也真是够丢脸的。

"喂，阿松，这回该你倒霉了吧！你算是完了，待会儿我一定加倍奉还给你！"

阿润汇报完毕后，黑衣女先是大为震惊，然后又松了口气般地笑了起来。

"呵呵呵，还真是小看阿松了，原来你竟然还藏着这两下子，真是不简单。也就是说，之前那一连串怪事都是你干的吧？让人偶穿上奇怪的衣服，还把人偶扔进水槽，你到底想干什么？你说清楚，我不会怪你。收起你那愚蠢的笑容，快点回答我！"

"如果我不回答呢？"

身穿工装的润一竟然毫无惧色。

"那就要你的命。看来，你还是不了解你的主人。你的主人最喜欢见到血了。"

"那么你是打算开枪打死我吗？哈哈哈哈哈。"

工装润一竟然放肆地大笑起来。

而且，他的双手不知道什么时候已经垂了下来，随意地插在工装裤的口袋里。

黑衣女没有想到自己竟然会被手下嘲弄，气得咬牙切齿。

她已经无法控制自己的情绪。

"我让你笑，我看你还笑不笑得出来！"

黑衣女大叫着，然后用手枪对准了工装润一，用力地扣下扳机。

人偶再次异变

身穿工装的润一会不会就这样死在愤怒的黑蜥蜴的枪下呢？不，不会发生这种事情的。因为他仍然双手插在口袋里，像看好戏一般饶有兴致地笑着。

扳机虽然已经扣下，可是只有"咔嚓、咔嚓"的声音，并没有子弹射出来。

"咦，怎么枪声好像不太对啊？这枪是不是出毛病了？"

黑衣女恼羞成怒，不断地扣下扳机。可是仍然只能听到"咔嚓"的声音。

"混账东西，难道是你把子弹都取出来了？"

"哈哈哈，你总算反应过来了。没错，子弹都在这儿呢。"

他抬起右手，摊开的掌心里放着好几颗像精致的小弹珠一样的子弹。

正在这时，铁笼外响起了一阵仓促的脚步声，黑蜥蜴的其他几个手下跌跌撞撞地闯了进来。

"夫人，出事了！看守入口的北村被绑起来了！"

"而且还被人打晕了！"

这肯定也是阿松干的。可是他为什么只绑住北村，却没有对付其他人呢？难道有什么特别的理由？

"咦，这家伙是谁？"

手下们发现在场的有两个润一，个个惊得瞠目结舌。

"是伙夫阿松！这些事都是他搞出来的，快把他绑起来！"

得到支援的黑衣女赶忙大声喊道。

"什么？是阿松？这个浑蛋，原来都是你干的！"

手下们一窝蜂地挤入铁笼，想抓住身穿工装的阿松。但是没想到阿松异常敏捷，轻轻松松地甩开了接踵而来的手下，然后嗖地一下钻出了铁笼。他仍然保持着灿烂的笑容，并招手示意里面的人出来，自己则慢慢地向后退去。这个阿松到底是何方神圣？

黑衣女与手下们也随即跟着出了铁笼，朝着阿松后退的方向追去。这简直像一场诡异的移动电影，在水泥浇筑的地道中，逃亡者步步后退，追捕者则杀气腾腾地步步紧逼，毛茸茸的胳膊摆出拳击手的姿态，一步一步地向前方靠近。

这支奇怪的队伍来到了人偶展区的前面，身穿工装的阿松突然停了下来。

"我说，你们知道为什么只有北村被绑起来了吗？"

他仍然保持着双手插在口袋中的姿势，向众人提了一个令人心中发毛的问题。

"你们让开，我有话要问他。"

黑衣女好像想起了什么，她拨开众人，径直走到阿松的面前。

"如果你真的是阿松，那就证明我没能看出手下中竟然有如此本领高强的人，我会郑重地向你道歉。可是你真的是阿松吗？我越想越觉得不对，你根本就不是阿松对不对？快把你那一脸假胡子取下来！拜托你快把它撕下来！"

这位不可一世的女贼竟然带着央求的口吻。

"哈哈哈，你只是不敢说出我的名字而已，就算我不撕掉它，想必你也能猜到我是谁了吧？因为你现在的面色难看得像幽灵一样。"

这个身穿工装的人果然不是阿松！而且连说话的语气都变得不同

了，绝对不是黑蜥蜴的手下。还有，他的声音、那明了爽快的语调，实在是太熟悉了。

黑衣女人的情绪过于激动，以至于抑制不住地全身颤抖。

"那么，你果然是……"

"你在犹豫什么呢？直接大胆地说出来啊。"

对方收起了笑意，此刻的他全身散发出一种庄重、威严的气息。

黑衣女感到冷汗正在不断地从腋下滴落。

"明智小五郎……你是明智吧？"

黑衣女终于下定决心说出了这个名字，说完后她反倒觉得松了一口气。

"是啊。其实你应该早就有所察觉，只不过你心中的胆怯使你不敢面对这个现实而已。"

身穿工装的男人一边说着，一边把脸上的假胡子全部撕了下来。他的肤色虽然已经通过化装变得与阿润极为接近，但是毫无疑问，他就是失踪的明智小五郎。

"可是，为什么？怎么可能会有这种事……"

"当时已经被装在沙发里扔进大海里的我，怎么可能出现在这里，你一定无法理解吧？哈哈哈，你当时以为葬身于大海里的一定是我，其实那只是你的错觉。当时在沙发里面的根本就不是我，而是那个可怜的阿松。我原本只是为了潜入调查才会乔装成伙夫，所以我把阿松绑了起来，又用布团堵住他的嘴，然后放进了人椅这个绝佳的藏身盲点。可是我并没有想到你会那样做，结果害阿松丢了性命，我心里也觉得万分抱歉。"

"什么？被扔到海里的原来是阿松？那么，一直以来是你乔装成阿松，然后待在机械室里？"

此时的女贼完全变成了一个台下的听众，简直像一位好戏看到一半不时发出惊叹语气的贵妇一样。

"真的是这样吗？可是阿松如果嘴里被塞上了布团，那他是如何开口说话的呢？当时我们一个在沙发外，一个在沙发里面交谈了很久啊。"

"和你交谈的确实是我。"

"那到底是……"

"那个房间里不是有个大衣柜吗，我当时就是躲在里面说话的。不过在你听起来，声音像从沙发里面传出来的。而且沙发里还有一个一直挣扎的家伙，换作是谁都会误会的。"

"那么，也就是说……是你把早苗藏起来，然后故意把报纸放在椅子上的？"

"是的。"

"天啊，你如此注重细节，竟然还伪造了一份报纸！就是打算用它来嘲笑我吗？"

"伪造？你也太天真了，那上面的报道和照片，都是毋庸置疑的事实。"

"呵呵呵，可是不管怎么说，这也是一件荒谬的事情。因为这世上是不可能有两个早苗的。"

"这个世界上当然不可能有两个早苗小姐。被你抓到这里来的根本就不是真的早苗小姐。你知道为了寻找一个与早苗小姐长得一模一样的人，费了我多大的力气吗？虽然我有把握能把她平安地救出来，可是我也不忍心让好友的独生女身陷险境。被你绑架的这个女孩，本名叫樱山叶子，是一个无父无母的孤儿，而且还有一点不良少女的倾向。可是正因为如此，这名不良少女才有能力驾驭如此精彩的大戏，即便遭遇了那样恐怖的经历，也依然鼓起勇气坚持到最后。无论她如何恐惧、哭闹，可是她完全信任我，坚信我一定会来救她。"

　　各位读者，还记得《奇怪的老人》这一章吧。名侦探明智小五郎偷天换日的计划其实从那时就已经开始实施了，那个奇怪的老绅士就是明智乔装的。其实从那天夜里开始，真正的早苗已经转移到了只有明智一人才知道的安全场所，与此同时，樱山叶子顶替早苗小姐进入了岩濑宅邸。翌日，早苗就把自己关在房里，制造出惊恐、忧郁、不想见任何人的假象。岩濑夫妇以为早苗是由于一连串的惊吓而患上了抑郁症，根本没有怀疑过自己的女儿早已替换成了别人。那时候的叶子已经是一名优秀的女演员了。

　　听了名侦探讲述的扣人心弦的故事，黑衣女已经完全出自内心地佩服起自己的敌人来，甚至用一种崇拜的眼神来仰望着明智小五郎这位遥不可及的大人物。可是她的那些手下都是些愚昧无知的粗人，根本不会因此而对明智产生敬意，反而还带着憎恶和愤怒的情绪把明智视为将首领玩弄于股掌之上的罪人，同时也是使伙伴阿松葬身大海的仇人。

　　他们耐着性子听了半天自己听不懂的废话，见故事总算告一段落，终于再也按捺不住。

　　"别听他废话了！弄死他！"

　　也不知是谁怒吼了一声，紧接着四个壮汉便一齐向孤立无援的名侦探扑了过去。就连女贼也无法凭借自己的威严控制住这混乱的场面。

　　他们有的打算勒住明智的脖子，有的打算扭住他的双手，还有的抱住他的腿想将他摔倒在地。在这些亡命之徒的联合攻击下，就算是明智小五郎恐怕也无法抵抗。胜利明明就在眼前，难道竟然会在最后的关头扭转局势，使名侦探一败涂地吗？一代名侦探难道真的会在这些暴徒手中丧命吗？

现在明智小五郎已经被这四名暴徒像叠罗汉般压在了地上。在这千钧一发的紧要关头，明智侦探竟然毫不畏惧地哈哈大笑起来。这到底是怎么了？

"啊哈哈哈哈，你们没有一个长了眼睛吗？好好看看，仔细看看玻璃展柜的里面。"玻璃展柜，那一定是指那排展示人偶标本的橱窗展柜了。

众人忍不住转头望了过去。这群被愤怒冲昏了头的暴徒们根本没有注意到橱窗的内部发生了怎样的变化。而双方进行搏斗的场所也在橱窗的侧面，形成了一个视觉的死角。

仔细一看，橱窗里面的确发生了惊人的异变。所有的人偶虽然还保持着原本的姿态，但无论男女都穿上了像模像样的男式西装。

不用说，这肯定也是明智干的。可是这样的恶作剧一次还不够，竟然还要玩第二次，这么无聊的恶作剧到底有什么意义呢？等等！明智侦探绝不是那种无聊的人。这次的换装游戏，一定还隐藏着某种重大的含意。

众人中只有黑衣女第一时间反应了过来。

"啊，糟了！"

还未等她逃走，橱窗里的人偶已经一个个站了起来。原来它们不仅仅是被套上西装这样简单，这回是人偶本身都被调了包。它们并不是人偶，而是真正的活人。他们只是摆出了与人偶一样的姿态，耐心地等待时机。现在这些身穿西装的男子全都握着枪，而且枪口正对准了盗贼们。

随着"哗啦"一声玻璃碎裂的声音，橱窗被开了一个巨大的洞。身穿西装的男子们迅速从里面跳了出来。

"不许动！黑蜥蜴，老实点！把手举起来！"

是在警匪电视剧里经常听到的台词。看来艺术真的是源于生活，这就是现实中的警察频繁使用的台词。显而易见，他们就是顺着明智的线索潜入到地下的警视厅精英们。

之前明智曾经提示过黑蜥蜴，是否知道为什么只有北村被绑了起来，其实已经暗示了外援已经到来。明智早就通过电话向警视厅请求了支援，待他发出信号后，警察们立刻轻而易举地进入了地下与明智里应外合，并在入口处将看守大门的北村打晕后绑了起来。这一切都是在阿润失踪的那段时间里发生的。他们之所以没有马上逮捕黑蜥蜴，其实是出自明智的要求，他希望能够让这次行动的落幕更加完美。刑警们也大多是些通情达理的人，于是同意配合他的行动。

毫无疑问，另外的一队警察已经和水上警察合作，现在正在联手追捕海上的汽船。黑蜥蜴与地底的部下，还有留在汽船上的残党，这次一定会被一网打尽了。

地底的暴徒们几乎没有什么抵抗就在警察的枪口之下举起了双手。这些人虽然都是亡命之徒，可是突然遭到警察大规模突然袭击，早就吓得魂飞魄散，连裸体的阿润一起乖乖地被套上了绳子。可是，黑蜥蜴不愧是首领，当她第一时间反应过来这些西装人偶是警察时，早就已经做好了准备，敏捷地甩开了一位抓住她手腕的警官，像飞鸟一样快速地穿过走廊跑回了自己的房间，并从里面上了锁。

扭动的黑蜥蜴

黑衣女自诩为地底王国的女王，想必她一定无法忍受被绳索绑缚的屈辱。如果这就是她最终的命运，倒不如索性自己逃回密室里，干脆利落地自我了断。明智小五郎敏锐地察觉到她的意图，马上离开了乱成一锅粥的逮捕现场，独自跑向她的房间。

"喂，开门！我是明智！我还有句话想对你说，让我进去吧！"

与明智焦急的叫声相反，房间里传来的是一个虚弱的声音。

"明智先生，只有你一个人吗……"

"对，只有我一个人，快开门。"

锁芯转动的声音过后，门开了。

"我来晚了吗……你服毒了？"

明智刚一踏进房门，黑衣女就像用尽了全身的力气一样，瘫软地倒在地上。

明智半跪在地上，将女贼扶起来靠在自己的膝上，试图减轻她临死前的痛苦。

"现在说什么都无关紧要了，你安息吧。你差一点就让我送了命。可是对于我的职业生涯来说，这也算一种难能可贵的体验。我对你已经没有了恨意，甚至还觉得你有些可怜……对了，我还得告诉你一件事。虽然这是你煞费苦心才弄到手的宝贝，可是这枚岩濑先生的'埃及之星'我还是得帮他带回去，物归原主。"

说完，明智从口袋里取出那枚大大的钻石，举到女贼的面前。黑蜥蜴努力地挤出一丝苍白的微笑，点了几下头。

"早苗小姐呢？"

她语气温和地问道。

"早苗小姐？哦，你说的是樱山叶子吧。放心吧，她已经和香川一起离开这里了，现在正在接受警方的保护。那女孩这次遭了不少罪，回到大阪后，我得请求岩濑先生好好答谢她一番。"

"我真的彻底输给你了，心服口服。"

她不仅败在了双方的较量中，除此之外，在某种意义上她还输掉了一些其他的情感。她开始哭泣起来，她的眼睛已经开始涣散，但泪水仍然不断地从眼中滴落。

"我现在正躺在你怀里呢……我很满足……我从来没有想过自己死的时候可以这样幸福。"

明智并非不懂她的情意，他自己的心中也萌生了一种奇妙的情感。可是他很清楚，这种情感只能存在于此刻。

女贼临死前的表白简直像一个不可思议的谜团。也许连她自己都没有意识到，她早已深深爱上了面前的敌人。否则，在黑暗的船上将明智扔下海时，她何以会情绪崩溃，以至于号啕大哭呢？

"明智先生，我就快不行了……能答应我最后一个请求吗？请你……吻我好吗……"

黑衣女的四肢开始抽搐着，她的生命已经走到了尽头。她虽然是个盗贼，可是明智也实在不忍心拒绝她最后的请求。

明智一言不发，轻轻地将嘴唇印在黑蜥蜴冰凉的额前，亲吻着这个曾经差点要了他的命的杀人魔头。女贼露出了一个满足的微笑，然后，笑容慢慢地凝固在脸上。

这时，将一干暴徒全部抓捕完毕的警察们蜂拥而入，没想到映入眼帘的竟然是这样一幕不可思议的光景，全部当场愣在门口。即便是被称为铁面无私的警察们也是有感情的。他们被一种无法言喻的、庄严肃穆的气氛所感染，半天没有一个人开口说话。

恶名昭著的一代女贼黑蜥蜴，终于走完了她的人生。她的头靠在名侦探明智小五郎的膝上，带着一脸满足的微笑，离开了人世。

不经意间的一瞥，发现刚才她为了挣脱警官的控制而逃走时，由于用力过猛而扯破了衣袖。她的上臂裸露在空气中，上面的黑蜥蜴刺青整个露了出来，这也是她绰号的由来。美人虽已不在，只有那刺青依旧栩栩如生，仿佛诉说着与主人别离的伤痛一样，轻轻地、轻轻地在空气中蠕动着。

怪盗二十面相

最近，在东京的大街小巷中，无论男女老少，只要一见了面就会像寒暄一样谈论怪盗"二十面相"的事情。

"二十面相"，是人们给予这个怪盗的一个绰号，最近频繁地出现在新闻报道中。听说这名怪盗的乔装技术非常精湛，可以化装成二十张完全不同的面孔。

即使在光线明亮的场所近距离仔细打量"二十面相"，也无法识破他的变装。他可以变成一名老人，也可以摇身一变成为一个年轻人，还可以乔装改扮成富豪、乞丐、学者、无赖等，甚至连女人都能扮演得惟妙惟肖。

然而，这名盗贼究竟多大年龄、长相如何，从来都没有人知道。他虽然拥有二十张面孔，但到底哪一张才是他真实的面孔，根本就无人知晓。或者说，可能连怪盗本人都记不得自己的真容了吧。因为他每天都要变换不同的面孔，利用不同的身份出现在人们的面前。

这个乔装天才让警察大伤脑筋。警察永远不知道该把他的哪副面孔列入通缉令，因为他每次使用的都是不同的面孔。

不过，这位"二十面相"只对宝石、美术品等具有极高艺术价值的珍宝感兴趣，对现金并没有什么兴趣。而且，他从来没有杀害或伤害过任何一个人，因为他不喜欢见到血。

可是，虽然他不喜欢做残忍的事，一旦自己身处险境之时，也会不择手段地设法逃脱，谁又能保证他一定不会采取过激手段呢？东京市民谈论怪盗二十面相的时候，大多是心惊胆战的。

那些拥有各种各样珍宝的大富豪们更是如此，他们每天提心吊胆、惶惶不可终日。因为这个怪盗实在是无孔不入，就算有再多的警察守护，该失窃的东西也一定会失窃。

这个"二十面相"还有一个特殊的嗜好。他在准备盗取某件珍宝之前，一定会先向主人发出预告信，并写明自己作案的时间。这个盗贼倒也有些节操，不愿意在他人毫无防备的时候下手。或者他认为自己手段高超，无论你怎样严防死守，他都有能力在你眼皮底下将珍宝盗走。总而言之，他的确是一个胆大妄为、目中无人的盗贼。

本篇讲的就是这个神出鬼没、变幻自如的怪盗和日本第一的侦探明智小五郎斗智斗勇、展开殊死搏斗的故事。

大侦探明智小五郎有一个名叫小林芳雄的少年助手。这个可爱的小侦探像松鼠一样聪明机警，他的功劳也着实不小。

好了，故事的背景就先介绍到这里。下面让我们正式讲述故事吧。

铁圈套

麻布的某个街道上，坐落着一栋占地数百平方米的大宅院。

一道高约四米的水泥院墙，绵延地延伸到远方。穿过那道巍然耸立的铁门，眼前出现了一大片排列整齐的凤尾蕉。在那青翠繁茂的叶子对面，有一道十分气派的正门。

无法估算这里的面积究竟有多大，这个极为宽敞的日式建筑，和贴满了黄色装饰瓷砖的两层西式洋楼形成了一个直角。在这幢大宅邸的后面，还有一个像公园一样宽阔的美丽庭院。

这里是实业界的巨头羽柴壮太郎先生的宅邸。

羽柴家最近沉浸在一种极度的喜悦与极度的恐惧之中。

喜的是十年前离家出走的长子壮一，特地从南洋的婆罗洲返回日本与父亲团聚，并表达了歉意。

壮一是一个与生俱来的冒险家。中学毕业后，他就打算和另一名同学渡海前往南洋，在那个新天地里建功立业。可是却遭到了父亲壮太郎的强烈反对，因此壮一偷偷离家出走，乘坐一艘小帆船前往了南洋。

十年来，壮一没有寄回家一封信，甚至连落脚之处都是个谜。三个月前左右，他突然从婆罗洲的山打根寄了一封信回来，说自己终于成长为一名优秀的男子汉，并会回到家中向父亲当面道歉。

壮一现在在山打根周边经营着一大片橡胶庄园。这封信中还夹了一张橡胶庄园的照片和壮一本人的近照。他已经三十岁了，鼻子下方装模作样地蓄了一撇小胡子，看起来已经成长为一个出色的男子汉。

接到这个消息，父亲、母亲、妹妹早苗、正在上小学的弟弟壮二都欣喜若狂。壮一在信中提到自己将在下关下船，然后再转乘客机回到家，因此全家人都翘首盼望着这一天的到来。

而那朵笼罩在羽柴家上空的阴云，则是因为收到了来自"二十面相"的可怕的预告信。预告信上的内容如下：

想必阁下早已从报纸上知晓吾的事情。

听闻阁下将曾经镶嵌在罗曼诺夫皇室的皇冠上的六颗大钻石当作府上的传家之宝珍藏至今。

吾希望阁下将那六颗钻石无偿转让，并将于近日登门领取。

稍后会告知确切日期。

望阁下严加防范。

二十面相

那几颗钻石是有故事的。俄罗斯帝国衰落后，一个俄罗斯白人得到了罗曼诺夫家族的皇冠，取下了镶嵌在皇冠上的六颗钻石后，将它们卖给了一名中国商人，几经辗转后被日本的羽柴家买下。按照现在的市场价来估算，其价值高达二十万日元，是极为贵重的珍宝。

现在那六颗钻石被收藏在壮太郎先生书房的保险柜里，然而从怪盗信中的口吻来看，似乎对钻石的保管地点了如指掌。

接到这封预告信后，一家之主的壮太郎倒是镇定自若，可是从夫人到小姐，甚至用人都吓得瑟瑟发抖。

羽柴家的老管家近藤十分重视此事，先是跑到警局去寻求警方保护，然后又买来一头烈性猛犬看家护院，动用了所有资源、使出了各种防范手段严阵以待。

有一位巡警住在羽柴家的附近，近藤管家便拜托那位巡警，把不当值的同事请到宅邸当作保镖，让宅邸内无论何时都有两三名巡警驻守。

此外，宅邸中还住着壮太郎先生的三名秘书。这下连巡警、秘书再加上猛犬，如此森严的防守，就算那位大名鼎鼎的怪盗"二十面相"有通天的本领，也是无法偷偷潜入的。

在这种剑拔弩张的气氛下，大家仍然翘首盼望着长子壮一回家。当年还是个孩子的壮一赤手空拳远赴南洋的小海岛，如今已经长成了一名男子汉，而且取得了巨大的成功，只要他能够平安归来，相当于给全家老小吃上了一颗定心丸。

这一天清晨，终于迎来了壮一抵达羽田机场的日子。

秋日里的朝阳暖洋洋的，有一名少年从羽柴家的仓库中走了出来。他就是刚上小学的壮二。

还没到吃早餐的时间，宅邸内格外安静，只有早起的麻雀精力旺盛地在庭院的枝头和仓库的屋顶上欢快地叫着。

令人觉得奇怪的是，现在还很早，壮二穿着毛巾布料的睡衣，两手抱着一个看上去有点吓人的铁制器械，走下仓库的石阶，然后来到庭院中，连麻雀都被惊得飞了起来。

原来昨夜壮二做了一个噩梦。他梦到怪盗"二十面相"竟然偷偷潜入了洋楼二楼的书房，并盗走了宝物。

那个贼人就像挂在父亲的起居室墙壁上的能剧面具一样，有着一张苍白诡异又面无表情的面孔。那家伙偷了宝物后便马上推开二楼的窗子，纵身一跃，消失在漆黑的庭院中。

壮二一下子被这个噩梦吓醒。虽然只是一场梦，但是他总觉得这噩梦中的事情很可能会变成现实。

"'二十面相'那个家伙，肯定会从那扇窗子跳下去，然后，再穿过庭院逃走！"

壮二坚信此事一定会发生。

"那扇窗子的下面摆着花坛，怪盗跳下去的时候会把花坛给踩坏的。"

壮二胡思乱想着。突然，他的脑海中浮现出一个奇怪的想法。

"我应该在花坛里设下一个陷阱！嗯！这个办法一定能行。如果梦里的事真的变成了现实，那贼人一定会踩过那个花坛逃走的。如果在那里设下陷阱，那家伙肯定要上当的。"

壮二之所以能够想到设下陷阱，是因为他记得去年的时候，父亲的一个经营山林的朋友拜托父亲制作一个铁制兽夹，还拿了一个美国制造的样品过来，并且一直放在仓库里。

壮二已经完全沉浸在自己的思维当中。在如此宽阔的庭院中，即便设下了那么一个小圈套，难道就能制服盗贼吗？显然这并不是一个可靠的办法。可是在壮二的眼中，这是一个能够抓住盗贼的绝好机会。因此，他今天特意起了个大早，偷偷地溜进仓库，将那个大大的铁制兽夹搬了出来。

壮二想起了自己以前设置捕鼠器时的情景。那种等待猎物上钩时的紧张、刺激心情十分令人愉悦。可是，这次的捕猎对象不是老鼠，而是人，是鼎鼎大名的绝代怪盗"二十面相"。因此他心中的紧张刺激心情，比起捕鼠来膨胀了十倍、二十倍。

壮二将铁兽夹搬到了花坛的中央，然后用力地将兽夹从中间掰开，并将锯齿的一面朝上摆放妥当。设置完毕后，为了不被人看出破绽，壮二还特意找了一些枯草盖住了陷阱。

只要盗贼踩中了这个陷阱，就会像被捕鼠器捕到的老鼠一样动弹不得。两面的锯齿会立刻合拢，就像被一头又黑又大的猛兽狠狠地咬住了脚脖子一样。虽说如果家人踩到的话就糟糕了，可是它毕竟摆放在花坛中央，如果不是盗贼，没有谁会无缘无故地走到这里并踩进枯草堆吧。

"大功告成！到底会不会成功呢？如果盗贼中了陷阱、被夹住脚踝无法动弹，那一定是大快人心的事。希望这次的计划能够顺利进行。"

壮二做出了一个祈祷的动作，然后心满意足地笑了笑，愉快地走进了屋里。这件事看起来不过是一个小孩子的恶作剧，可是事实证明少年的直觉是不可以被轻视的。各位读者们，请记住今天设下的这个陷阱吧。因为这个陷阱，真的在后述的故事中起到了关键性的作用。

是人是魔？

这天下午，羽柴家全体出动，前往羽田机场迎接从海外归来的壮一。

从客机上走出的壮一腋下夹着一件深棕色的薄外套，身穿同色系的双排扣西装，下身穿着一条笔挺的长裤，显得双腿十分修长，简直像电影里的外国明星一样英姿飒爽。同样深棕色的礼帽下，露出一张笑眯眯的、被太阳晒成古铜色的英俊面庞，浓密的一字眉加上炯炯有神的大眼睛、一排整齐而雪白的牙齿，再加上人中上修剪齐整的胡须，看起来有一种说不出的亲切感，简直跟照片上的一模一样。不，本人比照片更富有魅力。

和大家一一握手后，壮一便在父母的簇拥下坐上了前面的汽车，而壮二与姐姐还有近藤老管家一起坐上了后面的那辆汽车。车子驶动了，壮二透过前窗玻璃目不转睛地凝视着前车里兄长的背影，心中涌上一种无与伦比的喜悦之情。

回到家中，全家人将壮一围在中间开始闲话家常，不知不觉就聊到了傍晚，而母亲也在厨房精心烹饪了美味的晚餐。

大大的餐桌上铺上了一张崭新的桌布，上面还装饰着美丽的秋季花篮。每个人的座位上都摆放着闪闪发光的银制刀叉。今天和平时不同，座位上还摆放着折得整整齐齐的餐巾。

在用餐的过程中，也是以壮一为中心闲话家常。他讲了一个又一个南洋的奇闻逸事，并不时夹杂着离家出走之前的事情。

"壮二，我记得那会儿你才刚学会走路吧，经常溜进我的书房，还把桌子上的东西翻得乱七八糟的，甚至打翻过墨水瓶，然后还用沾了墨水的手去擦脸，把自己弄得像个小煤球似的，把大家都吓得够呛。您还记得吗，母亲？"

母亲虽然记不得以前的这些事，但是她此刻喜悦万分、双目含泪，只能微笑着不住地点头。

然而，这一家团聚的喜悦之情，却仿佛小提琴正演奏到一半时突然断了一根琴弦一样戛然而止。是那件可怕的事情出现了。

这是一个多么残酷的恶魔啊！它竟然选择在这个父母手足阔别十年后再度重逢的宴会上现出了自己阴森可怕的身影，简直像要摧毁眼前的幸福一样。

大家正聊得起劲儿，一个秘书拿着一封电报走了进来。虽然大家都沉浸在往日的回忆中，可是也不得不赶紧阅读电报的内容。

壮太郎先生皱着眉看完了电报，随即表情变得严肃起来，像是发怒一般沉默不语。

"父亲，发生什么事了吗？"

壮一十分擅长察言观色，他一下子就看出父亲情绪有异。

"嗯，确实有些麻烦事。本来不想让你们担心，但是既然已经收到了这种东西，那今晚就必须严加防范了。"

说完，壮太郎先生展开了电报。

"今夜一十二点，吾将准时前往领取物品。二〇"

"二〇"这个署名，显然指的是"二十面相"的简称。"一十二点""准时"，指的是半夜十二点整，那名怪盗"二十面相"将会上门盗宝。

"这个'二〇'，是不是那个绰号'二十面相'的怪盗呢？"

壮一目不转睛地盯着父亲的表情，一副恍然大悟的样子。

"没错。你怎么会知道呢？"

"我在下关上岸后，就听到了好多关于这个人的传闻，然后在飞机上也看过报纸。他终于要向我们家下手了吗？那家伙到底想偷走什么呢？"

"你离开家后不久，在一次偶然的机会下我得到了曾经镶嵌在俄国沙皇皇冠上的钻石。他要偷的就是那个。"

接下来，壮太郎先生把"二十面相"的事情，还有那封预告信的内容都详细地告诉了壮一。

"不过还好今天你回来了，这样我就放心多了。今夜我们父子就不眠不休地守着宝石吧。"

"好啊，我赞成，我对自己的身手还是很有自信的，而且我刚刚回家就能够帮上忙，我也很开心。"

很快，在一脸凝重神色的近藤老管家的指挥下，整个宅邸进入了警戒状态。虽然才晚上八点，可大门和所有出入口都关得紧紧的，而且全部从里面上了锁。

"今晚不管什么样的客人，一律谢绝入内！"

老管家向所有的用人下达了死命令。

按照原定计划，由三名驻守在宅邸的巡警和三名秘书、汽车司机，或分头把守各个出入口，或在宅邸内无间断巡视。

羽柴夫人、早苗小姐与壮二少爷则早早被打发回卧室休息。

大群的用人集合在一个房间，满面惧色地窃窃私语着。

壮太郎与壮一守在洋房二楼的书房中闭门不出。书房的桌子上早就摆放了一些三明治与葡萄酒，二人准备彻夜不眠地守在这里。

为了无法从外面打开，书房的门窗全部从里面上了锁、插了闩。整个书房被包围得水泄不通，就连一只苍蝇也飞不进来。

"我们好像有点小题大做了。"

安排完毕后，壮太郎坐在椅子上，露出了无可奈何的苦笑。

"不，我觉得对付那个家伙，再怎么小心谨慎都不算小题大做。我刚才一直在阅读报纸合订本，仔细地研究'二十面相'相关的事件，越看越觉得那个家伙可怕。"

壮一的表情开始变得凝重起来，语气中也带着一些不安。

"那你的意思是，就算我们戒备得像铁桶一般水泄不通，还是无法挡住那个盗贼吗？"

"是的。虽然现在不该说这些丧气话，不过我确实有这种感觉。"

"可是，他打算从哪里进来呢……为了盗取钻石，他首先得翻越高高的围墙，然后必须躲过层层的守卫，不被他们发现。就算他能侥幸来到这里，想进来也必须得先打破房门，然后还要与我们父子进行搏斗。就算他再一次侥幸得手，钻石可是保管在设置了复杂密码的保险箱里，不知道密码是绝对打不开的。就算二十面相是一个魔法师，恐怕也无法做到过五关斩六将吧，哈哈哈哈哈……"

壮太郎先生大声地笑了起来。但是，他的笑声显得并无底气，而且带有一种虚张声势的感觉。

"可是父亲，我看报纸上的那些报道说，那家伙已经不止一次不费吹灰之力，就做出了看似不可能的惊人之举。其中一篇报道说过，主人将某件珍宝放在保险箱里，自以为可以高枕无忧了，可是没想到那家伙在保险箱后面的墙壁里挖了个大洞，把里面的贵重物品全都偷走了。还有一篇说，明明有五个壮汉看守，可是不知什么时候被人下了安眠药，大家全都倒在地上呼呼大睡。那家伙非常擅长随机应变，无论任何状况他都应付得了。"

"喂喂，壮一，听你这语气简直像在崇拜那个盗贼一样。"

壮太郎先生目瞪口呆地盯着儿子的表情。

"不，我不是有意赞美他。可是越研究那家伙，就越觉得他真的不是省油的灯。那家伙最有力的武器不是身手，而是智慧。只要能够随心所欲地把智慧当成武器，在这世上几乎没有什么事情是做不到的。"

这对父子针对二十面相讨论了一会儿，夜渐渐深了，还刮起了风。一阵夜风吹过，震得窗户上的玻璃哗哗作响。

"唉，你把盗贼说得如此神通广大，害得我也不由自主地担心起来了。还是先检查一下钻石是否安全吧，要是保险箱背后的墙壁也被挖了一个洞，那可就糟了。"

壮太郎先生笑着站了起来，走向房间角落的小型保险箱，转动密码打开了柜门，取出了一个黄铜制的小盒子，然后小心翼翼地抱着小盒子回到椅子上坐好，并把它放在他和壮一围坐着的圆桌上。

"我还是第一次见到这个宝贝呢！"

壮一好像对盒子里的钻石十分感兴趣，双目闪烁着异样的光芒。

"是啊，你的确是第一次见到。这些就是当年镶嵌在俄国沙皇皇冠上闪烁着夺目光芒的钻石呢。"

刚刚打开小盒子的盖子，那璀璨的光彩立刻晃得父子俩几乎睁不开眼。黑色天鹅绒台座上，摆放着六颗大豆大小、散发着夺目光芒的华丽钻石，堪称世间罕见的珍宝。

壮一过足了眼瘾后，壮太郎才合上盖子。

"这个盒子就先放在这里吧。与其放在保险箱里，还不如你我四只眼睛盯着更加安全。"

"嗯，我也觉得这样比较稳妥。"

两人相对无话，只能围着圆桌凝视着上面的小盒子，不时抬头望望对方的表情。

阵阵夜风不时吹得窗户上的玻璃哗哗作响，远方传来一阵剧烈的狗吠声。

"几点了？"

"十一点四十三分。还有十七分钟……"

壮一看着手表回答道，随后两人又陷入了沉默。这会儿就连向来无所畏惧的壮太郎先生都是一脸死灰，额头渗出些许汗珠。壮一咬紧了牙关，紧握的拳头平放在膝上。

室内像死一般沉寂，空气仿佛凝固了一般，静得连两个人的呼吸声和手表秒针的嘀嗒声都听得到。

"还有几分钟？"

"还有十分钟。"

这时，二人利用视线的余光瞥见一个白色的小东西，飞快地在地毯上移动。咦，是小田鼠吗？

壮太郎先生大为惊讶，于是低下头去开始在身后的桌子下面观察起来。那白色的小东西好像躲到桌子下面的什么地方去了。

"什么啊，原来是乒乓球啊。可是，这个东西怎么会出现在这里？"

壮太郎从桌下捡起乒乓球，一脸疑惑地观察着。

"真奇怪，可能是壮二之前放在柜子上忘了拿走，然后不知怎么就掉下来了吧。"

"有这个可能……对了，现在几点了？"

壮太郎先生询问时间的间隔越来越短。

"还有四分钟。"

二人紧张地盯着对方的脸，连秒针移动的声音都变得可怕起来。

三分钟、两分钟、一分钟……离预告的时间越来越近，这会儿二十面相也许已经成功越过了高高的围墙，现在正在走廊上伺机潜入……不，说不定他已经来到了门外，正竖起耳朵偷听屋内的谈话。

啊！也许他马上会用力地砸开门闯进来吧！

"父亲，您没事吧？"

"没，没有，我没事。我一定不会被那个二十面相所吓倒。"

虽然嘴上逞强，但壮太郎先生此刻正用双手扶住额头，面色变得十分惨白。

三十秒、二十秒、十秒，两个人急促的心跳像读秒一样，紧张得令人窒息的时间一秒一秒地过去了。

"喂，几点了？"

壮太郎先生的声音听起来有些发颤。

"十二点零一分。"

"什么？已经过去一分钟了？……啊哈哈哈……怎么样，壮一，那个二十面相也不过如此吧？钻石仍然完好无损地放在这里，根本没有出现任何状况。"

壮太郎先生松了一口气，像一位胜利者一样哈哈大笑起来。可是壮一脸上的神色依然凝重。

"实在难以置信。钻石真的完好无损吗？二十面相真的是那种出尔反尔的人吗？"

"你在说什么呀，钻石不就摆在这里吗？"

"可是，那只是一个盒子。"

"你的意思是说，这里剩下的只有盒子，里面的钻石已经消失了吗？"

"我觉得应该马上检查一下，没有亲眼确认的话始终无法安心。"

壮太郎闻言迅速起身，双手按在黄铜盒子上，壮一也随即站了起来。几乎有整整一分钟的时间，两个人就那样大眼瞪小眼地望着对方。

"那么，就打开看看吧。我不相信会发生这种荒谬的事情。"

"咔嚓"一声，盒子的盖子被打开了。

与此同时，从壮太郎先生的口中发出"啊"的一声惨叫。

消失了。黑色天鹅绒台座上空无一物。曾经镶嵌在俄国沙皇皇冠上那价值二十万日元的钻石，就像人间蒸发一样消失得无影无踪。

魔术师

两人面如死灰般地盯着对方的脸，好半天说不出一句话。过了好一会儿，壮太郎先生才愤怒地吼了一句：

"这怎么可能？"

"这真是太不可思议了。"

壮一也鹦鹉学舌般地重复了一遍。可是，令人费解的是，壮一的脸上并没有惊恐或担心的神色，他的唇角甚至还流露出一抹诡异的微笑。

"门窗并没有被破坏的痕迹，而且就算有人进来，也绝对逃不过我的眼睛。难道盗贼还能像幽灵一样，从门上的那个小小的钥匙孔进出吗？"

"这是当然的。就算二十面相有通天的本领，也不可能像幽灵一样没有实体吧。"

"可是这样一来，在这个房间里能够接触到钻石的，就只剩下你跟我了。"

壮太郎先生满面狐疑地盯着儿子的面孔。

"是啊，除了你我，再没有别人了。"

壮一再也藏不住唇角的笑意，开始愉快地微笑起来。

"喂，壮一，你在笑什么！有什么好笑的？"

壮太郎先生突然心中一沉，高声斥责道。

"因为我真的很佩服这名怪盗啊，他的手段果然高明，而且很准时地实现了自己的诺言。无论设下多么严密的防守，他都能够精彩地突破每一道防线。"

"不要再说了！你为什么又在夸奖那个盗贼？难道你觉得被盗贼耍得团团转的我很可笑吗？"

"是啊。看着您如此惊慌失措的模样，确实很令我愉快啊！"

咦？这是儿子应该对父亲说的话吗？壮太郎先生听后心中与其说是愤怒，不如说感到十分错愕。他越来越觉得眼前这个笑眯眯的青年并非自己失散多年的儿子，而是一个可怕的、来历不明的人。

"壮一，你老实地站在那里！"

壮太郎先生的神情变得非常严肃，他开始向房间的角落靠近，想要按下墙壁上的电铃叫用人过来。

"羽柴先生，站住不许动的应该是你才对。"

天啊！儿子竟然称呼自己的父亲为"羽柴先生"。只见他脸上依然挂着笑眯眯的表情，然后从口袋里掏出一把小型手枪，握紧了手枪并将枪口直对着父亲。

壮太郎先生看到对方手里有枪，立刻站在原地，不敢再动弹。

"不许叫人。只要你敢大声喊人，我会毫不犹豫地扣动扳机。"

"你到底是谁？难道……"

"哈哈哈……看来你总算反应过来了。没错，我不是你的儿子壮一。你猜得没错，我就是那个怪盗'二十面相'。"

壮太郎先生简直像见到鬼一样，惊恐地望着对方的脸，半天说不出一句话。他想不通，那封从婆罗洲寄来的信，到底是谁写的？照片上的人又是谁?

"哈哈哈······二十面相是童话中的魔法师,他能做到任何人都做不到的事情。羽柴先生,为了感谢你慷慨馈赠的钻石,现在就让我来告诉你事情的真相吧。"

这个奇怪的青年似乎完全不担心自己身处境险境,从容自若地叙述了起来。

"我打听到壮一现在下落不明,然后又弄到了他离家出走之前的照片。于是,我推测着在这十年中壮一的容貌会发生怎样的变化,之后就乔装成了现在的这个样子。"

说完,他"啪啪"地拍了几下自己的脸。

"因此,那照片上的人正是乔装后的我,而那封信也是我写的。我把信和照片寄给身在婆罗洲的一个朋友,拜托他从那里寄给你。很遗憾,壮一仍然下落不明,他根本就不在婆罗洲。从头到尾都是我——'二十面相'自导自演的一场戏而已。"

羽柴家上下,包括父母都被长子归来的喜讯冲昏了头脑,根本没有察觉其中竟然隐藏着如此可怕的圈套。

"我是名忍术师哦。"

二十面相得意扬扬地说着。

"还记得刚才的乒乓球吗?那就是表演忍术所需的道具。那是我从口袋里掏出来扔到地毯上的。那个时候你完全将注意力集中在乒乓球上,还钻到桌下去观察了一会儿,而我趁此机会从盒子里取出钻石简直是易如反掌。哈哈哈······好了,那么我这就告辞了。"

怪盗一面举着手枪,一面后退到门口,然后伸出左手转动了几下一直插在钥匙孔上的钥匙,猛地打开门,迅速跑到了走廊上。

走廊上有一扇正对着庭院的窗子。怪盗拉开了窗子上的插销,推开窗子跨坐在窗框上,然后向壮太郎先生喊了一声:

"这个就送给壮二当玩具吧，我是不杀人的哦。"

说完他将手枪往房间一扔，转身从二楼跳到庭院里，消失在黑暗之中。

壮太郎先生再一次被对方耍得团团转。

那把手枪只不过是个玩具，刚才他一直畏惧着这支玩具手枪，根本不敢喊人来帮忙。

故事讲到这里，各位读者应该还记得，盗贼跳下的那扇窗子，正是出现在少年壮二梦中的那一扇窗。此刻窗下的花坛里，壮二精心设置的兽夹正张开锯齿大口，等待着猎物送上门来。他的梦竟然变成了现实！那么，那个兽夹一定马上就会派上用场了。

啊，也许已经成功了！

池塘中

怪盗扔下手枪跳向窗外后，壮太郎先生立刻冲到窗边，扶着窗框俯视着黑暗的庭院。

庭院里虽然很黑，但到处都亮着像公园里的路灯一样的电灯，所以能够勉强分辨出人影。

怪盗从窗子跳下后好像一度摔倒在地，但他马上爬了起来，迅速向前方跑去。接下来果然不出所料，他落下的地方正是壮二梦中的那个花坛。怪盗刚在花坛中跑了两三步，突然听到"咔嚓"一声清脆的金属声音，怪盗的黑影一个跟头栽倒在了地上。

"快来人啊！是盗贼！盗贼来了！快到庭院去！"

壮太郎先生放声高喊了起来。

如果没有这个捕兽夹，这个身手敏捷的怪盗恐怕早已逃之夭夭了。壮二这个看似小孩子恶作剧般的行为，竟然在无意中派上了大用场。正在怪盗拼命掰开兽夹之时，穿着西装的巡警、秘书们、司机，共计七人已经从四面八方赶了过来。

壮太郎先生也飞快地下了楼，与近藤老管家一起在楼下的窗口处用电灯照着庭院，协助抓捕。

可是奇怪的是，老管家特地买来的猛犬约翰，在这场骚动中竟然悄无声息。此时如果有约翰前来助阵，怪盗即便有天大的本领也绝不可能逃出生天。

二十面相好不容易掰开了兽夹并站了起来，从各个方向拿着手电筒赶来的人，离他只有十米左右的距离了。

盗贼像一股黑风似的蹿了出去，那速度简直可以媲美打出枪膛的子弹。他从一角突破了众人形成的包围圈，向庭院的深处跑去。

庭院像一座公园一样宽阔。有假山，有水池，还有像森林一般繁茂的树林。四周一片漆黑，在这宽阔的庭院中进行搜捕的只有七人，人手实在不够。这个时候要是有约翰在，一定可以大大提升搜捕效率。

尽管如此，大家仍然拼命地追赶盗贼。这三名巡警在抓捕犯人方面毕竟是科班出身，看到盗贼向假山上的树丛中跑去，便抢先从平地绕到假山的另一侧，并和随后赶来的同伴形成了包抄阵容。

这样一来，盗贼就无法逃到墙外去。而且环绕着庭院的这道水泥墙高达四米，如果不使用梯子，是没有办法翻墙逃跑的。

"啊！在这里！盗贼在这儿呢！"

一名秘书站在假山上的树丛中高声喊道。

手电筒的光圈从四面八方照射过来，树丛像白昼一样明亮起来。

在手电的照射下，能够看到盗贼猫着腰像只皮球一样冲向假山右侧茂密的树丛方向。

"不要让他跑了！他跑下山了！"

手电筒的光圈飞快地穿梭在茂密的大树中，形成了一道赏心悦目的风景线。

庭院十分宽阔，又有许多树木和岩石遮挡，而且这个盗贼非常擅长逃跑和躲藏，众人虽然能够看到盗贼的背影就在前方，却怎么也抓不到。

在这你追我赶的紧张时刻，附近的警察局接到紧急电话报案，便立刻派出数名警察守在墙外。这下子怪盗终于成了瓮中之鳖。

而宅邸内，紧张刺激的捉迷藏游戏又持续了好一阵子。可是追着追着，盗贼的影子却突然不见了。

原本盗贼一直在前方不远处狂奔，又在大树的树干间来回穿梭，身影忽隐忽现。可是现在却突然不见了踪影。众人搜遍了每一棵树，甚至连树上都用手电筒来来回回地照了个遍，可就是不见盗贼的影子。

墙外有数名警察看守，而内部的洋楼、日式房间都罩着遮雨棚，屋内的电灯正照亮着庭院，就连壮太郎、近藤老管家、壮二、用人们，都跑到檐廊上看着庭院里上演的这出捉贼好戏，因此盗贼根本无法在众目睽睽之下逃进屋内。

盗贼一定还躲在庭院的某处。可七个人几乎把庭院翻了个底朝天，仍然没有发现盗贼的踪迹。难道"二十面相"又使出忍术了吗？

最后，众人决定等天亮后再行搜索。只要不放松正门、后门以及围墙外侧的守备，盗贼仍然还是瓮中之鳖，就算等到天亮后再行动也并无不妥。

于是，众人为了帮助围墙外侧的警察们，一个接一个地离开了庭院，只剩下一个名叫松野的汽车司机留在庭院的深处。

在茂密的树林中央，有一个大大的水池。名叫松野的司机慢了几步，单独走在众人的后面。路过那个水池的旁边时，他忽然发现了一件奇怪的事情。

在手电筒的光圈照射下，能够看到水池中漂着不少落叶。可怪就怪在那些落叶中有一根竹管露出了水面，而且还可疑地晃动着。现在并没有起风，水面也毫无波澜，可是那根竹管却一下一下地跳动着。

松野的脑海中突然浮现出一个匪夷所思的想法，使他几乎立刻就去把大家叫回来。可是他最终没有那么做，因为连他自己都不太相信会有这样的事情。

他用手电筒持续照着水面，然后在水池边蹲下身去。为了解开心中的疑惑，他做了一件极度愚蠢的事情。

他从口袋中摸出一包手纸，把它们撕成细条，然后轻轻地放到水池中竹管的上方。

于是，不可思议的事情发生了。薄薄的纸条，竟然在竹管的上方飘飘忽忽地浮动起来。既然纸条能够随风浮动，那么说明竹管里一定有空气进出。

天底下怎么会有这种事情？松野仍然不敢相信自己的判断。可是，眼前的这个确凿的证据的确无法忽视。没有生命的竹管，怎么可能会自行呼吸呢？

如果在冬天，这种事情确实不太可能发生。可是正如前文所述，现在是金秋十月，天气还没有那么冷。而且二十面相这个可怕的怪人又自称魔法师，本来就喜欢不按常理出牌。

松野这时应该把大家都喊过来。可是，他也许是想独自立功，所以不愿寻求他人的帮助，准备自行解开这个谜团。

他将手电筒放在地上，突然伸出双手抓住了竹管，然后用力地向上拖拽。

竹管的长度约有三十厘米，可能是壮二在庭院里玩耍时随手扔在一边的。他用力一拉，一下子把竹管拽出了水面。不过，同时拽出的不仅仅是竹管，另一端竟然还连着一只被池底的污泥弄得乌黑的人手。而那只手的主人，竟然是一个全身湿透、像海怪一样恐怖的人。

树上的怪人

接下来，水池边将会发生什么事情，我想各位读者不难想象。

五六分钟后，松野司机若无其事地站在水池的边上，他的呼吸似乎有些急促，其他并无任何异常。

现在，他正疾步向堂屋走去。不知什么原因，他走路的姿势有些一瘸一拐的。尽管如此，他还是那样深一脚浅一脚地穿过庭院，走到了正门前。

正门处有两名秘书，手持木刀一样的武器，正守在门前站岗。

松野走上前去，用手抚着额头，样子看起来十分难受。

"我感觉浑身发冷，好像是发高烧了，我想先进去休息一下。"他有气无力地说道。

"啊，是松野啊。没事，你去休息吧，这里交给我们了。"

一名秘书爽快地答应了。

司机松野向他们打过招呼后，消失在玄关旁的车库里。那间车库的后方就是他的房间。

第二天早上没有出现任何异常，无论是正门和后门都没有任何人经过。

在围墙外侧蹲守的巡警们，也没有看到任何疑似怪盗的人物。

到了七点，警视厅派出的大批警官开始在宅邸内展开搜查。在搜查结束前，这座宅邸里的人原则上一律禁止外出，可是毕竟不能阻止孩子们上学。在门胁中学读三年级的早苗和在高千穗小学读五年级的壮二，像平常一样坐着汽车上学去了。

司机看起来还是有些无精打采，话也少了许多，而且一直低着头。可是毕竟不能耽误孩子们上学，于是他还是毅然地坐上了驾驶座位。

警视厅的搜查组长中村先是和主人壮太郎先生在案发现场——书房见了面，针对本次事件详细地听取了犯案经过，然后又一个一个地向宅邸内的众人了解情况后，展开了在庭院的搜索。

"从昨夜我们赶到之后直到现在，没有任何人离开过这座宅邸，也绝对没有人越过高墙逃脱。这一点我可以向您保证。"

所在辖区警察局的主任刑警，斩钉截铁地向中村组长汇报。

"也就是说，盗贼现在还潜伏在宅邸内？"

"是的，我想这是唯一的解释。不过，早上天一亮，我们马上又展开了搜索，可是到目前为止除了狗的尸体，什么也没能发现。"

"什么？狗的尸体？"

"这户人家为了防贼而养了一条名叫约翰的狗，可是昨晚它被人毒死了。根据调查结果，乔装成主人大儿子的'二十面相'，昨天傍晚在庭院不知喂那只狗吃了些什么。那家伙的确是个心思缜密的人，要是这户人家的小儿子没有提前设下陷阱，他肯定早就逃之夭夭了。"

"那就在庭院里再搜索一次吧。这个庭院这么大，有很多地方可以藏身。"

二人正在制订方案，突然从庭院假山的另一侧传来一声惊呼。

"找到了！发现盗贼了！大家快过来！"

与此同时，慌乱的脚步声纷纷从四面八方传来，分头搜索的警察们赶了过来。中村组长与主任刑警也立刻朝声音传来的方向跑去。

到了地方一看，原来是羽柴家的一名秘书在大喊大叫。茂密的树林中，他站在一棵大大的米楮树下，一下一下地指着树上大声喊道：

"就是他！挂在那里的肯定是盗贼，我记得他那身西装！"

在这棵米楮树的树杈上、离地面约三米之处的茂密树枝之间，有一个人正以一个奇怪的姿势横躺在那里，身形几乎被树叶遮挡住。

可是明明已经引起了这么大的骚动，他竟然没有试图逃走，难道这个盗贼已经气绝身亡了吗？也有可能是晕过去了，因为他毕竟不太可能就这样在树上打着瞌睡。

"上去几个人，把那家伙给拽下来！"

组长下令后，立刻有人搬来了一架梯子。有的上树，有的在树下接应，三四个人合力将盗贼抬到了地上。

"怎么回事？他怎么被绑住了？"

此人的确被人用细细的绳子绑得像一个粽子一样，连嘴巴也被塞上了。

他的嘴里被塞上了一条大大的手帕，然后又被另一条手帕紧紧地捆住、固定。最为奇怪的是，他的西装就像淋过雨一样湿漉漉的。

取出嘴里的手帕后，此人像获救一般，一边呻吟着一边说道：

"他妈的，太可恨了！"

"咦？这不是松野吗？"

看清此人的面孔后，秘书惊讶地大喊了起来。

虽然他穿着二十面相的衣服，可是面容完全不同。此人绝不是二十面相，而是这座宅邸中的司机松野。

可是，早上的时候司机松野不是为了送早苗和壮二上学，已经开车出门了吗？他为什么又会出现在这里？

"这到底是怎么回事？"组长惊讶地问道。

"他妈的！是二十面相！我被那家伙摆了一道！"松野懊恼万分地吼道。

壮二的下落

根据松野的叙述，这个怪盗采取了一种异想天开的手段，成功地瞒过了所有追捕者的眼睛，轻而易举地从众人的眼皮子底下逃走了。

被追得无路可逃的盗贼直接跳进了庭院中的水池，然后一直潜在水中。可是为了呼吸空气不可能一直潜在水下，刚巧附近有一根壮二玩耍后随手丢弃的空心竹管，于是他拿着竹管下了水，嘴里咬着竹管的一端，再将竹管的另一端伸出水面，静静地等待着追捕者们离开。

可是比一干人等慢了几慢、独自走在后面巡视附近情况的松野竟然发现了那根竹管，他隐约意识到这可能是盗贼的诡计，于是一鼓作气将水中的竹管拉了起来，结果真的从池里拉出了一个满身污泥的人来。

紧接着，二人在黑暗中展开了搏斗。可怜的松野还来不及呼救，就已经被怪盗给放倒了。怪盗取出事先准备好的细绳索把松野紧紧地捆了起来，又用手帕塞住了他的嘴。然后又调换了两个人的衣服，最后把他扛到一棵大树的树杈上藏了起来。

　　事情真相大白了。早上送壮二姐弟上学的司机是怪盗乔装的。被父母视为心肝宝贝的女儿和儿子，竟然坐着那个二十面相驾驶的汽车不知道被拉到什么地方去了。可想而知，在场众人是怎样地惊恐、父母是怎样地提心吊胆。

　　众人立刻给早苗就读的门胁中学打了电话，可是早苗却平安地抵达了学校。这样看来，也许盗贼并无意绑架，众人也总算放下了悬着的一颗心。可是随后打电话到壮二的学校一问，现在早已经开始上课了，可是壮二却迟迟没有到校。壮太郎夫妇接到这个消息后当场吓得面如死灰。

　　也许那个盗贼已经知道设下兽夹使自己夹伤了脚的就是壮二，所以他绑架了壮二准备实施报复。

　　这下事态变得严重起来了。搜查组长中村立刻向警视厅汇报，随后在整个东京市设置了警戒线，并安排寻找羽柴家的汽车。所幸大家都知道车型和车牌号码，因此寻车的线索十分清晰。

　　壮太郎先生几乎每隔半小时就分别打电话到学校和警视厅询问进展，可是时间一小时、两小时、三小时地流逝，却没有一丝一毫关于壮二的线索。

　　然而这天午后，一个身穿有些破旧的西装、头戴鸭舌帽的青年来到了羽柴家的玄关，说起了一些奇怪的事情。

　　"是府上的司机拜托我来的。那位司机先生好像临时有点急事，所以委托我把汽车开回来。我已经把车开进后院了，请你们验收一下。"

　　秘书赶忙跑进去向主人报告。主人壮太郎先生和近藤老管家听后立刻赶到玄关，仔细地确认了汽车。这毫无疑问是羽柴家的汽车，可是车内却空无一人，壮二果然被绑架了。

"咦？座椅上有一封奇怪的信。"

近藤老管家从汽车的坐垫上拿起了一个信封。信封的正面大大地写着"羽柴壮太郎先生亲启"，而信封的背面却没有写明寄信人。

"这是什么东西？"

壮太郎一边说着一边拆开信封，站在庭院中开始阅读。信上写着如下恐怖的内容。

谨致羽柴壮太郎先生：

　　按照约定时间，昨夜拜受了府上的六颗钻石。的确是稀世珍宝，令人爱不释手。我会当作传家之宝妥善收藏。

　　虽然我必须向阁下表示谢意，可是昨夜令我心中产生了一丝不快。因为有人在庭院里设下了一个兽夹子，夹伤了我的脚，害我受了需要静养十天才能康复的重伤。对此我有权要求阁下赔偿我的精神损失，因此我把令郎壮二当成人质带了回来。

　　壮二小朋友现在被关在敝舍冰冷黑暗的地下室里，正在孤单和恐惧中哭泣着。毕竟壮二小朋友正是设下那个可恶陷阱的罪魁祸首，因此我得小小地惩罚他一下。

　　关于精神损失费，我希望能够得到府上所藏的观世音佛像。昨日我有幸参观了府上的美术室，里面所藏的艺术品种类之丰富令我大开眼界。尤其是那尊观音像，根据附在一旁的说明来看，它是镰仓时代的雕刻作品，并且出自安阿弥大师之手，素来喜爱艺术品的我看到这尊足以媲美国宝的宝贝时，自然是迫切地想得到它。于是我下定决心，不管付出怎样的代价，我都一定要把这尊佛像弄到手。

　　言归正传，今晚十点整，我的三名部下将会到府上拜访，请老老实实地带他们去美术室。

他们只会将观音像包好并装在卡车上带走。待我收到佛像之后，作为人质的壮二小朋友将会送还府上。我以二十面相的名誉发誓绝不食言。

此事不得走漏半点风声，也不许跟踪部下们的卡车。否则，你们将永远也无法与壮二小朋友团聚。我相信阁下一定会答应我这个请求。为了让壮二小朋友尽快回家，请在今晚十点将正门打开，他们将会以此为信号准时造访。

二十面相

怎么会有如此无耻的要求？以壮太郎先生为首的一干人等都气得不由得握紧了拳头。可是壮二是父母的心头肉，虽然很不甘心，但为了让他平安归来，恐怕不得不答应盗贼的要求。

另外，他们扣留了受盗贼之托把车开回来的青年严加审问，可是青年只不过是收钱办事，对于盗贼的情况一无所知。

少年侦探

放青年司机离开后，主人壮太郎夫妻、近藤老管家、在学校勤务人员的护送下驱车返回的早苗，立刻聚集在会议室里商谈处理该事的方法。时间非常紧迫，距离晚上十点整只剩下八九个小时了。

"如果是别的东西倒也罢了，毕竟钻石之类的珠宝只要有钱就可以买到。只是这尊观世音像，我无论如何也不想轻易交给别人。那是一件堪称国宝的艺术珍品，如果就这样交到那个盗贼的手上，那对日本的美术界来说也是个天大的耻辱。那件雕刻品虽然收藏于我们家的美术室中，可是我始终觉得它并不是我的私人藏品。"

壮太郎先生的心中并没有只顾着儿子的安危，可是羽柴夫人则不一样，她现在唯一想做的，就是如何让壮二平安回家。

"可是，如果不给他佛像，谁知道他会怎样虐待那可怜的孩子呢？艺术品再珍贵也不过是件物品，总不能用心爱儿子的命来交换吧。我看还是不要通知警方，干脆答应那个盗贼的要求算了。"

一想到壮二不知在哪个阴暗潮湿的地下室里，一个人无助地哭泣着的情景，母亲的心中顿时痛苦万分。她甚至连今晚十点都不想等，恨不得立刻就用佛像把壮二换回来。

"嗯，壮二肯定得平安地回来。只是那盗贼实在可恶，本就已经盗走了那么贵重的钻石，现在居然还想染指那件无可取代的美术珍品，就这样对那个恶贼唯命是从，着实令我恼火。近藤，你有什么好办法吗？"

"我认为如果现在就报警，事情一定会传得满城风雨，所以在盗贼指定的十点前绝对不能走漏任何风声。虽然不能报警，可是如果雇用私家侦探的话……"

老管家急中生智，想出了一个折中的办法。

"嗯，雇用私家侦探倒也可行。可是，哪位私家侦探能够胜任如此重要的案件呢？"

"我听说，东京好像就有一个手段十分高明的侦探。"

老管家正在努力地思索这位侦探的名字，一旁的早苗突然插了一句话。

"父亲，我知道那个侦探，他叫明智小五郎，是一个非常有能力的名侦探哦。听说连警察都束手无策的案件，他都能够轻易解决呢。"

"对对，那位侦探就叫明智小五郎。听说是一位非常了不起的人物，如果他出马，一定能够制服'二十面相'。"

"嗯，我记得以前曾经听说过这个名字。也好，那就把那位侦探找来商量一下吧，他是专业人士，也许他能够想到我们都无法想到的妙计。不过切记一定要避开他人耳目。"

于是，众人一致决定将这件事委托给侦探明智小五郎。

近藤老管家立刻查阅电话簿，拨通了明智侦探家中的电话。于是，从电话的另一端传来一个孩子般稚嫩的声音。

"老师现在正在办理一件重要的案件，本人正在国外出差，不知什么时候才能回来。不过，现在是小林助手在代理老师的职务，如果不介意的话，小林可以立刻拜访。"

"是这样啊。可是这件案子相当棘手。助手先生恐怕无法胜任……"

近藤老管家有些犹豫，正要婉言谢绝时，对方却不由分说地打断了他，声音也提高了一个语调。

"虽然是助手，可是能力并不比老师差哦，您可以放一百个心。总之，我们还是先见个面再作决定吧。"

"明白了。那么就请你转告助手先生立刻过来。我得补充一句，事关人命，这件事情只能你知我知，绝不能让第三者知晓。请务必谨慎行事，不要走漏半点风声。"

"关于保密信息，就算您不交代，我也会守口如瓶的。"

对话结束后，终于决定让名侦探小林前来帮忙。

挂断电话后也就过了十分钟左右，一名可爱的少年就来到了羽柴家的玄关前。接待他的是一名秘书。

"我是壮二的朋友。"少年自我介绍道。

"壮二少爷现在不在家。"

秘书回绝后，少年却一点也不惊讶，满不在乎地说道：

"我知道他现在不在。那么，请让我见见壮二的父亲吧。我的父亲有几句话托我转达，敝姓小林。"

接到秘书的报告后，壮太郎先生一听小林这个名字，立刻叫人将带他到会客室等候。

壮太郎先生走进会客室，只见里面站着一个十二三岁的男孩，大大的眼睛脸蛋像苹果一样红润。

"是羽柴先生吗？您好，我是明智侦探事务所的小林。接到府上的电话后，我就立刻赶来了。"

少年的目光清澈，说话也十分简单扼要。

"哦，你是替小林先生跑腿的吗？这件事情有些严重，我希望能与他本人对话……"

壮太郎先生话音未落，少年便举起手来，制止了他的发言。

"不，我就是小林芳雄。小林并没有其他助手。"

"什么？你就是小林先生本人吗？"

壮太郎先生大吃一惊。可是与此同时，他紧绷着的怀疑不知为何突然变得轻松了起来。这么年轻的孩子，怎么会是一名侦探呢？可是从他的言谈举止来看，确实给人一种令人安心的感觉。总之，还是先征求一下这个孩子的意见吧。

"之前在电话里提到的那位不逊于明智先生的名侦探，就是你自己吗？"

"是的，没错。老师出差之前，已经把这里的工作全权委托给我了。"

少年自信满满地答道。

"刚才你说你是壮二的朋友，你是怎么知道壮二的名字的？"

"如果连这点小事都不知道的话，是无法胜任侦探的工作的。我之前翻阅过剪报簿，商业杂志上有介绍过您的家人。刚才电话中说到事关人命，所以我推测可能是早苗小姐或壮二少爷其中一人下落不明。现在看来，我的推测是正确的。而且，这起事件应该和那个怪盗'二十面相'有关吧？"

小林少年几句话就概括出了事件的关键。

听到这里，壮太郎先生对他肃然起敬。这孩子可能真的是一位名侦探！

于是，他把近藤老管家叫到会客室，二人一同将事件的经过从头到尾地讲给了这名少年。

少年听得十分仔细，每每讲述到关键部分的时候，他总会插入几句简短的提问。讲述完毕后，他提出了一个要求：想亲眼看一看那尊观音像。于是壮太郎先是带着他参观了美术室，然后又回到会客室。回到原地后，少年沉默不语地闭上了双眼，冥思苦想了好一会儿。

又过了一会儿，少年突然睁开了眼睛，然后兴冲冲地说道：

"我想到了一个不错的办法。既然对方是魔法师，那么我们也得变成魔法师。这个方法风险极大，可是如果不承担相应风险的话，恐怕是无法成功的。而且，跟我之前的冒险经历相比，这其实也不算什么。"

"是吗？这可真了不起。不过，这个风险极大的到底是什么办法呢？"

"这个啊……"

小林少年走上前去，在壮太郎先生的耳边低语了几句。

"什么？你吗？"

这个不可思议的办法，使壮太郎先生不禁大为震惊。

"是的。这个方法听起来好像不可行，可实际上我们早就已经试验过了。前几年老师就是用了这个方法，把那个法国的怪盗鲁邦狠狠地教训了一顿。"

"可是这样一来不会使壮二的处境更加危险吗？"

"不会的。对方如果只是个普通的小偷，那这个方法反而是行不通的。可是那个大名鼎鼎的二十面相，是绝不会出尔反尔的。既然他已经答应用观音像来交换壮二少爷，那么在收到货物后一定会把人平安地放回来的。即便他没有履行诺言，我还有第二套方案应付。我虽然年纪不大，但做事绝对不会不考虑后果的，这一点请您放心。"

"可是毕竟明智先生不在，如果我让你承担这么巨大的风险，万一你有什么不测，我该如何向明智先生交代？"

"哈哈哈……您不知道我们过的是怎样的生活。做侦探这一行就跟警察一样，为了跟犯罪分子较量，我们是视死如归的。话说回来，这件案子还算不上十分危险，没有那么棘手。您完全不必放在心上。即便您不同意，我也还是会按照原计划进行，不会改变主意的。"

在这个孩子坚定的意志面前，羽柴先生和近藤老管家也都不再坚持。

经过长时间的商议，最终决定实施小林少年想出的方案。

佛像的奇迹

以下省略部分内容，直接跳到交易当夜的事情。

夜里十点，三名莽汉走进了羽柴家敞开的大门。他们是二十面相的部下，按照约定前来搬运观音像。

三名歹徒只是瞟了一眼站在玄关的秘书，只扔下了一句：

"我们来取之前说好的东西。"

说完也不用任何人带路就大步往里面走去，显然已经知道了宅邸的布局。

壮太郎先生与近藤老管家早就等在了美术室的门口，壮太郎先生忍不住开口向其中的一名歹徒询问。

"你们不会不信守承诺吧？我儿子带来了吗？"

歹徒漫不经心地回答道：

"不必担心，令公子已经带到门口了。不过你们肯定是找不到的。在我们把东西搬运出去之前，不管你们再怎么找也是找不到的。要不然我们岂不是危险了吗？"

说完，三名歹徒便头也不回地走向美术室。

美术室的格局跟仓库相似，在昏暗的灯光下，一排玻璃橱窗好像博物馆的陈列架一样围成一圈。

展柜中摆满了奇特、珍贵的刀剑、盔甲、装饰品、各种手匣、屏风、卷轴之类的物品。在这琳琅满目的展柜的一角，立着一个高约一米半的长方形玻璃展柜，那尊观音佛像就摆放在那里。

大概半人高的浅黑色观音菩萨，正端坐在莲花座上。这尊佛像原本应该镀着金光闪闪的金身，可是现在已经褪成了淡淡的黑色，身上所穿的满是褶皱的佛衣也破烂不堪。不过它到底是巨匠之作，观音那柔和饱满的面庞上，仿佛随时都会露出和蔼的微笑，不管怎样邪恶的坏人，面对着这尊观音佛像，也一定会心生敬意，不由自主地合掌、膜拜的。

也许是三名歹徒心中有鬼，根本不敢正视佛像神圣的面庞，立刻就准备搬运了。

"别磨蹭了，要速战速决。"

一个人展开了一条事先准备好的、脏兮兮的盖布，另一个人手持盖布的一角，连展示佛像的玻璃橱窗一起卷了起来。转眼间，这尊佛像就被卷成了一个大大的、神秘的包裹。

"行了，记住千万别放倒，否则会碰坏的。开始搬吧！"

三人旁若无人地一边大声吆喝着，一边将包裹抬到了门口。

歹徒们将佛像抬上卡车之前，壮太郎先生与近藤老管家一直都跟在他们身后严密监视。要是他们带走了佛像却不放壮二回来，那可就赔了夫人又折兵了。

一切就绪后，卡车的引擎发出了阵阵轰鸣声，他们马上就要出发了。

"喂！壮二少爷呢？壮二少爷回来之前，我绝不会让你们离开的！如果你们敢逃跑，我马上就报警！"

近藤老管家已经豁出去了。

"都说了不用担心了。你们向后看，在玄关前站着的不正是小少爷吗？"

二人闻言扭头一看，在玄关的电灯照射下，确实有一大一小两道黑黑的人影。

壮太郎先生与老管家只顾着确认玄关前的人影，趁此机会盗贼扔下了一句：

"再会了。"

然后发动引擎疾驰而去，很快就不见了踪影。

二人赶快回头跑到玄关前的两道黑影旁。

"嗯？这两个人不是一直待在门口的乞丐父子吗？难道我们又上当了？"

这两个乞丐看起来确实像一对父子，两个人都身穿破破烂烂的脏衣服，还用一条脏成了褐色的毛巾包住头脸。

"你们怎么回事！谁让你们随便闯进来的！"

近藤老管家高声呵斥着。可是年老的乞丐却发出一阵古怪的笑声。

"嘿嘿嘿，我可是信守了承诺哦。"

还未等老管家反应过来，老乞丐突然一溜烟地拔腿就跑，简直就像一阵旋风一样，在黑暗中瞬间消失在大门外。

"父亲，是我！"

这个奇怪的小乞丐开口说了一句奇怪的话。接下来，他突然将包住头面的毛巾扯下，又将穿在身上的破衣烂衫脱去，呈现在眼前的是一套熟悉的中学生校服和一张白皙的面庞。这个小乞丐，竟然就是令大家牵肠挂肚的壮二。

"这是怎么啦，你怎么穿上这种肮脏的衣服？"

壮太郎先生紧握着壮二的小手，心疼地问道。

"是二十面相那家伙强行给我穿上的，可能是有什么理由吧。之前我的嘴里一直都被布团堵着，根本开不了口。"

啊，原来刚才打扮成老乞丐的就是二十面相本人啊！他先是乔装成乞丐来到门前，等到亲眼看到佛像被运走，才按照最初的约定释放了壮二，然后逃走了。不过，为了不引起别人的怀疑，他竟然能够想到和壮二一起乔装成乞丐瞒天过海，的确很符合二十面相一贯的不按常理出牌的作风。

壮二终于平安归来了。原来他虽然一直被囚禁在地下室里，倒也没受到什么虐待，三餐也得到了充分的保障。

这下羽柴一家总算去了一块心病。父亲、母亲和姐姐的喜悦之情溢于言表。

而那乔装成乞丐溜走的二十面相，像一阵风似的冲出羽柴家大门后，立刻躲进一条狭窄的小巷中，迅速脱下了乞丐的破烂衣服，露出了穿在下面的茶色儒者礼服。现在他顶着一头白发，面上满是皱纹，无论怎么看都是一位年过六旬的退休老学者。

他整理了一下服装，又拿起事先藏在巷子里的一根竹制拐杖，弯着腰步履蹒跚地走了出来。即便羽柴家不遵守约定派人追了过来，他现在的造型也不用担心被人识破。不得不说他行事的确相当小心谨慎。

这位老人走到大马路上，拦了一辆出租车。这辆车一直漫无目的地胡乱穿梭了足有二十分钟的时间，他下了车之后又换乘了另一辆，这回才让司机把他带到真正的目的地去。

出租车在户山原的入口处停了下来，老人在这里下了车，步履蹒跚地穿过漆黑一片的原野。原来这个怪盗的老巢就隐藏在户山原中。

原野的一隅有一片茂密的杉树林，林中孤零零地矗立着一幢老旧的洋楼，周围一片荒芜，根本不像有人在此居住。老人先是在洋楼的门前咚咚咚地敲了三下，暂停了一下后，又抬手敲了两下。

这是盗贼与手下用来确认身份的暗号。不一会儿，门打开了，之前搬运佛像的一名手下从门后探出了头。

老人一言不发地径直向里面走去。走廊的尽头是一间十分气派、宽敞的大房间，可以想象以前这里曾经布置得多么豪华。房间里没有电灯，只有几支蜡烛晃动着红彤彤的火苗。那个装有观音像的玻璃展柜就摆放在房间的正中央。

"不错，你们几个做得很好，这是赏给你们的，去随便找个地方放松一下吧。"

递给三名手下几张一千日元面额的纸钞，并打发他们离开后，老人缓缓地取下了裹着玻璃展柜的盖布，然后一只手抓起蜡烛站到了佛像的正前方，并打开了展柜上的玻璃门。

"观音菩萨，本人二十面相的手段确实高明吧？昨天搞到了价值二十万日元的钻石，今天又把国宝级的美术品收入囊中。照这样发展，过不了多久我盼望已久的大型美术馆就能够完成了。哈哈哈……观音菩萨，您实在是太精美了，简直就像活的一样。"

可是就在此时，自言自语的二十面相话音未落，眼前就出现了一个惊人的奇迹。

木造观音的右手竟然迅速地向前一伸！而且，观音手中的不是平时一直拈着的莲花，而是一把手枪，那枪口还死死地对准了二十面相的胸口。

显然，佛像是没有自己的意志的。

那么，难道这尊观音像的内部像机器人一样被安装了某种装置吗？可是这是镰仓时代的雕像，根本无法设置这种精巧的机关。可是，这个奇迹到底是如何诞生的？

可是被手枪对准了胸口的二十面相根本来不及思考，便"啊"地大叫一声，脚步踉跄地后退了好几步，然后条件反射般将双手举过肩膀，表示自己已经放弃了抵抗。

陷阱

这下即便是胆大包天的怪盗也吓得面如土色。如果是一个人拿着手枪对着他，他倒也不会如此惊慌失措。可是这是距今几百年前的镰仓时代的观音雕像，毫无征兆地突然动了起来，换作任何人，想必都会大惊失色吧。

不做亏心事，不怕鬼敲门。可是如果做了许多坏事，那内心深处一定是畏惧神灵的责罚的。这种恐惧瞬间涌上了心头，就好像一场噩梦一样笼罩着他。

这位向来不可一世的怪盗二十面相，此刻也被吓得面无人色，脚步踉跄地退后了好几步，然后把蜡烛搁在地上，双手合十并高高举起，祈求着神明的宽恕。

可是可怕的噩梦并没有结束。观音竟然从莲花宝座上走了下来，然后继续死死地将枪口对准盗贼，又一步步地朝他走了过去。

"你、你这家伙，到底……是什么人！"

二十面相就像是一头被逼得无处可逃的野兽一样低声咆哮着。

"我吗？我是来帮羽柴家取回钻石的。只要交出钻石，或许可以饶你一命。"

天啊，这尊佛像竟然开口说话了！而且还用着严肃、深沉的语气下了命令。

"呵呵，我明白了。你这浑蛋是羽柴家派来的卧底吧？你先是装成佛像的样子，然后顺藤摸瓜找到了这里。"

搞清楚对方是人而不是神明之后，怪盗总算放下了心中的一块大石。不过，莫名的恐惧感仍然包围着他。因为，即便有人可以乔装成佛像，可是眼前的这尊佛像实在太小，从此人的身高来看，也就是个十二三岁的孩子。可是就是这个一寸法师一样的小家伙，竟然像一位老人一样用着严肃、深沉的语调讲话。这种诡异的气氛使他产生了一种难以形容的、毛骨悚然的感觉。

"如果我不打算交出钻石呢？"

怪盗仿佛在吸引对方的注意力一样，小心翼翼地问道。

"无谓的反抗只会让你送命。这把手枪可是真的，不是你平时玩的那种玩具枪。"

这位观音菩萨早已看穿了眼前这位老学者就是二十面相乔装的。

应该是之前听到了二十面相与手下之间的对话，所以能够确定他的身份。

"不相信吗？那就让你见识一下吧！"

话音刚落，观音菩萨的右手臂突然抖动了一下。

与此同时响起了一道震耳欲聋的声音。房间一侧的玻璃窗"哗啦哗啦"地碎了一地。这把手枪里面装着的的确是实弹。

像一寸法师一般高矮的观音菩萨看了看满地飞溅的玻璃碎片，又迅速将枪口对准了怪盗。那张像印度人一样黝黑的面孔上竟然还挂着恶作剧般的微笑。

定睛一看，从对准怪盗胸口的枪口处还冒着淡淡的青烟。

二十面相开始有些敬佩起这个黑黑的小怪人来，同时心里也产生了一丝畏惧。

这种做事不计后果的疯子，估不准下一步会做出什么样的举动，反抗的话也许真的会被他开枪打死。即使能够侥幸躲过子弹，这么大的枪声一定会引起附近居民的注意，到时候就更加麻烦了。

"算我栽了，你把钻石带回去吧。"

怪盗看起来已经完全放弃了抵抗，他走到房间角落的一张大桌子前，打开了一条挖空的桌腿，露出了一个隐藏式抽屉，然后从里面取出那六颗钻石并平放在手掌上，来回地晃动着手腕，使钻石发出清脆的碰撞声。

在烛光的反射下，手掌上的钻石每跳动一下，都会折射出宛如彩虹般璀璨的火彩。

"都在这里了，你要不要好好检查一下？"

一寸法师般的观音菩萨伸出左手接过了钻石，然后用着老人般干枯沙哑的嗓音大笑了起来。

"哈哈哈……佩服佩服，看来不管二十面相手段如何高超，总归还是惜命的啊。"

"是啊，虽然有些不甘心，可是现在也只能认输了。"

怪盗懊恼地咬了咬嘴唇。

"说起来，你到底是什么人？我根本就没有想到有人能让我二十面相栽跟头。为了让我以后多个心眼儿，请告知你的姓名吧。"

"哈哈哈……承蒙夸奖，备感荣幸。至于我的名字，等你入狱之后自然就知道了。警察先生应该会告诉你的。"

观音菩萨得意扬扬地说着，保持着枪口对准怪盗的姿势，慢慢地朝着门口一步步后退。

既查明了怪盗的老巢，又夺回了钻石，接下来只要平安地离开这间破屋，然后跑到附近的警察局报案，本次委托就算圆满成功了。

想必各位读者早就猜到这个乔装成观音菩萨的人是谁了吧。是的，他就是小林少年，他成功地摆了怪盗二十面相一道，精彩地取得了胜利。此刻他的心里一定充满了胜利的喜悦，因为这份功绩远超过任何成年人。

可是，只差两三步便可离开房间时，房间内响起了一阵诡异的大笑。原来是扮成老学者的二十面相正在放声大笑，简直像是听了什么可笑至极的笑话一般。

各位读者们！现在还不可以掉以轻心，不要忘了这可不是普通的盗贼。他先是假意配合交出了钻石，但实际上他的手上可能还留有最后的王牌呢。

"嗯？你觉得什么地方可笑了？"

乔装成观音菩萨的少年瞬间僵在那里，紧张地进入了戒备状态。

"啊，不好意思。我是看你一直模仿成年人的语气说话，实在是好笑，真的是控制不住了才笑出声的。"

怪盗终于止住了笑，回答了他的问题。

"而且，我已经看穿了你的身份。能够让我二十面相在阴沟里翻船的人极为有限，其实我第一时间想到的是明智小五郎。可是，明智小五郎的身材肯定不会如此矮小，你不过是个孩子。得到明智真传的孩子，我想只有一个。我记得明智有一个叫作小林芳雄的少年助手，就是你吧。哈哈哈，我猜对了吧？"

这个盗贼冷静的头脑和准确的判断力，使乔装成观音菩萨的小林少年暗暗心惊。不过，既然目的已经达到，那么即便是暴露了身份也无须担心。

"名字什么的并不重要，如你所料，我确实是个孩子。可是堂堂的怪盗'二十面相'，居然被我这样的孩子给摆了一道，你这个跟头可栽大了啊，哈哈哈……"

小林少年也不服输地顶了回去。

"小子，你未免太天真了……难道你真的以为，你已经赢了我'二十面相'吗？"

"你可真是死不认输啊。你费尽心机偷来的佛像居然是个活的，已经到手的钻石又被夺了回去，这难道还不是输得彻底吗？"

"当然，我绝对没有输。"

"你还想干什么？"

"我还想这样！"

话音刚落，小林少年突然感到自己脚下一空，原来站着的地面突然消失了。

他的身体猛然下坠，接下来的一瞬间，他的眼前金星飞舞，身体的一部分好像被某种可怕的力量狠狠地击打着，顿时感到阵阵剧痛。

小林少年到底还是麻痹大意了。他原先站立的那块地板上其实早就设置了机关，怪盗趁其不备按下墙壁上的按钮后，地板下面的活栓锁被打开，露出了下面漆黑的方形地狱，将他整个人完全吞没。

小林少年由于剧烈疼痛而动弹不得，只能趴在黑暗的地下室里，听着从高高的地面上传来二十面相那得意扬扬的嘲笑声音。

"哈哈哈……喂，小弟弟，是不是很痛啊？真可怜。不过，你就在里面好好地思考吧，你所面对的敌人究竟有多么强大。哈哈哈……想跟我'二十面相'斗，你还是太嫩了。哈哈哈！"

七种道具

由于下落时伤到了腰部，疼得小林少年几乎无法动弹，就那样保持着坠落时的姿势，在地下的黑暗之中静静地躺了二十分钟左右。

在此期间，二十面相在上方狠狠地嘲讽了他一顿后，便把陷阱的盖子紧紧地关上了。现在已经无法脱身了，根本无法从这个牢笼中逃脱。如果怪盗不给他食物，他一定会饿死在这间黑暗的地下室中，而且不会有任何人发现。

他还只是个孩子，如何能够面对这种可怕的遭遇呢？换成普通的少年，一定会在孤寂与恐惧之中绝望地痛哭流涕吧。

可是，小林少年并没有哭，也没有感到绝望。因为他根本没有认为自己完全输给了二十面相。

等到腰痛逐渐缓和之后，这名少年做的第一件事，是确认了一下藏在乔装用的破衣之下的小帆布包，并隔着布包轻轻地抚摸着。

"波比，你还好吗？"

他先是说了句令人费解的话，然后继续隔着布包轻轻抚摸。很快，布包里面有一个小东西窸窸窣窣地蠕动起来。

"啊，太好了！波比没有受伤吧。只要有你在，我就一点儿都不寂寞了。"

确认了小波比安然无恙后，小林少年在黑暗中坐了起来，然后把小布包从肩膀上取下来，又从里面取出了一个钢笔形状的手电筒并拧亮。借着手电筒的光，小林少年将散落在地上的六颗钻石和手枪一一拾起，好好地装进布包收了起来，顺便还确认了一遍布包中的各种物品有无遗失。

这位少年侦探的七种工具一样都没丢，全部都在里面。古代曾经有一位名为武藏坊弁庆的英雄，他将各种战斗装备全都背在背上随身携带，那几种装备就被称为"弁庆的七种道具"，一直流传至今。不过小林少年的"七种侦探道具"却不是真正的战斗装备，而是用两只手就能全部包住的小型道具。但是说起实用性，却完全不逊于弁庆的七种道具。

首先是钢笔形手电筒。在进行夜间调查时，光源是最最重要的。另外，这个手电筒有时也能起到发信号的作用。

其次是小型的万能匕首。这套工具是一套折叠刃具，里面还有锯子、剪刀、锥子等不同功用的刃物。

最后，是用十分坚韧的绳索做成的绳梯，完全折叠后只有巴掌大小。除此之外还有钢笔形望远镜、钟表、指南针、迷你记事本和铅笔，还有一个是之前用来抵住怪盗胸口的小型手枪。

接下来必须介绍一件最关键的道具——波比。借着手电筒的光线一看，原来是一只小鸽子。这只可爱的小鸽子正蜷缩着身体，老老实实地窝在布包的另一层空间里。

"小波比，这里虽然很狭窄，但你得再忍耐一会儿哦，要是被那个坏叔叔发现就糟糕了。"

小林少年一边说着，一边轻轻地摸了摸鸽子的头。鸽子波比仿佛听懂了他的话一样，咕咕地低声回应着。

小波比是这位少年侦探的吉祥物。从以往的经历来看，他坚信只要这个吉祥物在自己身边，不管遇到怎样的危机都能化险为夷。

这只小鸽子除了成为吉祥物，还承担着一个重要的任务。对于侦探工作来说，及时有效的通信手段是至关重要的。警察所驾驶的警车上可以配备无线电装置，但是私家侦探没有办法配置同样的器材。

因此，如果有一种能够藏在衣服底下的小型无线电发报器当然最好，可是这种高级器材很难弄到，所以小林少年就采用了信鸽这种既有趣又有效的方法。

虽然看起来不过是个小孩子玩耍的把戏，可是，孩子单纯的想法往往能够发挥出令人意想不到的效果。

"在我的布包里，既有我的无线电装置，也有我自己的飞机！"

小林少年曾经兴高采烈地这样自言自语过。的确如此，信鸽不但能够发挥无线电装置的作用，还可以看成一架小飞机。

待七种道具检查完毕后，他心满意足地把布包藏到衣服下，然后拿起手电筒，开始确认地下室的格局和周围的状况。

这个地下室有十五六平方米大小，四面被水泥墙壁包围，看样子以前曾经用来当作储藏室。这种深度的地下室一定有楼梯连接，试着找了找，果然有一架大大的木梯被吊在房间天花板的一角上。不但出入口被封死，连楼梯也无法使用，这个怪盗采取的防范措施的确十分周到谨慎。就目前的状况来看，里面的人完全没有办法从地下室中逃脱。

房间的一隅摆放着一张残破的长椅，上面只有一条胡乱地卷成一堆的旧毛毯，除此之外没有任何可以称得上家具的东西，简直就像一间地下牢一样。

小林少年看了看那张长椅，突然想起了一件事。

"羽柴壮二少爷之前一定也被关在这个地下室里，而且肯定是睡在这张长椅上的。"

想到这里，小林少年的心中顿时涌上一种莫名的亲切感。他走到长椅边上，用手按了按垫子，然后把毛毯平铺起来。

"不如我也在这张床上睡一会儿吧。"

这位胆大沉着的少年侦探自言自语地说了一句，然后麻利地躺在了长椅上。

天大的事情也要等到天亮之后再说，在这之前必须养足精神。话虽如此，可是普通的少年是绝对无法在这种绝望的处境下，还能够镇定自若地倒头大睡的。

"波比，你也睡一会儿吧。然后记得要做个好玩的梦哦。"

小林少年小心翼翼地将装着波比的布包抱在怀里，然后在黑暗中闭上了眼睛。不大一会儿，就听到长椅上传来了少年均匀的呼吸声。

信鸽

当小林少年睁开了眼睛后，发现周围的环境变得陌生，和平时侦探事务所里的卧室不同，他先是吓了一跳，然后很快地回忆起昨天夜里发生的事情。

"对了，我被关进地下室了。可是，这个地下室里为什么还会有光线呢？"

从粗糙的水泥墙壁和地板上，透出了几道微弱的光线。按理说阳光是照射不进地下室的，他奇怪地四下确认了一番，发现一侧的天花板上有一个小小的天窗。而昨夜漆黑一片，根本没有注意到这个小窗子。

这扇小窗十分窄小，长宽不过三十厘米左右，而且还安装了粗粗的铁栏杆。小窗与地下室的地板之间的距离有三米左右，从高度上来判断，小窗的高度应该与外面的地面差不多。

"不知道能不能顺利从那个小窗逃走呢？"

小林一骨碌从长椅上爬起来，站在窗下仰望着明亮的天空。窗户上虽然曾经镶嵌着玻璃，但现在玻璃都已经碎掉了，只要大声呼救，从外面经过的人应该可以听见。

小林把之前躺过的那张长椅推到窗下，然后站到了上面，踮起脚尖试了试，根本无法够到窗口。仅凭一个孩子的力气，也没有办法将沉重的长椅竖立起来，而且现场也没有其他可以用来垫脚的工具。

小林好不容易发现了一扇窗户，难道顺着窗子向外张望的机会都没有吗？当然不会，不要忘了他的布包里还藏着一样法宝——绳梯，就是为了预防这种突发事件而准备的。少年侦探的七种道具，马上就要在这里派上用场。

他从布包里取出细绳做的绳梯然后展开，接下来就像西部牛仔甩动套索一样甩起了绳梯，朝着窗户的铁栏杆将带有钩子的末端甩了过去。

在失败了三四次之后终于成功了，只听见"咔嚓"一声，钩子顺利地挂在了一根铁栏杆上。

这个绳梯其实制作得很简陋，这是一条长约五米的坚固细绳，每隔二十厘米就绑了一个大大的绳结，可以直接用脚指头勾在绳结上，然后顺着绳子向上爬。

小林的臂力虽然比不上成年人，可是像这种类似柔软体操般的运动，丝毫不比任何人逊色。只见他毫不费力地爬上了绳梯，顺利地用双手抓住了窗子的栏杆。

可是凑上前去才发现，这些铁栏杆深深地嵌入墙壁中，仅凭万能匕首根本无法撬动。

顺着窗口大声呼救，恐怕也是行不通的。因为窗外是一片荒芜的庭院，草木十分繁茂，根本不像是有人常来的样子。在很远的对面有一排栅栏，栅栏的外侧是一片连马路都没有铺上的空地。即便有某个小孩子来到这片空地玩耍，可是如果想向他求救，声音能否传得那么远，也是一个未知数。

而且，太过大声喧哗的话，先不说空地上的人能否听见，二十面相的手下肯定是能够听见的。因此也无法进行这种冒险的行为。

小林少年感到十分失望。不过，在这种失望中倒也得到了一大收获。因为直到刚才为止，他完全不知道这幢建筑物的具体位置，可是刚才他向窗外张望的时候，正好把附近的情况尽收眼底。

各位读者可能觉得，仅仅透过窗子向外看几眼，难道就能掌握这里的地理位置了吗？事实上，小林这次的运气非常好，他的确弄清楚了这里究竟是什么地方。

在窗外那片宽阔空地的另一侧，有一座特征极其明显的、在东京无人不知的建筑物。它就是位于户山原、像大人国一样用数个圆柱排列而成的大型水泥建筑物。它成了一个决定性的标志。

少年侦探将那座水泥建筑物与盗贼的老巢之间的方位牢牢地记在脑中，然后从绳梯上下来，又赶忙打开布包，取出了笔记本和铅笔、指南针，一边仔细地确认方位，一边绘制着这一带的地图。原来这幢建筑物位于户山原西北方向的一隅——七种道具中的指南针在这里派上了用场。

他看了看手表，才刚过清晨六点。上面的房间静悄悄的，那个二十面相现在可能还在呼呼大睡。

"唉，真可惜。好不容易才找到二十面相的藏身之处，而且连位置都一清二楚，可是竟然无法逮捕这个盗贼。"

小林懊恼地握紧了小小的拳头。

"我要是能像童话里的妖精仙女一样把身体变小，然后张开翅膀，从那扇窗子飞出去就好了。这样一来，我就可以前去通知警视厅，然后把警察先生们带到这里，再把那个二十面相给逮捕了。"

他回忆着童话里的情节，又叹了一口气。不过，这个童话中的情节却使他眼前一亮，想出了一个很棒的主意。

"对了！我怎么没有想到呢，这件事当然可以办到了！因为波比可以扮演妖精仙女这一角色啊！"

一想到这里，他兴奋得小脸蛋涨得通红，心跳也开始骤然加速。

他用激动得有些发颤的手，从笔记本上撕下了一页纸，然后在上面标明盗贼老巢的位置，以及自己被关进地下室的经过，又仔细地将纸张折得小小的。

接下来，他从布包里将信鸽波比放了出来，把刚才折叠好的那张纸条塞进绑在波比脚上的传信筒里，然后牢牢地将盖子拧紧。

"去吧，波比，现在到你立功的时候了。你可一定把这件事情做好哦，不要半路贪玩去做别的。听见了吗？现在你得从那扇窗子飞出去，然后尽快飞到夫人那里去哦。"

波比站在小林少年的手背上，啪嗒啪嗒地眨着它那可爱的小眼睛，一直乖乖地听着主人的指令。主人的指令发布结束后，它立刻精神抖擞地拍了拍翅膀，在地下室里来回盘旋了两三圈后，快速地飞出了窗外。

"啊，太好了！也就十分钟左右，波比应该就能飞到明智师母那里。师母看了我的信，肯定会很吃惊的！不过，她肯定会马上打电话通知警视厅，然后警官们赶到这里，大概需要三十分钟，或者四十分钟？反正，再过一个小时左右，就可以逮捕那个盗贼了，我也能从这个暗无天日的地下牢里脱身了。"

小林少年一边望着波比飞出去的那扇小窗，一边聚精会神地想着自己得救的经过。可是他想得太过入神，连天花板上的陷阱盖被掀起来的时候，他都没有半点儿察觉。

"小林小朋友，你在那里干什么呢？"

二十面相那似曾相识的声音突然炸裂，小林少年冷不防打了一个激灵。

他先是愣了一下，然后本能地抬头向上一看，原来那盗贼正和昨天一样，在天花板上开着的方形洞口处确认着他的情况。

啊，他该不会刚好撞见波比飞走的那一刻了吧？

一想到这里，小林的脸色一下子变得苍白，张大眼睛望着怪盗。

奇怪的交易

"小侦探先生，昨晚睡得还好吗？哈哈哈……嗯？窗子的栏杆上怎么系着一条黑绳？明白了，这就是你准备的绳梯吧。佩服佩服，你这个孩子确实考虑周到。不过，就凭你那点力气，是绝对无法拆下那扇窗子的铁栏杆的。你再怎么傻站在那里，再怎么瞪着窗口发愣也是逃不出去的哦。真可怜。"

怪盗不怀好意地嘲笑着他。

"早上好啊。我根本没想逃走哦，待在这里挺舒服的，而且我也很喜欢这个房间，还打算多待上几天呢。"

小林少年不甘示弱地顶了回去。虽然他此刻心中直打着鼓，生怕刚才从小窗放飞信鸽时被怪盗撞见，可是现在从二十面相的语气看，他应该根本没有看到那一幕，于是松了一口气。

只要波比能够平安飞回侦探事务所，逮捕怪盗、救出自己只不过是时间问题。就算再怎样被二十面相讥讽都无所谓，因为最后的胜利一定是属于自己的。

"打算多待上几天吗？哈哈哈……我越来越佩服你了。真不愧是明智的得力小助手，不但有见识，而且很有胆识。不过，小林小朋友，你好像忘记了一些其他的事情。你现在难道不感到肚子饿吗？难道你想就这样被饿死吗？"

你在说什么呢？警方现在应该已经接到了波比的传书，而且正在派出众多警察赶往这里，你马上就要倒霉了。小林沉默不语，但暗自在心中嘲笑着怪盗。

"哈哈哈……看你肚子已经饿瘪了吧？那么就听我的话吧，你只需要付出一些代价，我就可以给你吃一顿丰盛的早餐。我要的可不是钱哦，我指的代价，是你的那把手枪。只要你老老实实地把那支手枪交给我，我就吩咐厨师，马上给你把早餐送过来。"

怪盗虽然嘴上不说，但其实仍然对小林持有手枪一事耿耿于怀。而且他竟然想出用手枪来换取早餐的主意，真的是把人当小孩子耍。

小林少年虽然相信自己一定能够获救，其实少吃几顿倒也不算什么，可是如果露出了破绽被怪盗看出了什么端倪，那可就不好办了。而且，那把手枪应该已经派不上用场了。

"没办法，只好答应你的条件了。我的肚子现在真的快要饿瘪了。"

他故意用十分懊恼的语气回答。

怪盗并不知道小林是在演戏，还以为他上钩了，于是显得十分得意。

"哈哈哈……原来少年侦探也无法战胜饿肚子的痛苦啊。不错，不错。我马上就把早餐送下去。"

说完，他把陷阱原封不动地封好，然后就消失了。过了一会儿，天花板上面隐隐约约传来怪盗的声音，好像正在命令厨师端上早餐。

可是早餐却迟迟没有送来。等到二十面相的面孔再次出现在洞口时，已经过了将近二十分钟。

"喂，我把热气腾腾的早餐送过来了。可是在这之前，你得先付饭钱给我。好了，把手枪放进这个篮子里吧。"

一个连着绳子的小篮子，快速地坠了下来。小林少年老老实实地把手枪放进了篮子里，篮子马上被拉回天花板上。等到篮子再次被放下来的时候，里面摆放着三个还在冒热气的饭团，还有火腿、鸡蛋，还有一瓶茶水。对于一个俘虏来说，已经是很不错的待遇了。

"好了，你慢慢用餐吧。只要你肯听话，无论你想吃什么我都可以给你弄来。至于午餐嘛，你就得用钻石来交换了。虽然你好不容易才把它们弄到手，可是很遗憾，从现在起你的每餐都得用一颗钻石来交换。这也是没有办法的事啊，填饱肚子才是最要紧的。那些钻石，我会让你一颗一颗地全部交出来的，哈哈哈……做一个酒店的老板也挺有意思的。"

二十面相对这种独特的交易过程感到十分愉快。可是，他真的能够如愿以偿地取回所有的钻石吗？

恐怕在那之前，他已经被关进了警察局的大牢。

小林少年的胜利

二十面相蹲在陷阱的旁边，手里拿着刚刚没收的手枪不停地把玩着，心里别提有多么得意了。他正想继续逗弄小林少年取乐时，发生了一件始料未及的事情。

不知是谁急急忙忙地跑了上来，从二楼传来一阵慌乱的脚步声，紧接着出现在他眼前的是厨师那张吓得抽搐的脸。

"不得了了……外面来了好多警察，足足坐满了三辆车！我刚才在二楼的窗口一看，车现在已经停在门外了……我们必须马上逃走啊！"

啊，波比果然不负重托！而且大批警察已经抵达了现场，甚至比小林少年预计得更早。在地下室中听着上面嘈杂的骚动，少年侦探几乎开心得跳了起来。

这措手不及的变故，使天不怕地不怕的二十面相也不禁猝不及防。

"什么？"

他难以置信地大叫一声，然后迅速起身，急忙向门外冲去，连陷阱的盖子都忘了关上。

可是，一切都太迟了。入口处的大门正在被人从外面猛烈撞击，传来了巨大的声响。他贴在门边上的猫眼向外一看，外面站了几排身穿制服的警官们，把整幢建筑物围了个水泄不通。

"他娘的！"

二十面相气得浑身发抖，这次他转身向后门跑了过去。可是还没等他跑到一半，连后门也传来了震天响的撞击声音。这幢建筑物已经彻底被警察给包围了。

"头儿，怎么办啊，我们逃不掉了！"

厨师绝望地大叫起来。

"没办法了，到二楼去。"

看样子二十面相打算躲进二楼的阁楼中。

"根本不行啊，马上就会被发现的！"

厨师大声喊叫着，声音里还带着哭腔。可是怪盗并不理会他，他一把拽住厨师的手臂，几乎是半拖着他向通往阁楼的楼梯处冲去。

二人的身影消失在楼梯口后，不大一会儿就从正门处传来了一声巨响，大概是大门被撞开了。数名警察冲进了屋内，与此同时，后门也被撞开了，几名警察从后门冲了进来。

指挥官正是号称警视厅的魔鬼组长的中村本人。组长命令几名警员分别守在正门、后门等几个出入口，然后带着其余的警员，开始仔细地搜查这幢建筑物里的所有房间。

"找到了！在这里！这里有间地下室！"

一名警员站在地下室的陷阱旁大叫起来。其他的警员马上从四面八方赶来，其中一名蹲在陷阱的边上向昏暗的地下室内张望的警员，一下子认出了小林少年。

"有人！里面有人！你是小林吗？"

听到有人呼唤自己，等候多时的小林少年立刻大声回应：

"是的！请快点放下梯子！"

另一方面，警员们把楼下的所有房间都仔细地搜了一遍，可是始终没有发现怪盗的影子。

"小林，你知道二十面相可能跑到什么地方去了吗？"

这个衣着怪异的少年才刚刚费力地从地下室爬上来，中村组长立刻抓住他急急忙忙地问道。

"他刚才还待在地下室里，肯定不可能逃出去的，我想应该还在二楼。"

小林少年的话音刚落，就从二楼传来了一阵急切的叫喊声。

"大家快来！是怪盗！抓到怪盗了！"

一听说抓到了怪盗，警员们立刻像雪崩一样迅速涌向走廊深处的楼梯处。一阵杂乱、急促的脚步声过后，警员们来到了阁楼上。这里只有一扇小小的窗子，整个房间如同傍晚一样光线昏暗。

"在这里！大家快过来帮忙！"

在这昏暗的光线中，一名警察一边大吼，一边吃力地压住一位满头白发的老人。这名老人看上去十分不好对付，只要抓住一丝机会便挣扎着想翻身起来，把他压在地上着实费了一番功夫。

冲在前面的两三个警员立刻扑了上去继续压住老人。紧接着，又来了三四个人像叠罗汉一样将这个怪盗压在了最下面。

面对如此众多的警员，无论再凶暴的恶贼也无法继续抵抗。这位白发老人很快就被反剪双臂绑了起来，然后精疲力竭地蹲在房间的角落里。这时，中村组长也带着小林少年走了进来，为的是核实那白发老人的真实身份。

"这个家伙就是二十面相吧？"

组长问了一句，少年立刻点了点头。

"没错，就是这家伙。这个老人就是二十面相乔装的。"

小林少年回答道。

"你们几个，把这家伙押上车，千万不能出任何纰漏。"

听到组长的命令，警员们立刻围了上来，押着那个老人下了楼。

"小林，你可立下大功了。明智先生从国外回来的时候一定会大吃一惊。对方可是那个臭名昭著的怪盗二十面相，等到明天，你的大名就会传遍日本！"

中村组长紧紧地握住少年名侦探的手，说了一箩筐感激的话语。

结果，这场对决最终以小林少年的胜利而告终。佛像从一开始就没有被怪盗取走，之前被盗的六颗钻石也都好好地收在布包里。这场较量可以说是小林少年的全面胜利。怪盗如此大费周章地策划了这么多事情，结果不但没能得到一样东西，就连自己都落在了警察的手里，而且被囚禁的小林少年也平安被救出，落了个鸡飞蛋打的下场。

"我该不会是在做梦吧？我居然赢了那个二十面相！"

小林兴奋得脸涨得通红，一副难以置信的样子，喃喃自语着。

怪盗的被捕使大家兴奋得过了头。可是此时小侦探忘记了一件事情，那就是二十面相雇用的那个厨师的下落。他到底躲到哪儿去了呢？警察们已经将整幢建筑物翻了个底朝天，根本就没有发现厨师的影子，这实在太过匪夷所思。

厨师根本就无法在这种情况下逃走。如果连他都能够逃走，那么二十面相早就溜走了。难道他仍然躲在这幢建筑物里？这也是不可能的，因为大批的警察早就分头搜遍了这里的每一个角落，不会犯下如此低级的错误。

各位读者，在这里让我们先放下书本，好好思考一下这个厨师为什么会离奇失踪呢。这其中到底隐藏着怎样的玄机呢？

可怕的挑战书

在户山原废屋中展开的搜捕行动已经过去了两个小时。在警视厅阴森的审讯室里，进行着针对怪盗二十面相的审讯。审讯室里只摆放着一张桌子和椅子，除此之外什么都没有，连装潢都是苍白、简陋的。房间里只有中村搜查组长与仍然保持着老人模样的怪盗。

怪盗旁若无人地叉着腿站在那里，双手仍然被反剪在身后。自从进了审讯室，他就沉默不语，一句话都没有说过。

"好了，先让我看看你的真面目吧。"

组长走到怪盗的身旁，将手伸向他的白色假发，然后猛地揪了下来。可是，白色假发的下面竟然是一头乌黑的头发。接下来，又将怪盗贴了满脸的白色假胡子一一撕掉，然后，怪盗终于露出了他真实的容貌。

看到了盗贼的真面目后，组长惊讶地睁大了双眼。

"哎哟，您这副尊容真是不敢恭维啊。"

这个怪盗生着一个狭窄的额头，杂草丛生般又短又乱的眉毛，下面是一双像金鱼一般又大又鼓的贼眼，塌塌的鼻子，毫无棱角的肥厚大嘴，看上去丝毫都没有精明能干的感觉，这种组合古怪的面容反而给人一种野蛮人的感觉。

前面曾经提到，这名怪盗拥有许多种不同特征的面孔，能够随心所欲地把自己乔装成老人、青年人甚至女人，因此不要说普通百姓，就连警察局的警员们，也没有一个人见过他真实的容貌。

可是不管怎么说，眼前的这副面孔的确令人大失所望。会不会连这张像野蛮人一样的容貌，其实也是乔装改扮的呢？

一想到这里，中村组长顿时感到心中阵阵发毛。他仔细地盯着大盗的脸观察了好一会儿，终于大叫了起来。

"喂，这是你真实的容貌吗？"

这个问题虽然问得奇怪，可是中村组长实在控制不住自己不进行如此荒唐的提问。

没想到，怪盗不但依然保持沉默，而且那毫无棱角的大嘴咧得更大，干脆嘿嘿地笑了起来。

这样一来，中村组长的心里更加七上八下，他觉得即将要发生的是自己无法控制的事情。

中村组长为了缓和内心的恐惧，走上前去，开始举起双手揉捏起怪盗的脸来。他先是扯了扯眉毛，又按了按鼻子，然后再捏了捏脸，好像在捏糖人一样。

可是，无论怎样检查，根本无法看出这是不是一张乔装过后的面孔。曾经乔装成那位俊美青年羽柴壮一的怪盗，居然长得像一个丑八怪一样，实在是出乎所有人的意料。

"嘿嘿……太痒了，别闹了行吗，痒死了。"

怪盗终于开口说话了。可是，一开口就是一句毫无水准的话。难道他故意装出一副没出息的样子，目的是想把警察当猴子耍吗？或者，难道说……

组长突然心头一个激灵，他再次盯着怪盗的脸，脑海中出现了一个可怕的设想。等等，真的会有这样的事吗？那个设想太荒谬了，不会有这种事情发生。可是，中村组长却不得不问个明白。

"你是谁？你到底是什么人？"

他又问了一个奇怪的问题。

没想到怪盗听后如释重负，好像一直在等着中村组长开口问这个问题一样。

"我叫木下虎吉，是一个厨师。"

"胡说！你难道以为装疯卖傻就可以蒙混过关吗？我告诉你这是不可能的，你给我老实交代！二十面相不是一个眼睛长在头顶上的大盗贼吗？耍这种手段难道不觉得羞耻吗？"

警官正义凛然地大声训斥后，一般的怪盗都会心生胆怯，可是他不但不胆战心惊，竟然还大声地笑了起来。

"什么？你说我是那个怪盗二十面相吗？哈哈哈……你也太看得起我了吧，二十面相怎么会是我这种丑八怪呢？警官先生，你看人的本领实在是不行啊，这不是很显而易见的吗？"

中村组长听到这里，面色一下子变得惨白。

"住口！你再继续胡说八道也是没用的！小林少年也明确地指证过，你就是二十面相乔装的！别以为你骗得过我！"

"哈哈哈……就是因为你们抓错了人，所以我才觉得可笑啊。我可没有干过什么坏事啊，我只不过是个厨师，我怎么会知道二十面相是谁、做什么的。我不过是十天前受雇到那幢建筑里工作的厨师虎吉。不信的话你可以去问问我们的厨师长，只要问问就什么都清楚了。"

"你不过是到那里工作的厨师，那为什么要乔装成老人？"

"不关我的事啊，那是因为他突然制服了我，然后强行给我换上和服、戴上了假发。我也不知道到底发生了什么事啊，警察先生们冲进来的时候，我的雇主就拽着我冲上阁楼去了。"

"那个房间里有个隐藏式衣柜，里面放满了各种乔装时所需的衣服和道具。我的雇主从里面拿出了警察的制服、帽子等，迅速穿戴完毕后，又强迫我换上他之前一直穿着的老人和服和假发，然后一边大喊一声'抓到怪盗了'，一边把我死死地压制住。现在看来，他当时打的是乔装成警官先生的部下，然后假装自己发现了二十面相，扑上去制服了怪盗并请求支援的如意算盘。阁楼里的光线本来就昏暗，何况当时已经乱成了一锅粥，根本无法看清对方的面孔。我可是根本没有办法反抗的啊，因为我的雇主力气很大的。"

中村组长气得面色铁青，一言不发地用力戳了几下桌上的警铃，叫来了一位警员，然后命令他立刻把今早包围户山原废屋时，负责守住正门和后门的四名警员叫来。

很快，四名警员走了进来，组长一脸严肃地瞪着四人。

"抓捕这个家伙的时候，有没有人离开过那幢建筑物？那家伙可能穿着警察的制服，你们有没有看到类似可疑的人？"

一名警员回答了他的问题。

"我确实看到一个警员离开。他说已经抓到怪盗了，让我们赶快去二楼。我们冲向楼梯时，那个警员却朝相反的方向跑去了。"

"之前怎么没人报告？再说，难道你没有看到他的样子吗？就算穿着警员的制服，只要看到他的容貌，不就能立刻看出此人是不是自己的同事了吗？"

组长的额头暴出一道道青筋。

"其实，我们根本没有看清楚他的脸。他像一阵风似的跑过来，又像一阵风似的冲了出去。我当时也觉得有些奇怪，所以叫住了他问他要去哪里。可是他说，是组长命令他去打电话请求增援的。然后十万火急似的一边大喊着一边跑掉了。

"因为以前也曾经有过打电话请求支援的例子，所以我也就没有过多怀疑。而且怪盗确实已经被捕，所以我就完全忘记了那个半路跑出去的警员，也就没有向您汇报这件事。"

听起来确实合情合理。正因为如此，才不得不令人对怪盗随机应变的头脑以及无懈可击的计划感到惊叹不已。

事情已经很明显了。站在这里像野蛮人一样丑陋的男子只不过是一个普通的厨师，根本就不是怪盗二十面相。一想到出动了十几名警察，最后竟然只逮回来一个普通的厨师，还闹出了这样一场笑话，中村组长和四名警员面面相觑，好半天说不出一句话。

"对了，警官先生，我的雇主还留下了一张字条，叫我转交给你。"

厨师虎吉从外套胸前的口袋里取出一张皱巴巴的纸条，交给了中村组长。

中村组长一把夺过纸条，抚平褶皱后立刻快速地阅读起来。读着读着，中村组长的面色由于极度愤怒而涨成了猪肝色。

这是一封极具嘲讽、轻视言辞的狂妄留书。

致中村善四郎先生：

代我向小林小朋友致意吧。他的确是个了不起的孩子，连我都觉得他真的十分可爱。可是话说回来，无论我再怎样夸赞小林小朋友，我该逃命的时候还是要逃命的。我虽然并不想泼那个沉浸在胜利喜悦中的孩子一头冷水，可是我也得让他尝到一点教训。请转告他，这个世界比他想象中要复杂得多，不要妄想以一个孩子之力与我二十面相为敌。务必转告他，如果再有下次的话，我可就真的不客气了。还有，我要借此机会也向各位警官透露一些关于我的下一个计划的事情。至于可怜的羽柴先生，就请他放心好了，我不打算再和他纠缠下去了。因为我毕竟不可能一直盯着他那寒酸的美术室不放，我也是很忙的。其实我现在正在准备进行一笔更大的买卖。至于到底是什么样的大事业，近日诸位即可知晓。届时会再次跟诸位打交道的。

二十面相上

各位读者，很遗憾，这场二十面相与小林少年之间的对决，结果还是以怪盗的胜利而告终。二十面相甚至还嘲笑羽柴家引以为傲的宝库寒酸，而且还公开表示自己正在进行着一项大买卖。那么他所谓的大买卖到底指的是什么呢？下一次的较量，也许就不是小林少年一人所能应付得来的。大家都在翘首盼望着明智小五郎的归国。而此时，他也应该踏上归国的旅程了。

啊，名侦探明智小五郎与怪盗二十面相之间的对决，头脑与头脑之间的较量，真是令人万分期待。

美术之城

伊豆半岛的修善寺温泉四公里左右以南，在下田街道沿线的山中，有一个名叫谷口村的荒凉村庄。在村外的森林中，有一座像城堡一样庄严而有气势的大宅邸。

宅邸的四周筑起了高高的土墙，土墙的上方像一片针山一样插满了锋利的尖刺。土墙的内侧环绕着一条宽达四米、如护城河一般的深沟，里面流动着清澈的河水，深度足可以没过一个人的头顶。如此严密的防御措施完全是为了阻止外人靠近。即便能够翻越一片片针山围成的土墙，墙内也还有一道无法逾越的鸿沟。

在宅邸的中央虽然没有天守阁，但是矗立着一座整体由厚厚的白墙围成的大型建筑物，上面的窗子很小，看起来像许多仓库聚集在一起。

虽然附近的村民们都把这座建筑物称为"日下部之城"，但它并不是真正的城堡。在这么偏僻的小村子里是不会有城堡的。

那么，到底是什么样的人，才会住在这样一座戒备极度森严的建筑物里呢？在没有警察的战国时代倒也不难理解，可是在现代社会，不管是怎样的大富豪，也不会把自己的宅邸布置成要塞一样吧？

"那里面到底住的是什么人啊？"

每当有过路人问起此事，村民们总是会这样回答他们。

"你说的是那个大宅子吗？那是疯子日下部老爷的城堡啊。他可是个怪人呢，因为过于害怕自己的宝物被偷走，和村里人都不来往的呢。"

日下部家世代都是当地的大地主，到了现在的左门先生这一代，大片土地都已经转让给了别人，剩下的只有这座如同城堡一般的宅邸，以及他所收藏的数量众多的古代名画。

左门老人是个近乎疯狂的美术作品收藏家。他所收藏的美术作品的范畴主要是古代名画，例如雪舟、探幽等在小学课本上都会频繁出现的、家喻户晓的古代巨匠名作，只要他找得到的，一定会想方设法弄到手。在这多达数百幅的名画中，大多数都是国宝级的珍品，如果折现的话可以卖出数十亿日元的天价。

这下就能够解释为什么日下部家的宅邸会像要塞一样戒备森严了。左门老人把这些名画看得比自己的性命更重要，他每天都忧心忡忡，夜里难以入眠，生怕有贼人溜进家中，将这些价值连城的珍宝偷走。

虽然在宅邸周围设置了护城河，墙头上插成针山，他仍然无法感到安心。甚至到了只要有人来访，他就会怀疑对方不怀好意、打算盗取自己的宝贝的地步，和村里那些正直的村民们都不来往了。

这位左门老人长年以来都把自己关在城堡中，每天欣赏着自己收集的各种名画，几乎不走出大门一步。由于他太过迷恋美术作品，甚至无心结婚、生子，仿佛他生命的意义就在于欣赏和守护这些名画。时光飞逝，转眼间他已经过了花甲之年。

这位左门老人，就是这座"美术之城"的城主。

这一天，老人独自待在仓库般的建筑物深处的一间房里，痴迷地欣赏着房内大量的古今名画。

外面虽然阳光灿烂、风光明媚，可是这个小房间只有一扇小窗，而且还加装了铁栏杆，看起来像一座监牢一样，既冰冷又昏暗。

"老爷，请打开门，有您的信。"

门外传来了一名上了年纪的男仆的声音。在这幢宽阔的宅邸中，就只有这名上了年纪的男仆和他的妻子这两名用人而已。

"我的信？谁会给我寄信呢？把信拿过来吧。"

得到左门老人的允许后，沉重的木门缓慢地打开了。一名和主人一样满面皱纹的老用人，手持一封信走了进来。

左门老人接过信，先是看了看信封的背面，可是上面并没有写出寄信人的姓名。

"到底是谁寄来的呢？一点头绪都没有……"

收信人清清楚楚地写着日下部左门先生，因此他直接拆开了信，开始阅读起来。

"啊，老爷，您怎么了？发生了什么不好的事情吗？"

老用人吓得叫出了声。左门老人在看完信后面色骤变，血色瞬间从他那没有胡子、满面皱纹的干瘪面孔上褪去，牙齿脱落了大半的、空荡荡的嘴巴不住地颤抖着，小小的眼睛透过老花镜正不安地闪动着。

"不，没、没什么事。跟你说了你也不懂，出去吧！"

他故意提高了声调，用颤抖的声音高声呵斥着，将老用人赶了回去。可实际上却没有这么简单，左门老人没有当场晕倒已经极为不易。

因为那封信上写着以下这段可怕的内容。

致日下部左门先生：

　　请恕我冒昧，未经介绍就唐突写信。不过，想必阁下早已通过报纸了解过在下其人。

　　下面容我开门见山地陈述本次写信的目的。在下已决定将府上珍藏的名画全部取走，十一月十五日夜，我将如期登门造访。

　　如突然造访，恐将给年迈的阁下造成困扰，在下于心不忍，特此提前书面通知。

二十面相

唉，怪盗二十面相终于盯上了这位守在伊豆的山中足不出户的美术品收集狂了。距离他乔装成警察从户山原的据点逃走后，已经过去将近一个月了。这段时间内怪盗去了哪里、做了些什么，没有任何人知道。也许他正在忙着物色一个新的贼窝，然后继续召集手下，谋划着第二、第三件更加可怕的阴谋吧。可是，东山再起的他选择的第一个目标，竟然是久居深山的日下部家的美术之城。

"十一月十五日夜里，那不就是今天夜里吗？天啊，我该怎么办？一旦被二十面相盯上，我的宝贝们就都要保不住了！那个家伙太难对付了，就算出动整个警视厅的力量，都拿他毫无办法，像这种乡下的地方警察局就更加拿他没有办法了！

"啊，这下算完了，要是这些宝物被抢走，我还不如死了算了！"
说完，左门老人猛地站了起来，心急火燎地在房间里来回打转。

"唉，我真是太不幸了，看来这次是真的完了。"

不知不觉，老人毫无血色的面庞已被泪水打湿。

"等等，那个叫什么来着……啊，想起来了，我想起来了！我怎么差点忘了这件事呢？看来神并没有完全放弃我。只要那个人肯帮忙，我肯定能脱离险境！"

老人好像突然想到了什么，血色逐渐出现在脸上。

"喂，作藏！作藏不在吗？"

老人走出房门，用力地拍着手掌，不断地呼唤着老用人。

听到主人急迫的召唤，老用人赶忙跑了过来。

"快把《伊豆日报》给我拿过来。我记得好像是前天的报纸……算了，你把这三四天的报纸都给我拿过来吧。快去，快去！"

老人气势汹汹地命令道。作藏不敢怠慢，赶忙抱着一大卷当地的报纸——《伊豆日报》跑了过来。老人接过报纸，马上一份一份地确认着当天的社会版面，终于在十三日的消息栏上，找到了这样一篇报道。

明智小五郎先生来访修善寺

民间侦探第一人——明智小五郎先生，近期一直在国外出差，现已完成了任务返回东京。为消除旅途中的疲劳，将于今日起下榻于修善寺温泉的富士屋旅馆，预计将在此停留四五日。

"是这个！就是这一条！能够对付那个二十面相的人物，就只有这位明智侦探了！上次就连明智的助手、那个叫小林的孩子都能圆满地解决了羽柴家的那桩盗窃案，那么小林的老师明智侦探本人就更不用说了，一定能够帮我解决这次的灭顶之灾。这次不管用什么方法，我都非得请这位名侦探出山不可。"

老人结束了他的自言自语后，马上叫来作藏的妻子伺候他更衣，然后将宝库那厚重的大门紧紧关闭，又从外面上了锁，并命令两名仆人在门前严加看守。一切安排妥当后，就急匆匆地离开了宅邸。

他此行的目的地，自然是附近修善寺的温泉富士屋旅馆。他准备亲自上门面见明智侦探，然后委托他出面保护自己的宝物。

我们盼望已久的名侦探明智小五郎终于回来了！不仅如此，他竟然刚好在这个关键时间来到了二十面相准备袭击的日下部先生的美术之城附近泡温泉，简直就像安排好的一样。而对左门老人而言，这无疑是一个千载难逢的好机会。

名侦探明智小五郎

身披一件深灰色斗篷、身材矮小的左门老人，在长长的坡道上一路小跑。即便如此，抵达富士屋旅馆时已是午后一点左右了。

"请问明智小五郎先生在哪个房间？"

他开口向旅馆前台询问。可是女佣回答，明智先生到后面的溪谷钓鱼去了。于是，他只得请女佣帮忙带路，又一步一步地向溪谷走去。

穿过了一片生长着繁茂大叶竹的险峻小径，下到了深谷的谷底后，清澈的溪水潺潺地流淌着。

溪水流经之处，随处可见踏脚石一般的巨石探出水面。其中一块最大、最为平坦的巨石上，一个身穿棉制和服的男人坐在那里，弯着腰弓着背，聚精会神地注视着钓竿的前端。

"那位就是明智先生。"

女佣走上前去，跳过几块岩石后走到了那个男人的身旁。

"先生，抱歉打扰一下。这位老先生想见您一面，他说他是特意从远方赶来的。"

不料，身穿棉制和服的男人听到声音后不悦地回过头来斥责道："声音太大了，鱼都要被吓跑了！"

此人顶着一头乱发，眼神却十分锐利，有些苍白但棱角分明的面庞上长着一个高挺的鼻子、同样棱角分明的嘴唇，没有蓄着胡须。他的确是在报纸上见过的那位大侦探明智小五郎。

"这是我的名片。"

左门老人上前一步递上了名片。

"有件事务必希望您帮忙，所以专程来访。"

说完，老人微微地行了一礼。

明智侦探虽然收下了名片，但只是简单地扫了一眼，带着略微不耐烦的语气说道：

"是这样啊。那么，找我有何贵干？"

他一边说着，注意力又回到了钓竿的前端。

老人将女佣打发回去，看着她的背影离去后，开始向明智侦探道出真意。

"先生，事情是这样的。今天早上我收到了一封信。"

说完，他从怀中取出了二十面相寄来的预告信，并把它直直地伸到全神贯注地盯着钓竿的名侦探眼前。

"唉，鱼又吓跑了……真是的，干扰这么多，根本就没法好好钓鱼啊。你说有人给你寄了封信？那么那封信跟我又有什么关系呢？"

明智侦探的态度显得十分冷淡。

"先生可能没有听说过二十面相这个盗贼吧？"

一直被怠慢的左门老人心中觉得有些不快，语气也尖锐了起来。

"哦，你是说那个二十面相吗？他寄了信给你？"

名侦探仍然十分淡定，继续注视着钓竿的前端。

于是，老人只好当场将怪盗的预告信读了出来，并将珍藏在日下部家的"城堡"中的各种宝物，也都详细地告知了明智侦探。

"哦，原来你就是那座独特城堡的主人啊？"

明智好像终于产生了些兴趣，转过身面对着老人。

"是的，我就是。那些古画都是独一无二的宝物，比我这条老命还要重要。明智先生，请你帮帮我这个老头子吧，拜托了。"

"那么，你希望我做些什么呢？"

"我想立刻请您到我家去，帮我守住我的宝物。"

"那么你报警了吗？按照常理来说，在向我求助之前，你应该先寻求警方的保护才对。"

"不，我根本没有这样考虑过。因为我觉得与其向警察求助，还不如委托您更加直接有效。因为我相信除了您，天底下再也没有能够与二十面相抗衡的侦探了。而且，我们那是穷乡僻壤，只有一个小小的警察分局，想找来一个本领高强的刑警相助谈何容易，更何况时间紧迫，今晚二十面相就要上门盗取宝物了，已经不能继续耽误时间了。凑巧的是，这几天先生正好在这个温泉旅馆下榻，我想这一定是上天的安排。先生，这是我老头子唯一的请求，请您一定要帮帮我。"

左门老人苦苦地恳求着，就差没给明智侦探下跪了。

"既然如此，那我就接受这件委托吧。二十面相也是我的敌人，我也早就想跟他较量一番了。那么我就跟你一起去吧，不过在那之前还是得先跟警方打个招呼。我先回一趟旅馆打个电话。为了保险起见，我会请两三位刑警过来支援。请你先回去吧，稍后我就会和刑警们一同登门。"

明智渐渐地显得鼓起了干劲，也不再关心钓竿了。

"太感谢了！这下子我就可以高枕无忧了。"

老人一副欣慰的神情，不住地向明智侦探道谢。

不安的一夜

日下部左门老人在修善寺雇了辆轿车，立刻赶回了谷口村的"城堡"。大约过了三十分钟，明智小五郎和刑警们也抵达了。

一行人中，除了已经换上了笔挺黑色西装的明智侦探，还有三名同样穿着西装、体形健硕的绅士。这三位都是警察署的刑警，他们逐一递上了自己的名片，并与左门老人打了招呼。

老人立刻带着四人前往宅邸深处的名画收藏室，并向他们展示了挂在墙上的画卷，以及收藏在箱中和柜子中的大量国宝级杰作，又一一介绍了这些宝物的历史。

"您的这些藏品真是令人叹为观止。其实我也非常热爱古画，只要一有空就到处去各种博物馆、寺院等参观展出的宝物，可是能把如此众多的历史杰作汇聚一室，我却从来没有见过。别说那个酷爱美术作品的二十面相会盯上你，就连我都要垂涎三尺了。"

明智侦探对这些藏品赞不绝口，又对每一幅名画都做出了准确的评价。无论是赞美还是批评，他评论之精辟就连专家都自愧不如，令左门老人大为震惊。于是，他对这位名侦探更加佩服得五体投地。

众人提前用过晚餐后，终于开始部署守护名画的计划。

明智以干练的语气向三名刑警分配任务，一人守在画室里，一人守在正门前，另一人则守住后门。三人分别彻夜值守，一旦有任何风吹草动，立刻吹响哨子示警。

刑警们各就各位之后，明智侦探便从外面将画室厚重的大门紧紧关闭，并让老人上了锁。

"那么我今天就彻夜守在这扇门前吧。"

名侦探说完就坐在了门前的榻榻米走廊上。

"先生，真的不会有问题吧？我知道这样对先生来说非常失礼，可是我听说对方好像会使用魔法，所以我总是觉得心里没底啊。"

老人小心翼翼地观察着明智的脸色，惴惴不安地说道。

"哈哈哈……这个就请你放心吧。我刚才已经仔细地检查过了，房间的窗户上安装了坚固的铁栏杆，墙壁的厚度也足有三十厘米，不是轻轻松松就可以破坏得了的。而且房间内部有刑警先生严阵以待，再加上唯一的出入口又由我亲自看守。如此铜墙铁壁般的防守简直可以说万无一失。你就安心回房睡觉吧，就算你待在这里，也帮不上什么忙的。"

虽然明智再三保证，但老人却怎么也不肯让步。

"不，今夜我还是守在这里吧，反正就算躺在床上我也无法安心入眠。"

说完，他也跟明智侦探一样，找了个地方直接坐下了。

"那么，就这样吧。正好能有个人陪我说说话，也不会感到无聊，我们还可以针对绘画展开一场辩论。"

不愧是身经百战的名侦探，即便在这种情况下仍然能够保持从容不迫的态度。

接下来，两人摆出了轻松的架势，开始聊起古代名画来。但基本上都是明智一个人在谈论，老人却显得惊惶不安、魂不守舍，有时甚至答非所问。

几个小时以来，左门老人备受煎熬，他甚至感觉时间仿佛停了下来，一个小时好像一年那样漫长。终于，半夜十二点的钟声敲响了。

在这期间，明智不时隔着厚重的大门询问守在室内的刑警，每次里面都有清晰、坚定的语气回答一切正常。

"唉，我都有些犯困了。"

明智打了个哈欠。

"二十面相那家伙，也许今晚不会来了。这里的戒备如此森严，他应该不会笨到自投罗网……老先生，要来一根提提神吗？在国外的时候，那里的人都特别喜欢抽这奢侈的玩意儿呢。"

说完，他打开了烟盒，自己先拿了一支，然后把烟盒递到老人面前。

"真的吗？他今夜不会来了吗？"

左门老人接过递到面前的埃及香烟，仍然显得有些惊惶不安。

"你就放心好了。那家伙绝对不是蠢货，他一定知道我在这儿守着，所以不可能傻乎乎地自己送上门来。"

接下来，两人都陷入了短暂的沉默，一边各自思考着什么，一边津津有味地抽着香烟。直到香烟抽完的时候，明智再次打了个哈欠。

"我有点儿困了，不如你睡一会儿吧。放心，不会出问题的。俗话说武士一听到马镫的声音就会醒，做我们这一行的，就算有一丝风吹草动也会立刻清醒。无论何种情况，我都不会呼呼大睡的。"

说完，他就横躺在木门前，闭上了双眼。不大一会儿，就传来了平稳的呼吸声。

侦探那毫无紧张感的态度，使老人更加坐立不安。此刻他不但没有丝毫睡意，反而干脆竖起了耳朵，连周围一丝可疑的细微声响都不放过。

突然，他好像听到了某种奇怪的声音。有些像耳鸣，又像是风吹过树梢时发出的声音。

他的意识逐渐离他远去，眼前也朦朦胧胧地仿佛蒙上了一层迷雾。

他猛地回过了神，在眼前的一片朦胧雾气中，有一个双眼放出光芒的黑衣男子站在那里。

"啊，明智先生！盗贼来了，他来了！"

他大叫起来，并用力摇晃着睡梦中的明智的肩膀。

"这么吵吵嚷嚷的，发生什么事了？盗贼在哪里？你不会是在做梦吧。"

侦探并没有起身，语气中有些不悦。

原来刚才的那一幕是在做梦啊，也可能是幻觉。因为那个穿着黑衣的男人已经消失了，没有任何人来过的痕迹。

老人显得有些尴尬，于是不再说话，并按照原来的姿势重新躺好。他仍然机警地竖起耳朵聆听着周围的动静，可是，又跟刚才一样，脑中又变得一片空白，眼前也开始蒙上了一片迷雾。

眼前的迷雾越来越浓，终于变得像乌云一样一片漆黑，身体也不停下坠，仿佛坠入万丈深渊一般。不知不觉中，老人昏昏沉沉地睡着了。

也不知究竟睡了多久，在这漫长的梦境中，老人仿佛坠入地狱一般，周围不断浮现出可怕的情景。他突然睁开了眼睛，仔细一看，天竟然已经大亮了。

"啊，我竟然睡着了啊。可是昨晚那种紧张的情绪下，我怎么还能睡着呢？"

左门老人觉得十分不可思议。转过头去一看，明智侦探还在倒头大睡，而且仍然保持着昨夜入睡时的姿势。

"啊，太好了！看来果然是由于二十面相不敢与明智侦探正面冲突，所以不敢来了。太好了，真是太好了！"

老人总算放下了心中的一块大石，轻轻地将侦探叫醒。

"先生，快醒醒，天已经亮了。"

明智立刻睁开了眼睛。

"啊——我睡得太死了……哈哈哈……根本就没有什么异常，昨夜无事发生。"

说着，他伸了一个大大的懒腰。

"在里面守卫的刑警先生一定也很疲惫了。好在现在已经没事了，一会儿让大家吃顿早餐，然后好好休息一下吧。"

"是啊。那么，请把门打开吧。"

于是，老人从怀中掏出钥匙，打开锁后吱呀一声推开了木门。

可是，门被打开后，老人才探头向房间里看了一眼，就好像被人掐住脖子一样发出了可怕的尖叫声。

"怎么了？发生什么事了？"

明智被吓了一跳，赶忙站起身向房间内望去。

"那，那个、那个……"

老人仿佛失去了语言能力，他一边结结巴巴地说着几个不连贯的字，一边用手哆哆嗦嗦地指向房间内。

向房间内望去，原本收藏在室内的那些古代名画，无论是挂在墙上，还是收藏在箱子、柜子里的，一幅也没有剩下，全都像蒸发一样消失了。也难怪老人被惊吓成这个样子。

负责看守的刑警，像被人打晕了一样瘫在榻榻米上，而且竟然还形象全无地打着鼾！

"先，先生，被、被、被偷了啊！我，我……"

左门老人仿佛瞬间苍老了十岁，冲上前揪住了明智的衣襟，表情变得狰狞又绝望。

恶魔的智慧

唉，又发生了一件匪夷所思的事情。二十面相这家伙一定是可怕的妖怪，他又一次轻而易举地完成了近乎不可能的任务。

自己坐镇却仍然让盗贼得手，使明智恼羞成怒。他快步走进房间内，一脚踹在正在打着鼾的刑警的腰上，直接将他踹醒。

"喂，快起来！我请你来不是让你在这里睡大觉的！看见了吗？东西全都被偷光了！"

刑警吃力地坐了起来，可是仍然一副没睡醒的样子。

"什、什么被偷了？啊，我什么时候睡着的……啊，这里是哪里啊？"

刑警揉了揉惺忪的睡眼，然后四下打量着这陌生的环境。

"清醒一点！啊，我明白了，你应该是被人用麻醉剂弄晕了。赶快想想，昨夜到底发生了什么事？"

明智粗暴地抓着刑警的肩膀，用力地摇晃着。

"哎？哦，对了，你是明智先生。哦，这里是日下部的美术之城。没错，我确实是被人用麻醉剂给放倒了。昨天夜里，有个黑影悄悄潜到我身后，然后，突然用一种很柔软的、带有奇怪味道的东西捂住我的口鼻。那之后的事情，我就什么都不记得了。"

刑警终于清醒了过来，带着一脸懊恼的表情环视着空荡荡的绘画室。

"还真的是这样。照这么说，守在正门与后门的刑警们，应该也是这样被放倒的。"

明智自言自语着，紧接着冲出了房间。过了一会儿，从厨房的方向传来了他大声呼叫的声音。

"日下部先生，快到这儿来看看。"

听到明智大喊，老人和刑警赶忙跑了过去。只见明智站在男佣房间的门口，正用手指着房间里。

"正门和后门都没有看到刑警的影子。不仅如此，就连他们也成了这个样子。"

二人向房间内一看，作藏老人和他的妻子被反绑了双手蜷缩在男佣房间的角落里，嘴里还塞了布团。不用说，这自然是怪盗干的好事。为了不让两名用人搅局，所以提前先把他们弄晕并绑了起来。

"天啊！怎么会发生这样的事？明智先生，这到底是怎么回事？"

日下部老人急得快要疯了，走近明智不停地逼问着。这也难怪他会如此激动，自己看得比生命还重要的宝物，竟然就在一夜之间像做梦一般全部消失得无影无踪。

"不，我无话可说。是我太轻敌了，我没想到二十面相的手段竟然如此厉害。在这一点上的确是我的失误。"

"失误？明智先生，对于你来说也许只是失误而已，可对于我来说，你让我该怎么办呢……大家不都说你是个名侦探吗？可是你这个名侦探，我看也就是浪得虚名！"

老人气得红了眼睛，面色铁青地瞪着明智，恨不得扑上去揍他一顿。

明智自觉理亏，惶恐地一直低着头。过了一会儿，他一下子抬起了头，脸上却挂着藏不住的笑意。笑容在这位名侦探的脸上不断放大，像是憋了很久一样，终于开始放声大笑起来。

日下部老人当场目瞪口呆。明智侦探该不会是因为输得太过窝囊，所以气得神志失常了吧？

"明智先生，你在笑什么？到底有什么可笑的？"

"哈哈哈……当然可笑了。这个名侦探明智小五郎真是个废物，简直是不堪一击，对付他简直太容易了。二十面相这家伙真是了不起，连我都肃然起敬了。"

明智的样子愈发奇怪。

"喂喂，明智先生，你到底是怎么了？现在可不是赞美那个怪盗的时候！事情怎么会弄成这个样子呢？还有，作藏他们还一直还被绑着呢，我说刑警先生，你们发什么呆啊，快替他们解开绳子，然后把堵在嘴里的东西拿掉，这样才能从作藏的嘴里问出一些怪盗的线索啊！"

眼看着明智实在是靠不住，没有办法，日下部老人干脆扮演了侦探的角色，向刑警发号施令。

"听到了吗，老先生发出指示了，赶快给他们松绑。"

明智说着，向刑警递了一个奇怪的眼神。

之前还在一旁发呆的刑警，立刻站得笔直，并从口袋里拿出一捆法绳。将法绳解开后，他迅速地绕到日下部老人的身后，然后开始在他身上一圈一圈地缠绕起来。

"喂，你在干什么？天啊，你们这些人没有一个正常的！我没叫你把我绑起来，我是叫你替躺在那边的两个人松绑。听到了没有？不是叫你把我绑起来！"

可是，刑警却像没听见他的话一样，一言不发地继续捆绑着，直到把老人的双手反绑在身后为止。

"喂，你这个蠢货！你在做什么啊？啊，痛、痛死了！明智先生，你到底在笑什么？赶快替我解开啊！这个人好像疯了，快、快替我解开绳子啊！喂，明智先生你听到了吗！"

老人已经完全搞不懂事情的状况了。难道所有人都疯了吗？否则，为什么会把事件的委托人给绑起来呢？不仅如此，被雇用来的侦探竟然站在一旁没心没肺地笑着。

"老先生，你在叫谁呢？你怎么一直在叫什么明智呢？"

明智一开口竟然说出这样古怪的话来。

"明智先生，你是在跟我开玩笑吗？难道你连自己叫什么都忘了吗？"

"你是在说我吗？你到现在还以为我是明智小五郎？"

从明智嘴里说的话愈发奇怪了。

"你不是明智谁是明智呢？你的脑子是不是有问题……"

"哈哈哈……老先生，我看脑筋出了问题的人是你吧。这里可没有什么叫明智的人哦。"

老人闻言惊得目瞪口呆，表情像是被妖狐施了法术一样凝固了。事情发生得太过突然，他大张着嘴，好半天说不出一句话。

"老先生，你以前与明智小五郎本人见过面吗？"

"没有见过面。不过，我看过他的照片。"

"照片吗？光靠照片可是无法分辨的呀。你该不会认为我跟照片上的人很像吧？"

"……"

"老先生，你是不是忘了二十面相的看家本领是什么了？一说起'二十面相'，首先应该想到的不是他那出神入化的乔装技术吗？"

"这、这么说来，你、你难道是……"

老人终于反应了过来，脸上的血色一下子褪了下去。

"哈哈哈……看来你终于反应过来了。"

"不不，怎么会有如此荒唐的事。我是看过报纸的，《伊豆日报》

上清清楚楚地写着'明智侦探来访修善寺'。而且是富士屋的女佣带我去见你的，这怎么可能有假呢？"

"的确让我钻了一个大空子啊。因为，明智小五郎根本就没从国外回来。"

"报纸上怎么可能会刊登假消息呢？"

"刊登的这篇还真就是个假消息。我只不过对社会版的某个记者使了些手段，他就把假的稿子交给了总编。"

"哼，那么那些个刑警又是怎么回事？难道连警察都被冒名顶替的假明智侦探给骗了吗？"

老人无论如何也不愿相信，眼前的这个男人就是那个可怕的二十面相。所以他坚定不移地认定对方一定是明智小五郎。

"哈哈哈……老先生，你还是不肯面对现实吗？你的反应是不是太慢了？难道你以为那些人真的是刑警？你面前的这个男人，还有看守正门与后门的那两个人，哈哈哈……他们都是我的手下，是我叫他们假扮成刑警的。"

听到这里，无论老人如何不愿相信，也由不得他不信了。站在他眼前的不仅不是名侦探明智小五郎，他竟然就是令自己寝食难安的怪盗二十面相本人。

啊，他怎么会想到如此惊骇世俗的计策，盗贼居然变成了侦探。日下部老人竟然亲自将二十面相请到家中，并拜托他来保护宝物。

"老先生，昨晚的埃及香烟怎么样？哈哈哈……你想起来了吗？我在那里面掺了一些麻醉药。这是为了让那两名刑警走进房间，将东西搬上货车的期间里，你能够安稳地睡个好觉。你想知道我是怎么进的房间吗？哈哈哈……这太简单了，只要从你怀中取出钥匙开一下门就可以了。"

二十面相在谈起作案经过的时候仿佛是在闲话家常一样，语气十分随意。但是听在老人耳中，他的那种像是讲故事或陈述某件客观事实一样的说话方式，更加令老人恼火。

"事情已经结束了，我也还有许多其他事情，所以这就告辞了。我会十分注意、妥善保管这些美术品的，请你不用担心它们。那么，后会有期吧。"

二十面相恭敬地鞠了个躬，带着假扮成刑警的部下大摇大摆地离去了。

这个可怜的老人气得语无伦次，嘴里说着一些含混不清的话语，并尝试追赶那几个强盗。可是他全身上下都被绳子绑得紧紧的，绳子的另一端又系在一旁的柱子上。尽管他可以颤颤巍巍地站起来，可是马上就会体力不支而倒下。老人就这样悲愤交加地趴在地上，老泪纵横地不停地扭动着、拍打着地面。

巨人与怪盗

距离美术之城事件发生后，大约过了半个月。某一天的午后，一名可爱的少年站在东京车站月台的人潮里，他正是小林芳雄，就是在之前的佛像事件中大显身手的那位明智侦探的少年助手。

小林助手穿着夹克服，头上戴着他很喜欢的鸭舌帽，脚下穿的皮靴擦得铮亮，在月台上来回地踱着步。他的手中还握着一份卷得很细的报纸，报纸上刊登了一些关于二十面相的可怕的报道，至于具体内容，我们稍后会详细介绍。

小林少年之所以会来到东京车站，是为了迎接老师明智小五郎。

名侦探这次真的从国外回来了。

明智受到某国的邀请，前往解决一起重大事件。现在案子已经完美解决，今天可说是凯旋。本来应该由外务省、民间团体等单位前来隆重迎接，可是明智不喜欢这种劳师动众的迎接活动，而且对于侦探这个职业来说，必须尽量低调一些才好。所以他刻意没有将自己归国的时间公诸世人，仅通知了家里人他预计抵达东京的时间。另外，明智夫人一般是不去迎接的，平时大多是由小林少年代劳。

小林少年不停地看着手表。再过五分钟，明智先生搭乘的那班火车就要进站了。师徒二人已经有将近三个月没有见面，小林日夜盼望着能够早日与先生相见，因此他的心情格外激动。

不经意间，一名气质出众的绅士正微微地笑着向小林少年走来。

这位绅士穿着一件暖和的深灰色大衣，手持藤制手杖，头发和胡须已经斑白，圆润的面庞上戴着一副玳瑁框的眼镜。他虽然微笑着向小林走近，可是小林根本就不认识他。

"请问你是不是明智先生的手下呢？"

绅士用低沉浑厚的声音轻声问道。

"没错，我就是。"

少年露出了一脸惊讶的神情。绅士点了点头，又接着说下去，并道明来意。

"敝姓辻野，是外务省的工作人员。我知道明智先生会搭乘这班火车回来，所以以个人名义前来迎接他，因为有些秘密的要事想跟他商谈。"

"啊，原来是这样啊。我是先生的助手小林。"

说完，小林摘下了帽子行了一礼，辻野听后显得十分开心，一脸眉飞色舞的表情将小林捧得高高的。

"啊，我知道你的名字。其实我之前就已经在报纸上见过你的照片，所以才冒昧和你攀谈的。你智斗二十面相的那桩案件十分精彩，已经成为一个名人了，我家的几个孩子都是你忠实的粉丝呢，哈哈哈……"

被夸奖的小林觉得有些不好意思，小脸涨得通红。

"那个二十面相，居然在修善寺假冒明智先生作案，真是胆大包天。对了，今早的报纸也刊登了一则消息，说他这次准备袭击帝国博物馆。他真的是完全没有把警察放在眼里，实在是太嚣张了，绝不能让他得逞。所以我一直都在企盼着明智先生早点回国，等先生回来了，就能够收拾那个家伙了。"

"是啊，我也是这样想的。虽然我能做的事情都已经做了，可仍然阻止不了他疯狂的行为。我也迫切地希望明智先生能够替我出出这口恶气。"

"你手上拿的报纸是今天早上的吗？"

"是的，就是这张报纸上刊登着怪盗发出准备袭击博物馆的消息。"

小林说完，将刊登着那篇报道的页面展开，给他看了那则消息。二十面相的相关报道几乎占据了社会版版面的一半，大致的内容是说二十面相于昨日给帝国博物馆的馆长寄了一封信。这是一封非常可怕的预告信，他说他将会把收藏在博物馆里的艺术品全部盗走，一件不剩。而且他也和往常一样写明了作案日期——十二月十日。现在掐指一算，距离十二月十日仅剩九天。

怪盗二十面相的野心愈发膨胀，现在竟然发展到要与国家为敌。以往他所盗取的都是私人的财物，这种行为虽然同样令人发指，可是古今的盗贼也并非他一人。可是，袭击博物馆等于盗取国家的财物，古往今来，没有一个盗贼胆大包天地去策划这种事情。这个可怕的盗贼，要么是真正的肆无忌惮，要么不过是一个有勇无谋的莽夫。

可是仔细想想，如此鲁莽的行动真的能够成功吗？博物馆里总共驻守着几十名工作人员，而且还有守卫保驾护航。更何况他发出预告信后，博物馆的戒备一定会变得更加森严，甚至有可能出动大量的警察将博物馆团团围住。

难道那个二十面相疯了吗？或者说，那个家伙一心就只想做些凡人不可能做成的事情来满足自己的虚荣心？又或者，他其实是一个恶魔，所以才能谋划出人类的智慧无法想象的阴谋。

不过，在这里暂且先将二十面相的事搁在一旁，接下来我们得迎接名侦探明智了。

"啊，火车好像进站了！"

不需要辻野提醒，小林少年已经冲到月台的边上了。

他站在前来迎接的人群的最前列，探头朝左边望去，载着明智侦探的特快列车已经由远而近地缓缓开进了站。

伴随着火车的汽笛声，黑色的钢铁盒子驶了过来，车窗中无数乘客的脸一一在眼前掠过。制动闸的声音响起，列车很快就停了下来。日思夜想的明智先生的身影终于出现在头等车厢的出口处。他一身全黑的装束，黑色西装，黑色外套，头戴一顶黑色呢帽。走下车后，他很快地看到了小林少年，并微笑着向他招手。

"老师，欢迎您回来！"

小林欣喜若狂，向老师飞奔而去。

明智侦探把几个行李箱交给车站的工作人员后，从出口走下月台，朝着小林走去。

"小林，最近你好像受了不少罪，我在报纸上都看到了。不过幸好你平安无事。"

三个月以来，这是第一次听到老师的声音。小林兴奋得满脸通红，凝望着名侦探的面庞，然后又向老师走近了一步。也不知是谁先伸出的手，师徒二人的手紧紧地握在了一起。

这时，外务省的辻野先生朝明智走来，一边递上自己的名片，一边开始跟明智攀谈。

"您就是明智先生吧？之前没能得到机会和您相见，深感遗憾。这是我的名片。其实我是通过某种关系，听说您将搭这班列车回来，正巧有急事想跟您私下谈一谈，因此冒昧前来。"

明智接过名片仔细地看了一会儿，好像正在思考着什么，好半天才突然抬起头，爽快地答应了。

"原来是辻野先生，久仰大名。这样吧，我先回家一趟，换件衣服后立刻前往外务省。劳你大驾前来迎接我，真是不好意思。"

"我知道您长途跋涉一定很疲惫，不过如果不介意，我们可以在这附近的铁道酒店一边喝茶一边聊一会儿，不会耽误您太长时间的。"

"铁道酒店吗？哦，是那个铁道酒店啊。"

明智注视着辻野，好像暗自在感叹着什么，小声地嘀咕了一句，然后回应道：

"没问题，我无所谓的。那么，我们就一起去吧。"

然后，他走近在不远处等候的小林少年，向他低声地交代了一番。

"小林，我现在和这位先生去酒店坐一会儿，你把行李搬上出租车，然后先回家去吧。"

"好的，那我先回去了。"

小林跟在乘务员的身后越走越远，名侦探便与辻野肩并着肩，愉快地交谈着穿过了行人隧道，来到了位于东京站二楼的铁道酒店。

这里看起来似乎早有准备，酒店最豪华的一个包间里已经准备好了迎接贵客，体格健硕的服务生领班恭恭敬敬地守在一旁。

两人隔着一张铺着豪华桌布的圆桌，各自坐在安乐椅上。早已做好准备的其他服务生立刻不失时机地送上了茶点。

"接下来我们有要事商谈，你们先出去吧。我没有按铃之前不要让任何人进来打扰。"

接到辻野的命令，领班和其他服务生行个礼后便离开了。封闭的房间内，只剩下二人相对而坐。

"明智先生，你知道我有多么期待和你见面吗？几乎可以说是望眼欲穿呢。"

辻野先生满面笑容，装作很熟络地展开了话题。可是他的眼中却不见笑意，锐利的目光直直地盯着对方的面孔。

明智却安逸地靠在安乐椅柔软的靠垫上，也带着一脸的笑意柔和地回应道：

"我才是一直都渴望和你见面呢。刚才在火车上我也正在思考这个问题，我想，也许你会亲自到火车站接我。"

"真不愧是名侦探。这么说，你早就知道我的真实身份喽？"

辻野虽然轻描淡写地说着，可是语气中却隐隐透露着巨大的威胁。由于太过兴奋，他搭在椅子扶手上的左手甚至有些微微颤抖。

"其实在我看到你那张做得煞有介事的名片时，我就知道你并不是什么外务省的辻野先生。可是伤脑筋的是，我根本不知道你的本名，不过报纸上好像都叫你'怪盗二十面相'吧。"

明智一脸镇定地甩出了一枚重磅炸弹。各位读者们，你们知道这到底是怎么回事吗？怪盗竟然亲自来到火车站迎接侦探，而侦探明明已经识破了怪盗的身份，却还痛快地接受了怪盗的邀请，与他面对面地一起喝茶。这个世界上竟然有如此莫名其妙的事情！

"明智老弟，你果然没有让我失望。自从你见到我的第一眼时就已经识破了我的身份，尽管如此，你仍然接受了我的邀请，这种自信与勇气就连夏洛克·福尔摩斯也不会有，我实在是太开心了，我觉得我的人生充满了意义！啊，我甚至觉得自己仿佛就是为了这激动人心的时刻而生的。"

乔装成辻野的二十面相，看起来对明智佩服得五体投地。可是绝对不能因此掉以轻心，对方可是与整个国家为敌的大盗，而且他正在不要命地谋划一场惊心动魄的冒险计划。为了计划的顺利实施，他一定也做好了充分的准备。现在，这位辻野先生的右手一直插在西装的口袋里，他的口袋里到底装了什么呢？

"哈哈哈……你是不是有些激动过头了。对我来说，这些并算不上什么稀奇的事。可是二十面相老弟，我觉得你也挺可怜的，因为我已经回来了，你的那个惊天动地的大计划也即将泡汤。我绝不会让你拿走任何一件博物馆的美术品，还有伊豆的日下部家的宝物，也一定会让你乖乖地交出来。听到了吗？我保证说到做到。"

虽然气氛显得有些剑拔弩张，可是明智看起来却十分开心。他微微一笑，深吸了一口香烟，然后把烟雾"呼"地喷到对方那里。

"那么，我也可以向你保证。"

二十面相也毫不示弱。

"博物馆的馆藏品，我也一定会按照预告信上的日期全部取走。至于日下部家的宝物嘛……哈哈哈……那些可绝对不会归还的。而且明智老弟，在那起事件中，你不也是共犯吗？"

"共犯？啊，是这样吗。你说的这个笑话确实挺好笑的，哈哈哈……"

一个是大盗贼，另一个则是名侦探，这二人在心中恨不得立刻将对方从这个世界上抹去，此刻却像一对好友一般谈笑风生。只是，二人心中都不敢有丝毫的大意。

怪盗之所以敢做出如此大胆的举动，事先一定是已经做足了准备。他口袋里可能隐藏着的手枪并不是最可怕的，之前的那个举止异常的领班，说不定就是怪盗的手下。另外，在这个酒店里，不知道还有多少怪盗的手下正在暗中埋伏。

现在这两个人就如同两名剑道高手正手持兵器相互对峙一般。这是一场气魄与气魄之间的较量，只要露出半点破绽，立刻就会被对方给予致命一击。

两人之间的对话愈发融洽，脸上的笑容也越来越灿烂。但是，在这样冷的天气里，二十面相的额头上竟然渗出点点汗珠。二人的眼中宛如有一团烈火正在熊熊燃烧着。

行李箱与电梯

只要名侦探愿意，他大可以在月台上就将怪盗逮捕，可是读者们也许会觉得大惑不解，他为什么要放过这个大好机会呢？

那是因为名侦探有绝对的把握，他认为怪盗并不是自己的对手，因此才会做出放长线钓大鱼的举动。侦探坚信自己绝对不会让怪盗拿走博物馆里任何一样宝物，并且之前收藏在美术之城里的各种名家古画，以及其他不计其数的失窃品，他也坚信自己一定能够全部找回。

因此，如果现在将怪盗逮捕反而不是上策。因为二十面相的手下众多，如果首领被捕，那些手下们一定会将那些失窃的宝物一一处理掉。所以如果要逮捕怪盗，也必须得等到名侦探找到了那些珍贵的宝物之后再行部署。

于是明智心想，与其让特意来车站迎接的怪盗失望，倒不如假装中了他的计，借此试探一下二十面相的智商如何，倒也不失为一条妙计。

"明智老弟，你可以站在我现在的立场来分析一下。只要你愿意，你随时都可以将我逮捕。你看，只要你按下那个电铃，就可以叫来服务员命令他们通知警察。哈哈哈……这是一场精彩又伟大的冒险。你能够理解我的心情吗？我可是拼上了性命的，我现在就好比站在高数十米的悬崖峭壁的边缘上。"

话虽如此，可是二十面相没有半点惧色，还眯起了眼睛观察侦探的表情，很好笑似的放声大笑起来。

"哈哈哈……"

明智小五郎也毫不示弱地大笑起来。

"我说，你根本不用这么紧张吧？我早就知道你的真实身份，还敢冒着风险老老实实地跟着你过来，所以我怎么可能会逮捕你呢？我不过是想和大名鼎鼎的二十面相好好地坐下来说几句话而已。你尽管放心，我不会急着逮捕你的。距离你袭击博物馆不是还剩九天吗？我可打算欣赏你是如何白费力气的呢。"

"真不愧是名侦探，如此冷静沉着，简直令我对你佩服得五体投地了。不过，就算你不打算逮捕我，可是我却没有打算放你离开哦。"

二十面相的声音渐渐变得低沉，脸上还露出不怀好意的笑容。

"明智老弟，你不感到害怕吗？你该不会以为我把你请到这里来就是为了陪我喝茶聊天的吧？你难道真的认为我没有提前做好准备？你是不是以为我会眼睁睁地看着你离开这个房间呢？"

"是啊，我的确是这样认为的。不管你多么不情愿，我还是会离开的哦。因为过一会儿我还得去一趟外务省呢。"

明智说完缓缓地站了起来，向房门对面的窗口走去。然后他悠闲地隔着玻璃向外眺望，好像欣赏风景一般，轻轻地打了个哈欠，又从口袋里取出一条手帕擦了擦脸。

突然，不知二十面相是什么时候按下的铃，只见之前那个体格健壮的领班和另一名满身肌肉的服务生推开房门大步地走了进来，然后笔挺地站在桌前一动也不动。

"喂，明智老弟，看来你还不太清楚我的能力啊。你是不是以为这里是铁道酒店，自己就会安然无恙呢？可是你失算了，知道接下来会发生些什么吗？"

二十面相一边说着，一边面向两名体格健壮的服务生。

"你们两个，还不赶快招呼一下明智先生。"

两名服务生接到指示后，立刻就像两头训练有素的野兽一般，径直朝明智冲了过去。

"等等，你们想干什么？"

明智背对着窗口，进入了戒备状态。

"还没反应过来吗？好好看看你的脚下，你不觉得我用来放行李的大箱子大得有点夸张吗？那里面是空的哦，这就是你的棺材，而现在这两名服务生，就要把你装进这口棺材里了，哈哈哈……"

"这下子你这位见过大风大浪的名侦探也无法应付了吧，你肯定没有想到我的手下竟然混进酒店当起了服务生。不过，就算你现在大声呼救也没用。隔壁两侧的包间都已经被我包下来了。还有，我还得告诉你一件事，混进酒店的手下可不止这两个人。为了防止节外生枝，我在走廊上也安排了手下负责监视。"

啊，名侦探竟然犯下这样的错误，完全地落入了敌人设下的圈套。这简直像飞蛾扑火一样，敌人已经做好了万全的准备，看来这次真的是无路可逃了。

不过二十面相向来不喜欢血腥场面，不管怎么说应该还不会夺走他的性命。可是话说回来，对于怪盗来说，明智可要比警察棘手多了。因此他一定是打算把明智塞进行李箱里，然后运到一个谁都找不到的地方囚禁起来，等到博物馆袭击行动结束后再将他释放。

两名莽汉不由分说地逼近明智，看起来好像随时都会扑上去制服对手一样，可是行动中却又流露出一丝迟疑。对于名侦探带有的不怒而威的气场，他们还是有些心存忌惮的。

不过，现在的情况是二对一……不，是三对一。不管明智小五郎多强，也不可能是他们的对手。唉，名侦探才刚刚回国，难道就这样沦为怪盗的俘虏，给自己的侦探生涯带来一个奇耻大辱吗？

可是，没想到我们的名侦探即便在这种危急关头，脸上竟然还挂着灿烂的笑容。不仅如此，他脸上的笑意越来越浓，简直好像听到了非常好笑的笑话一样。

"哈哈哈……"

这莫名其妙的一幕搞得两名服务生一头雾水，他们目瞪口呆，不知所措地停在原地。

"有什么可笑的？明智老弟，你就不要再装模作样了，你该不会神经错乱了吧？"

二十面相故意恶毒地嘲讽他，想搞清楚对方葫芦里究竟卖的什么药。

"没什么，真是不好意思。只是看到你们摆出这么大的阵仗，一时间让我觉得十分有趣而已。我说，这位老兄，你到这里来一下，向窗外看看，我想你一定能够看到一些有意思的情况。"

"哪里有什么情况，不就是车站站台的屋顶吗？你用这种瞎话来搪塞，不过就是想多拖延一点时间。看来明智小五郎也不过如此啊。"

怪盗虽然嘴上不饶人，心里还是隐约觉得有些不安，于是不由自主地向窗口靠了过去。

"哈哈哈……那里确实只是个屋顶啊。可是，你好好看看屋顶的另一侧，是不是看到了奇怪的东西呢？看到了吗，就在那个方向？"

明智随手指了一个方向。"在屋顶和屋顶之间有一道缝隙，透过那里正好能够看到月台的情况。能看到有个黑乎乎的影子正蹲在那里吧？是不是看起来像个孩子呢？他手里正拿着一个小型望远镜，监视着这个窗口呢。你有没有觉得那个孩子看起来有些眼熟？"

我想各位读者已经猜到那孩子是谁了。没错，他就是明智侦探的助手小林少年。小林正拿着他的七种道具之一的钢笔形望远镜，监视着酒店窗口的方向，好像在等待着指示一样。

"啊，是小林那个小子。那小鬼没有回家吗？"

"是啊。我叫他去酒店门口打听出我进了哪个房间，然后让他小心监视着我所在的房间的窗口。"

可是怪盗仍然没有理解侦探这样做的目的。

"然后呢，你打算让他做什么呢？"

二十面相开始感到不安，于是表情严肃地逼问明智。

"看到了吗？看看我的手。只要你们有任何轻举妄动，我立刻就会松手将这条手帕扔到窗外。"

仔细一看，明智的右手腕果然伸出了微微开启的窗外，手中还捏着一条雪白的手帕。

"这个就是暗号哦。只要我把这条手帕扔下，那孩子就会冲进车站的站务室，然后打电话报警。这样一来，也就五分钟左右，大队的警察就会赶来将酒店团团围住，并封锁各个出入口。以我的身手来说，我相信足够拖你们五到十分钟的时间。哈哈哈……怎么样，你希望我松开手指吗？如果这样的话，我就可以在这里目睹二十面相被逮捕的精彩瞬间了。"

怪盗看了看明智伸出窗外的手帕，又转过头去看了看正在月台上监视的小林少年，十分不甘地思索了一会儿，终于意识到目前不利的状况，于是收起了杀气腾腾的气势。

"那么，如果我承诺让你安全离开，你应该就不会扔下那条手帕了吧？换句话说，这是用你的自由来交换我的自由。"

"这是自然。刚才我已经说过，我现在根本没有立刻逮捕你的打算。如果我想这样做，就不会搞这种手帕当作暗号，而是直接让小林马上报警。那样的话，你现在应该已经在警局的牢房里了。哈哈哈……"

"说起来，你这个人也的确古怪。你为什么就这么想放我逃走呢？"

"这个嘛，现在的确可以轻而易举地把你逮捕，可是这样一来我会觉得有些可惜。因为我打算将你及你的那些手下一网打尽，还有被你盗取的无数艺术品也要尽数追回。我是不是有点贪心了？哈哈哈……"

二十面相带着一脸不甘心的神情，沉默地咬着嘴唇思考了很久。过了一会儿，他好像改变了主意，脸上也露出了笑容。

"真不愧是明智小五郎，如果你这样轻松地就被制服，反倒没意思了。刚才的事不要放在心上，我不过是跟你开个玩笑而已，并没有真的打算这样做。今天就到此为止吧，我现在就送你到门口。"

不过，名侦探可不是会轻易相信花言巧语的人，他绝不会因为对方三言两语就放松了警惕。

"我也想现在就告辞。不过，还是先请你让这两位碍眼的服务生出去，然后还有在走廊上的那些手下，也一起都赶到厨房去吧。"

怪盗没有提出异议，痛快地命令服务生立刻离去，然后将房门敞开，将走廊上的情况完全暴露在明智的眼前。

"这样可以了吗？而且，你也听到他们下楼的脚步声了吧？"

明智这才离开窗边，将手帕收回口袋。不管怎么说，二十面相一定无法完全控制铁道酒店，只要走上走廊，应该就没事了。而且在稍远一些的房间中好像也有客人，其他房间附近的走廊上，也有真正的酒店服务生正在来来回回地走动。

二人简直就像一对亲密的好友一般，肩并肩一起走到电梯前。电梯的门是开着的，一名二十岁左右、身穿制服的电梯员站在电梯中，像是在等待着为客人服务。

明智满不在乎地先行迈进了电梯的门。

"啊，我的手杖忘了带出来。你先下去吧。"

二十面相的话音刚落，电梯的铁门"咔嚓"一声迅速地关上了，紧接着电梯开始迅速开始下降。

"真奇怪。"

明智的心中立刻警铃大作，不过他没有慌乱，默默地盯着电梯员的手。

不出所料，电梯降到二楼与一楼的中间，也就是四面全都是墙壁的地方时突然停住了。

"怎么了？"

"对不起，好像电梯故障。请稍等片刻，应该马上就能恢复。"

电梯员一脸歉意地解释着，并不停地转动着操作器的把手。

"你在干什么？快躲开！"

明智高声斥责着，然后伸出手去揪住电梯员的后脖子，一把将他扯到了身后。由于这一下的力道太大，电梯员一下子被甩到了电梯的角落，一屁股跌坐下去。

"你以为你唬得了我吗？难道你以为我不知道应该怎样操作电梯吗？"

明智一边斥责着电梯员，一边"咔嚓"地一下转动了把手。结果，电梯立刻毫无阻碍地继续降了下去。

电梯到了楼下，明智仍然紧握着把手，凌厉的眼神瞪着那个仍然坐在原地的电梯员。被明智这么一瞪，年轻的电梯员吓得浑身发抖，不由自主地紧紧捂住了右侧的口袋，好像里面藏了什么宝物一样。

心思缜密的侦探并没有看漏电梯员的表情和下意识的小动作，于是立刻冲了过去，将手伸进他捂住不放的口袋里，从里面拽出了一张一千日元的纸币。这名电梯员被二十面相的手下用一张千元纸钞给收买了。

怪盗的本意是利用这种方法将侦探困在电梯里五到十分钟，然后再利用他被拖住的这段时间从楼梯逃走。就算是胆大包天的二十面相，在暴露了身份之后也不敢轻易与侦探肩并肩地走过大量酒店员工和客人聚集的酒店门前。虽然明智已经再三保证不会在这里逮捕他，可是对于怪盗来说，他人的承诺是绝对不可尽信的。

名侦探下了电梯就立刻冲出走廊，跑到酒店的玄关前。此时乔装成辻野的二十面相正好优哉游哉地走下正门的石阶。

"啊，真是不好意思，刚才电梯出了点故障，所以我下来晚了。"

明智笑眯眯地从后面拍了一下辻野的肩膀。

辻野迅速回过头去，看清来人是明智后，脸上的表情变得十分难看。因为他认定明智一定会被困在电梯中动弹不得，没想到竟然功亏一篑，也难怪他会如此大惊失色。

"哈哈哈……辻野先生，这是怎么了？你的脸色好像不太对啊。对了，这是那个电梯员托我转交给你的。他说，没想到对方知道操作电梯的方法，所以没有办法按照您的指示拖延太久，请你原谅。哈哈哈……"

明智看起来非常开心，大笑着将那张千元纸钞故意在二十面相的眼前抖动了几次，然后塞到二十面相的手中。

"那么，我这就告辞了，我想近期我们还会再见面的。"

说完，他转过身去，朝着与怪盗相反的方向头也不回地走掉了。

辻野手里握着那张千元纸钞，目瞪口呆地看着名侦探的背影越来越远。

"呸！"

怪盗恨得牙根痒痒，转身上了旁边等候已久的汽车。

这是名侦探与怪盗的第一次较量，以侦探的大获全胜而告终。对于怪盗来说，如果明智真的有心逮捕他，那么随时都可以这样做，可是明智却故意放他一马。在二十面相的心里，这简直是一种奇耻大辱。

"这笔账我早晚会还给你！"

他冲着明智的背影挥舞着拳头，愤愤地低声诅咒着。

逮捕二十面相

"啊，明智先生，我正准备去找你呢。那家伙人呢？"

明智侦探离开铁道酒店的正门才走了不到五十米就被人叫住，于是他停下了脚步。

"啊，是今西老弟。"

来人是警视厅搜查组的今西刑警。

"招呼等一下再打吧。那个自称辻野的男人呢？你该不会放他逃走了吧？"

"你怎么会这样问？"

"我看到小林在月台上神神秘秘地不知道在干什么，于是我就追问他，可是这孩子嘴硬得很，怎么都不肯说。后来我软磨硬泡用尽各种方法，好不容易才让他说出了实话。他说你和外务省一个姓辻野的人一起去了铁道酒店，又说那个辻野其实是二十面相乔装的。于是我赶紧给外务省打电话确认，结果辻野先生一直待在外务省，根本没有外出。那家伙肯定是个冒牌货，所以我就急忙赶来打算支援你。"

"这次辛苦你了。不过，他已经离开了哦。"

"什么？离开了？那么，那家伙并不是二十面相乔装的喽？"

"他就是二十面相。这个人有点意思，不是一般的盗贼。"

"明智先生，明智先生！你是在开玩笑吗？你明知道他是二十面相，不但没有报警，反而还让他从自己的眼皮底下逃走了？"

今西刑警简直惊呆了，他不禁怀疑明智侦探的神志是否正常。

"因为我有别的计划。"明智满不在乎地说道。

"就算是这样，可是事关重大，你怎么可以擅自决定呢？既然知道了他就是怪盗，那就必须把他逮捕归案，而且这也是我的职责所在。那家伙是往哪个方向走的？是乘坐汽车走的吧？"

今西刑警非常看不惯这个私家侦探的独断独行。

"如果你一定要去追捕他，我不会干涉你。不过我想你可能会白费力气。"

"我不会听从你的指挥。我会去酒店查他的车牌号，然后马上发布通缉令。"

"你想查车牌号问我就可以了，没有必要去酒店。是 13887 号。"

"什么？你连车牌号都知道？而且，你根本就不想去追捕他吗？"

刑警再次瞠目结舌。可是现在必须争分夺秒，没有时间针对毫无意义的事情继续讨论。他将车牌号抄在记事本上，立刻朝着前方不远处的派出所飞奔而去。

今西刑警借助电话，转眼就将此事通知了市内所有警察分局和派出所。

"追捕车牌号码 13887 号的汽车。那辆车上坐着的就是二十面相，他现在乔装成外务省官员辻野先生的样子。"

这个命令使整个东京市的巡警们激动异常，个个摩拳擦掌鼓足了干劲儿，暗自发誓一定要找到那辆车并且亲手逮捕这名怪盗，获得荣誉。所有的派出所上上下下每一个人都擦亮了眼睛，做足了准备，焦急地等待着车辆出现。

怪盗从酒店出发后大约过了二十分钟，有一位在新宿区户塚町派出所执勤的警员幸运地发现了这辆车牌号为 13887 号的汽车。

这名勇气十足、精力充沛的年轻巡警，在执勤的时候突然看到一辆超速行驶的汽车像离弦的箭一般飞驶而过，而那辆车子的车牌号正是 13887。

这位年轻的巡警瞬间反应过来，立即像打了鸡血一样，随即拦下后面驶来的空车，拉开车门直接跳了上去。

"追上前面那辆车！车上坐着的就是那个臭名远扬的二十面相！快追！超速的后果由我来承担，能开多快就开多快！"

他很幸运，驾驶这辆车的司机也是一个既年轻又机灵的小伙子，而且车子也是崭新的，引擎的马力好得没话说。车子立刻冲了出去，简直像一颗出了膛的子弹。

两辆汽车像参加了一级方程式赛车比赛一样在马路上一路狂飙，令路人纷纷侧目。仔细一看，后面的车中有一名巡警正弓着腰，聚精会神地盯着前方，嘴里还大声地呼喊着什么。

"抓犯人了！抓犯人了！"

于是，一些好事的人也大声嚷嚷起来，并跟在车子后面追了过去。连带着街上的狗也跟着狂吠不已，所有的行人全部驻足围观，现场一时间骚动不已。

可是前面的汽车对此完全视若无睹，只管全神贯注地飞速疾驰，将无数车辆甩在身后。不知有多少次险些与其他车辆相撞，又惊险万分地避过。

由于在窄小的街道中无法疾速行驶，因此怪盗的车上了大环状线，朝着王子的方向一路疾驰。怪盗自然早已发现有人跟踪，可是在光天化日之下的市内，他并没有办法跳下车另行藏身。

经过池袋时，从前面的车子里"砰"地传来了震耳欲聋的响声。难道是怪盗终于情不自禁地掏出口袋里的手枪并向后开了枪吗？

不，不是这样的，因为这并不是西洋式的枪战电影。这是在繁华的市区中，即便开枪也无法使他成功脱身。

其实那不是手枪的声音，而是车子爆了胎。怪盗的运气实在是不好。

前面的人硬着头皮强行将车子继续向前开了一段，可是速度已经慢了下来，终于被追来的巡警所坐的车子超过。后车赶上后横挡在前面的车前，这下子怪盗再也无路可逃了。

现在两辆车都停了下来。转眼间，人群从四面八方赶来，甚至连附近派出所的巡警也赶来了。

各位读者们！辻野先生终于被逮捕了！

"二十面相！是二十面相！"

人群中有人叫喊起来。

怪盗被从附近赶来的两名巡警以及户塚派出所的那位年轻巡警围了起来，又被狠狠地骂了一顿，他已毫无抵抗能力，垂头丧气地窝在那里。

"抓到二十面相了！"

"看他那副狂妄的样子。"

"说起来，那位巡警真是太棒了。"

"巡警先生万岁！"

人群中爆发出一阵阵欢呼声。巡警与怪盗一同乘坐着后方的车子，朝向警视厅疾驶而去。毕竟像二十面相这样的大人物，无法就地拘禁在辖区分局这种小地方。

抵达警视厅、了解事情的经过后，整个警视厅被欢声淹没了。这个使警察束手无策的一代巨盗，竟然以这种方式落网。这一切都要归功于今西刑警随机应变的处理方式，以及户塚警察署年轻警员的全力追捕，二人简直变成了警视厅中的偶像，被众人高高抬起欢呼庆祝。

听到这个报告后，最为欣喜若狂的还是搜查组的中村组长。因为在上次的羽柴家事件中，中村组长等人被怪盗要得团团转，最后还让他成功脱逃。这对中村组长来说，简直是职业生涯中的污点。

于是，立刻在审讯室内进行了严厉的审讯。由于二十面相是一名乔装高手，没有任何人见过他的庐山真面目。因此，目前最重要的是先找来证人指认，以免误抓他人。

警方立刻打电话到明智小五郎的自宅。可是，此时名侦探前往外务省不在家中，只好由小林少年代为出面。

过了不久，脸蛋像苹果一样红润的、可爱的小林少年出现在阴森可怕的审讯室内。他只看了一眼怪盗的身影便立刻指证，此人正是乔装成外务省官员辻野先生的人物。

"我才是真的"

"就是这个人，肯定没错。"

小林少年回答得十分肯定。

"哈哈哈……听到了吗？孩子的眼力是不会出错的，你还想抵赖吗？没用的。我们早就知道你就是二十面相。"

中村组长一想到这个屡次从自己手中逃脱的怪盗终于落网，自然是兴奋得不能自已。他像一名胜利者一般，对着盗贼怒目而视。

"可是，我真的不是啊。要我怎么说呢？我根本就不知道那家伙就是二十面相啊！"

乔装成绅士的怪盗，居然还打算蒙混过关，满口胡言乱语。

"你在说什么？我怎么完全听不懂你想表达什么。"

"我也搞不清楚状况啊。现在的情况是，那个家伙假扮成我，然后再用我当成替身吧？"

"你给我老实一点！不管你要什么花招都是无济于事的！"

"不不，事情不是这样的。你先冷静一下好吗，先听听我的解释。这是我的名片，我绝对不是什么二十面相。"

老绅士一边说着，一边想起什么似的从口袋里掏出名片夹，抽出一张名片递了过去。上面清楚地印着"松下庄兵卫"，还有位于杉并区的公寓地址。

"敝姓松下，由于经商失败，现在成了一名失业者，并且独身一人住在公寓里。我昨天在日比谷公园散步时，认识了一个看起来像是上班族的男人。那个人说他知道一个快速赚钱的途径，于是将那个方法告诉了我。

"他让我今天一整天都坐在车里，然后在东京市内兜风，车钱当然是免费的，而且还可以拿到五千日元的报酬。这对我来说太有吸引力了，我的这身打扮虽然很体面，可是我现在毕竟没有收入，确实很需要那五千日元。

"那个男人说这件事情其实是有隐情的，然后就磨磨蹭蹭地向我说明其中的一些情况，可是我直接打断了他，说不需要向我解释那么清楚，直接就答应了他。

"然后，从今天早上开始我就坐上了车子到处兜起风来。他还很贴心地嘱咐我中午去铁道酒店用餐。他还叮嘱我用过餐后需要暂时在那里等候，于是我就让车子停在铁道酒店前，坐在车上等待着。大约过了三十分钟吧，有一名男子从铁道酒店走了出来，拉开了车门坐了进来。当我看到那个男人的时候吓了一大跳，差点以为自己是在做梦。因为那个坐在我身边的人，无论是面容、装束、外套甚至手杖，都跟我的一模一样，简直就像看着镜子里的另一个自己似的，别提有多诡异了。

"正当我瞠目结舌的时候，事情却愈发古怪了。那个男人前脚刚上车，后脚就打开另一侧的车门，直接下了车。

"也就是说，那个打扮得跟我一模一样的绅士，其实只是装作上了车，然后直接穿过汽车走开了。他从座席的前面穿过去的时候还特意叮嘱了一句：'行了，你现在就出发吧。去哪里都可以，但是记得一定要高速行驶。'他交代完后，就一转身进了那个铁道酒店前面的地下室，你知道那里吗？那里是一个发廊的入口，他钻进去之后就不见人影了。当时我们的车子正好就停在那个地下室的入口前面。

"我这才明白过来事情有些不对，可是既然已经说好不多过问，全部听对方的指挥，于是我就立刻命令司机高速驶离。

"车子后来又经过了什么地方，我都有些记不得了。我只记得途经早稻田大学时，我突然发觉后面有一辆车正猛踩油门追了上来。我虽然不知道到底出了什么事，但是我本能地感觉害怕，所以就一个劲儿地命令司机不停加速。

"再后来的事情，就不用我赘述了吧。不过从你的话里分析，我应该是为了那五千日元的报酬而被蒙蔽了双眼，稀里糊涂地当了二十面相的替身吧？

"不，我肯定不是替身，我才是真的，那家伙是我的替身才对。他完美地模仿了我的外貌和服饰等，跟拍照片似的简直一模一样。可是我才是真正的松下庄兵卫，我是真的，那家伙是冒牌货！你看，这就是证据，这下可以证明我的清白了吧？"

松下先生一边说着，一边向前探出头去，然后用力地拉扯着自己的头发并揪起脸上的皮肤让中村组长看。

天啊，怎么又变成了这个样子！中村组长再次被怪盗玩弄于股掌之上。警视厅上上下下洋溢着逮捕怪盗的狂喜，没想到结果却是空欢喜一场。

警方马上传来松下先生公寓的房东问话。经过调查确认，松下先生的确没有任何可疑之处。

这个二十面相的布局实在高明。为了在东京车站袭击明智侦探，他居然提前做了这么多准备工作。不仅事先让手下混进铁道酒店当服务生，然后又收买了电梯员，甚至还雇用了老绅士松下来充当自己的替身，提前为逃走铺好了路。

不过对于二十面相来说，根本不需要寻觅一位和自己的容貌相似的人来充当替身，因为他自己就是一个乔装高手。随便在哪里雇用一个人，然后自己再乔装成那个人就行了，对于怪盗来说简直轻而易举。对方的身份根本不重要，只要是一个能够轻易上钩的老实人就可以了。而松下这个失业的老绅士，正是这个能够轻易上钩的老实人。

二十面相的新徒弟

明智小五郎的住宅，位于港区龙土町的一处安静的公馆街区内。名侦探与年轻貌美的夫人文代、助手小林少年以及一名女佣住在这里，一家人过着简朴的生活。

明智侦探从外务省离开后又顺便去了趟朋友家，回家的时候已是傍晚时分。这时前往警视厅指认怪盗的小林刚好也回来了，他走进洋房二楼的书房内，向明智报告了二十面相的替身事件。

"我之前就已经料到会变成这样。不过，苦了中村组长了。"

名侦探露出一丝苦笑。

"老师，有一点我不太明白。"

小林少年一遇上疑惑不解的事情，总是会鼓起勇气尽快地提问。

"我明白老师故意放二十面相逃走的理由，可是后来为什么不让我跟踪呢？为了防止博物馆的藏品失窃，我们也应该先找到那家伙的老巢吧？不然不是很被动吗？"

明智侦探笑眯眯地听着小林少年指出的问题，然后他起身走到窗边，又招了招手示意小林少年过去。

"那是因为二十面相会主动通知我的。刚才在酒店，我故意狠狠地羞辱了那家伙一顿。像他那样狡猾的怪盗，遇到了一个有能力逮捕他却反而放他一马的侦探，这对他来说是一种多大的羞辱，你可能都无法想象。

"单从这一点来说，二十面相就已经恨不得把我剥皮拆骨了。而且，只要有我在，他今后的行动就无法随心所欲地开展，所以他现在一定千方百计地想除掉我这块绊脚石。

"你向窗外看看，看到那边有一个表演连环画剧的吗？按常理来讲，在这样冷清的地方摆摊表演连环画剧，是很少有人光顾的。可是那个家伙却偏偏在这里摆摊，而且还时不时地朝这里张望。"

经老师一提醒，小林便顺着明智家门前的小路看去，果然有一个表演连环画剧的摊贩站在那里，看起来鬼鬼祟祟的。

"这个家伙就是二十面相的手下吧？他是来监视老师的吧？"

"是的。根本不用我们辛辛苦苦地四处搜索，对方不是自己送上门来了吗？只要跟踪这个家伙，自然就能找到二十面相的老巢。"

"那么，我乔装之后跟踪这家伙吧。"

小林是一个说做就做的孩子。

"不，没必要这么做，我另有计划。对方可是一个非常狡猾而且头脑灵活的人物，不能有半点闪失。

"还有，小林，明天之后我的身边可能会发生一些奇怪的事，你可不能乱了阵脚哦，因为我是绝对不会输给那个二十面相的。即便我看起来处于危险的境地，那也只是我的一种策略而已，你不要担心，知道了吗？"

小林少年一听到明智可能身处险境，即便相信他的能力，可还是无法不为他担心。

"老师，有什么危险的事情就交给我去做吧，不能让老师冒这个险。"

"谢谢你。"

明智侦探将温暖的手放在了少年的肩上。

"可是，你是无法胜任这个工作的。你相信我就好了，你不是知道的吗？我从来就没有失败过。不需要为我担心，并没有什么好担心的。"

很快地，到了第二天傍晚。

明智家的门前多了一位新客人。一个乞丐坐在昨天表演连环画剧的地方，对着偶尔经过的路人，一边行着礼，一边含混不清地说着什么。

这个乞丐用一条肮脏的毛巾包裹着头部，身穿一件满是补丁的、破破烂烂的衣服，坐在一张草席上冻得直打哆嗦，看起来十分可怜。

可是奇怪的是，等到街上没了过往的行人时，这个乞丐瞬间像变了一个人一样，一直低耷着的毛茸茸的脑袋抬了起来，满面邋遢胡须的后面藏着一双锐利的眼睛，直勾勾地盯着明智侦探的家门口。

明智侦探早上就出了门，不知去了哪里，三个小时之后才回到家里。他对这个正在路边监视着他的房子的乞丐视若无睹，直接走进了面向大街的二楼书房中，不停地伏案写着什么。书桌的位置就在窗边，所以明智的一举一动都能被乞丐尽收眼底。

在接下来的几个小时中，乞丐一直耐心地坐在那里监视，而明智侦探也一直耐心地继续伏案工作。

从下午开始一直都没有访客，可是到了傍晚，一名打扮怪异的人跨过明智家低矮的石门，走了进来。

这名男子的头发蓬乱不已，又长又脏，邋遢的胡须几乎遮住了整张面庞，外面穿着一件脏兮兮的西装，里面穿着一件针织衬衫，头上戴着一顶肮脏得看不清颜色的鸭舌帽。不知道是一个叫花子，还是一个流浪汉，总之是一个看起来令人不想接近的家伙。那人走进石门后，不大一会儿就听见了一阵可怕的吼叫。

"喂，明智，你应该没有忘了我吧？我可是特意来向你道谢的。赶紧把门打开让我进去，然后跟你还有你太太好好道个谢。什么？你不想见我？就算你不想见，我这边可有很多账要跟你算清楚！听到了吗？快开门让我进去！"

这会儿明智好像已经来到了洋房的门廊上，正在与那个怪人周旋，但却听不见明智的声音，只有流浪汉的咆哮清晰地传到了门外。

这时，坐在路边的那名乞丐慢吞吞地爬了起来，小心翼翼地四下环顾一周后，悄悄地走近石门，并躲在电线杆的后面向里面窥视。

里面的情况是，明智小五郎正呆呆地站在正面的门廊上，流浪汉则一只脚踏在门廊的石阶上，并且对着明智的面庞挥舞着拳头，嘴里还在不停地咆哮着。

一开始明智只是默默地看着流浪汉，但是对方的话说得越来越过分，明智也终于抑制不住地发了火。

"浑蛋！我已经说了不想见你，赶快滚出去！"

话音刚落，流浪汉就已经被推了出去。

流浪汉被推开后先是摇摇晃晃地踉跄了几步，不过很快便站稳了脚跟，然后马上就像发了疯一样，"哇"的一声就冲着明智扑了上去。

可是，从格斗技巧来说，不管流浪汉再怎么发疯，也都不是柔道三段的明智侦探的对手。很快地，流浪汉就被扭住了手臂，然后被扔到了门廊下方的铺路石上。流浪汉疼得躺在那里半天都动弹不得，过了好一会儿才挣扎着爬起来，可这时大门已紧紧关闭，早就不见了明智的人影。

流浪汉再次走上门廊，用力地转动着门把手，可是门已经从里面锁上了。他又是推又是拉，大门根本纹丝不动。

"妈的，你给老子记住！"

男人悻悻地停了手，嘴里恶毒地诅咒着走出了门外。

一直在冷眼旁观的乞丐，流浪汉一离开便悄悄跟在他身后，走到离明智家已经有一段距离时，他突然从后面叫住了这个流浪汉。

"前面的老兄。"

"啊？"

流浪汉吓了一跳，赶紧回头一看，原来是一个肮脏的乞丐。

"原来是个叫花子啊。你找错人了，我可不是那种可以施舍给你的有钱人。"

流浪汉说完，准备转身就走。

"等等，不是这样。我只是想跟你打听个事儿。"

"打听什么？"

这名乞丐说的话十分奇怪，流浪汉满面狐疑地盯着他的脸看。

"别看我这身行头，其实我根本就不是一个乞丐。实话跟你说吧，我是二十面相的手下，从今天早上开始我就一直在监视明智那个浑蛋了。我刚才看到，你好像跟明智也有仇啊？"

这名乞丐果然是二十面相的手下。

"别提了，就是因为那个家伙我才会坐牢的。你看着吧，我早晚要把这笔债讨回来！"

流浪汉咬牙切齿地说着，并再次抡起了拳头。

"你叫什么名字？"

"我叫赤井寅三。"

"你是跟谁混的？"

"我没有跟着谁，我自己一个人。"

"是这样啊。"

乞丐沉默着思索了一会儿，然后好像突然想到了什么一样，开口问道：

"你听说过一个被称为'二十面相'的老大吗？"

"当然了，听说是个狠角色啊。"

"不仅如此，他简直像会魔法一样。就比如说这次，他打算把博物馆里的宝物全部偷光呢……可是对于二十面相老大来说,明智小五郎这家伙就等于是他的敌人,而你跟明智之间也有仇,那么我们就有共同的敌人了。所以,要不要考虑做二十面相老大的小弟?这样一来你的仇很快就可以得报了。"

赤井寅三听后眨了眨眼睛,又望了望乞丐,然后一拳砸在自己的手心里。

"好,那就这么定了。兄弟,那你能不能帮我向二十面相老大引见一下?"

他主动提出加入二十面相的手下。

乔装成乞丐的二十面相的手下,小心翼翼地环顾了一下四周,低声说道:

"这个没问题,我当然会帮你引见。跟明智有仇的小弟,我们老大一定很欢迎的。不过在这之前,你如果先送个投名状给老大做见面礼岂不是更好?我打算先绑架明智那家伙。"

名侦探的危机

"啊?什么?你是说绑架那浑蛋吗?有点意思,这正合我意,我很乐意帮忙。不,请务必让我帮忙。话说,你打算什么时候行动?"

赤井寅三立刻双手赞成。

"就在今晚。"

"啊,今晚就动手?那可太好了。可是,我们应该怎么做呢?"

"关于这方面,我们二十面相老大早就想出了一个高招。在老大的手下里有一个很有魅力的美女。老大打算把那女人包装成一位年轻的富家太太，再杜撰一个明智那浑蛋最喜欢的复杂案件，然后委托他上门调查。

"接下来，那个富家太太会以前去她家进行调查为由把那家伙引出来，并派去一辆汽车迎接。当然，开车的司机也是我们的同伙。

"那家伙最喜欢这种疑难案件了，更何况对方还是个弱女子，他一定会放松警惕的。这个计划可说是万无一失。

"我们的任务，就是提前到达离这里不远的青山墓地先行埋伏，在那里等待明智乘坐的车子抵达后就动手。路线已经预先安排好了，车子一定会经过那里。

"车子开过来时就会停下，然后我们从两侧打开车门，钻进车内，再用事先准备好的麻醉剂捂在他的口鼻处，使那家伙失去抵抗能力。麻醉剂也早已准备好了。

"还有，这里还有两支手枪，因为之前定好了还有一个同伙参与，不过没关系，那家伙跟明智也没有什么深仇大恨，所以这个立功的机会可以让给你。这把手枪你先拿着吧。"

乔装成乞丐的男人从破烂的衣服口袋中掏出一支手枪递给赤井。

"可是我没用过枪啊，要怎么用呢？"

"放心，里面没有子弹。你只要把手指扣在扳机上做出威胁的样子就行了。二十面相老大最不喜欢杀人了，这把枪只是做做样子。"

听说枪里没装子弹，赤井露出了一丝不满的神情，但还是将枪收进了口袋里，并催促道：

"那我们现在赶紧去青山墓地吧。"

"不急，现在还太早。约好是七点半，可能还要更晚些，现在离约定时间最少还有两个小时。我们先找个地方吃饭，然后再去也不晚。"

乞丐说完，从腋下取出了一个肮脏的包裹，又从里面取出一件长斗篷，披在破烂的衣服上面。

二人在附近的平价餐馆里饱餐了一顿，然后才赶去青山墓地，他们抵达时天已经完全黑了下来。一望无际的黑暗中只有零星的几盏路灯，在这阴森萧瑟的气氛中好像随时都会飘出几个幽灵一般。

约定的地点是墓地中最为偏僻的一条小路，天刚刚黑下来，就基本看不到有汽车经过了。

二人在一片黑暗之中坐了下来，耐心等待着那一刻的来临。

"怎么还不来？像这样傻坐在这里都快要冻死了。"

"不会，应该马上就到了。刚才我在墓地入口处看了一眼挂在店里的挂钟，已经七点二十分了。我们在这里最多坐十分钟，车应该马上就到了。"

二人就这样你一句我一句地闲聊着，又过了十分钟左右，对面终于隐约看到了车头灯的灯光。

"喂！来了、来了！肯定是那辆车，一定不能失手！"

果然，那辆车驶到二人埋伏的地点后，发出了几声刺耳的刹车声，然后停了下来。

"上！"

说完，二人在黑暗中冲了过去。

"你绕到另一侧。"

"明白了！"

两个黑影立刻冲向后座的两侧车门，然后猛地拉开了门，从两侧将枪口对准了后座上的乘客。

与此同时，一同坐在后座的洋装贵妇也突然掏出了手枪。不仅如此，连司机也掏出了一把闪着寒光的手枪，转身将枪口对准后方。这四把手枪一齐将枪口瞄准了后座上唯一的一个乘客。

而这个被四支手枪瞄准的人物，果然就是明智侦探。侦探彻彻底底地掉进了二十面相所设计的圈套中。

"老实点！否则我就开枪了！"

其中一个人一脸凶相地出声恐吓。

明智竟然出人意料地放弃了抵抗，一言不发地倚着靠垫。盗贼们本以为会经过一场恶斗，可没想到竟然进展得如此顺利。

"动手！"

一个低沉有力的声音响起后，乔装成乞丐的男子、赤井寅三两人以迅雷不及掩耳之势般钻进车内，紧接着赤井按住了明智的上半身，另一人从怀中掏出一块白布一样的东西，迅速地捂在侦探的口鼻上，捂了好一会儿都不敢松手。

大概过了五分钟，等到乞丐松手时，名侦探也无法抵抗麻醉剂的效用，宛如死人一般瘫在了那里。

"呵呵呵，起作用了吧。"

同样坐在后座的洋装贵妇用悦耳的声音笑出了声。

"喂，绳子！快把绳子拿过来！"

乔装成乞丐的男子从司机手上接过一捆绳子，让赤井帮忙将明智侦探的手脚都捆得紧紧的，就算药效过了，他也挣脱不了束缚。

"这样就行了。这下子这位名侦探也毫无办法了，我们终于可以毫无顾忌地大干一票了。喂，老大还等着呢，快回去吧。"

他们将被捆成粽子一样的明智往车的座椅下一扔，然后乞丐与赤井坐进了后座，车子的引擎就迅速启动了。目的地自然是二十面相的老巢。

怪盗的老巢

载着美丽的妇人、乞丐、赤井寅三以及昏迷的明智小五郎的汽车，一直在荒凉偏僻的街道上行驶着，然后又经过了代代木的明治神宫，开进一片黑暗的杂木林中，在一栋孤零零的独栋住宅前停了下来。

这是一栋长宽各十几米的中产阶级住宅，门柱上挂着"北川十郎"的名牌。屋内的人可能已经就寝，从窗户上看不到一丝亮光，这家人作息时间十分规律。

司机（不必说，此人也是怪盗的手下）先一步下了车，按响了门铃。不大一会儿，门上的小窥视窗"咔嚓"一声打开了，两只大大的眼珠，在门灯的照映下反射出诡异的光芒。

"啊，回来了啊？怎么样，进行得顺利吗？"

大眼睛的主人轻声问道。

"嗯，很顺利，快点儿开门。"

听到司机的回答后，大门这才吱呀一声缓缓地打开了。

门的内侧有一名身穿黑色西装的怪盗手下，警惕地观察着情况。

乞丐与赤井寅三合力抱起昏迷不醒的明智侦探，又在美丽妇人的帮助下走进了宅院，随即大门又像之前一样紧紧关闭了。

司机独自留在门外，他转身上了空无一人的汽车，开着车子飞快地驶了出去，一眨眼就不见了踪影。大概怪盗的车库在别的地方吧。

扛着明智进了住宅的三名手下站在玄关处的格子门前，宅院内的电灯立刻点亮了。那是一盏亮得有些刺眼的电灯。

头一次来到这幢住宅的赤井寅三被这突如其来的明亮吓了一跳。吓了他一跳的还不只是电灯。

电灯刚刚亮起，不知从哪里传来了一个洪亮的声音。周围没有任何人，但声音却像幽灵一样直接在空气中蔓延开来。

"怎么多了一个人？那家伙是什么人？"

那声音简直不像是人类发出来的，腔调十分诡异。

新加入的赤井顿时感到毛骨悚然，不停地四下张望着。

这时乞丐大步走到玄关的柱子旁，对着门柱的某一位置开始说话：

"他是新加入的小弟，跟明智有深仇大恨，是完全可以信任的人。"

他对着柱子自言自语着，像是在打电话一样。

"这样吗？那就让他进来吧。"

诡异的声音再次响起后，格子门像一个自动装置一般，悄无声息地开启了。

"哈哈哈……吓了你一跳吧？刚才我是跟里面的老大说话。这根柱子的后面安装了扩音器和麦克风，不会被任何人发现。老大是一个非常小心谨慎的人。"

乔装成乞丐的手下热心地向赤井说明。

"可是，老大怎么会知道我来了呢？"

赤井依然一脸不解。

"这个嘛，你马上就会知道了。"

乞丐没有过多说明，扛着明智大步走向室内，赤井也只好乖乖地跟在后面。

走进玄关时，又有一个身形健硕的壮汉气势汹汹地站在那里，一看到他们走来，笑眯眯地点头示意。

拉开隔扇，顺着走廊走到了最深处的房间。可是，那里只是一间十五六平方米的空房间，怪盗根本不在那里。

乞丐朝里面努了努下巴，那名美女部下立刻心领神会，大步走向壁龛的立柱旁，然后伸手在梁柱的后面摸索了几下。

于是，只听一个沉重的声音响起，房间正中央的一张榻榻米迅速下陷，随后在原来的位置上出现了一个长方形的漆黑洞口。

"好了，沿着里面的楼梯走下去吧。"

赤井探头向下面看了看，果然有一座非常气派的木制楼梯。

这位首领竟然如此小心谨慎。即便能通过正门、玄关两处关卡，如果不知道榻榻米下的玄机，根本就找不到首领的藏身之处。

"愣着干什么，快下去啊！"

三个人一同抬着明智的身体走下梯子。走下了最后一层台阶时，只听头顶上"吱呀"一声，榻榻米洞口又像原来一样遮盖起来。不得不说这的确是一个十分精密的装置。

下到地下室后，仍然看不到首领的房间。他们借着昏暗的电灯灯光，沿着铺着水泥地的走廊又走了一段距离，最后来到了一扇坚固的铁门前。

乔装成乞丐的男部下举起手来，用了一种特殊的节奏在那扇门上敲了敲。于是，厚重的铁门从里面打开了，耀眼的灯光直射过来，晃得人睁不开眼。眼前出现了一间陈设华丽的西式房间。一位三十岁左右、身穿西装的绅士正坐在正面的大安乐椅上，笑眯眯地看着他们。他就是二十面相本人。不知道这是不是他的真面目，不过他的头发整齐地卷曲着，没有蓄着胡子，是一个英俊的男子。

"真不错，干得漂亮。我一定不会亏待你们的。"

这次能够将心腹大患明智小五郎绑来，怪盗感到非常满意。因为只要把明智关在这里，这个国家就再也找不到一个人能够对付他了。

可怜的明智侦探被绑成了粽子一样，瘫倒在一旁的地上。赤井寅三把他扔在了地上还是觉得不解气，又抬脚对着他的脑袋狠狠踹了两三下。

"哟，看来你对他真是恨之入骨啊，这样才是我的好伙伴。不过，你也已经出了气，就算了吧，对待敌人需要安抚的。更何况他又是日本第一的名侦探，不要对他那么粗暴。把绳子解开，让他躺到那边的长椅上吧。"

二十面相到底是首领，十分懂得应该如何对待俘虏。

部下们接到命令后立刻解开了绳子，又把明智侦探扶到了长椅上。药效还没有退去，侦探仍然软绵绵地瘫在那里。

于是，乔装成乞丐的部下向二十面相详细汇报了绑架明智侦探的经过，并说明了邀请赤井寅三加入的理由。

"嗯，干得不错。赤井老弟确实也帮了不少忙。而且我最满意的就是他对明智恨之入骨。"

由于将名侦探顺利掳回，二十面相的心情十分愉快。

接下来，赤井郑重地立下誓言，正式投入了二十面相的门下。宣誓完毕后，这名流浪汉立刻询问了从一开始就觉得非常不可思议的问题。

"这幢房子的机关真是太厉害了，有了这些根本就不用怕警察了。但是，我一直有个问题怎么也想不明白。刚才在玄关那里，首领为什么能够看得到我？"

"哈哈哈……这个啊。过来，你看看这个。"

怪盗指着天花板一隅垂下来的一根像炉灶的烟囱一样的东西。

听到首领的指示，赤井立刻上前，把眼睛贴在烟囱下端呈弯曲状的筒口上。

他简直不敢相信自己的眼睛。从玄关到门前，全部像被缩小了尺寸一样倒映出来，从筒中竟然能够将整幢建筑的情景尽收眼底。就连之前守卫在大门口的那名壮汉也能清清楚楚地看到，他现在正站在大门的内侧，忠实地履行着自己的职责。

"这和潜水艇上的潜望镜是相同的原理，只是要更复杂一些。"

原来整幢宅子都需要如此强烈的光线照明，是出于这个原因。

"不过，你刚才看到的那几个机关装置的数量，还不到整幢宅子的一半，而且还有一些只有我才知道的机关。因为这里是我真正的大本营。除了这里，其他地方也有几处，不过那些只是一些临时的藏身场所，主要是用于迷惑敌人而已。"

这么说，之前囚禁小林少年的户山原废屋，也只是他其中的一个临时巢穴吧。

"以后你都会看到的。这里面还有我的美术室呢。"

二十面相的心情仍然极度愉悦，甚至对初次见面的赤井公开了一些秘密。他的那把大大的安乐椅后面有一个跟大型银行的保险库类似的铁门，门上安装了十分复杂的机械装置。

"里面还有很多房间呢，哈哈哈……你一定很吃惊。这个地下室的面积可比地上大得多，而且每一个房间都归了类，分别陈列着我收集来的所有战利品。有机会我会让你欣赏欣赏的。

"里面也有一些没有陈列品的空房间，那些房间在这几天将会陈列大量国宝。你之前已经看过报纸了吧，那些近日将会入库的就是珍藏在帝国博物馆的大量珍宝，哈哈哈……"

明智这个心腹大患已经不足为惧了，因此得到那些美术品不过是时间问题。二十面相难以抑制愉悦的心情，不由得哈哈大笑起来。

少年侦探团

到了第二天早晨，明智侦探还是没有回家，家里因此乱作一团。那名委托上门解决案件的夫人虽然留下了住址，但是经过调查发现，这根本就是一个假的地址，那位富家太太根本就没有居住在那里。大家这才发觉，这肯定是二十面相搞的鬼。

各大报社的晚报大篇幅报道了这则新闻，并配以明智的照片，用了一个大大的标题——"名侦探明智小五郎先生遭遇绑架"以制造轰动效应。不仅如此，报道的内容上也想方设法地添油加醋。就连广播频道也针对本次案件进行了详细报道。

"天啊，能够拯救博物馆的名侦探都被怪盗给绑架了，这下博物馆可要遭殃了。"

一千万市民仿佛牵扯到自身利益一般，纷纷对事件表示惋惜和同情。只要有人聚集的地方就一定能够听到有人在议论这起事件，整个东京的上空仿佛被一片片阴郁的乌云所笼罩。

对于名侦探绑架事件，最为担惊受怕的还是侦探的少年助手小林芳雄。

小林焦急地等了一个晚上，第二天又白白地等了一整天，可是直到夜幕降临，仍然不见老师回家。根据警方的说法，老师已经被二十面相绑架了，而且报纸和广播也都铺天盖地报道着相关新闻。他现在不仅担忧老师的安危，也为名侦探的名誉扫地而愤恨不已。

不仅如此，小林除了需要自己镇定下来，还得安抚师母的情绪。虽然身为明智侦探的夫人，不会轻易以泪洗面示人，但是看着她因不安而变得的惨白的面色、强颜欢笑的模样，令小林心生同情，寝食不安。

"您放心吧师母，老师怎么可能会被那个怪盗绑架呢？老师一定想到了什么妙计，但是不方便告诉我们，所以才这么长时间没有回家。"

虽然小林用着这样的方式不停地安慰明智夫人，但其实他自己也没有什么把握，经常是话说到一半就感到心慌意乱，无法继续。

小林虽然身为名侦探的得力助手，可是这次的事件却让他感到手足无措，没有任何头绪。因为他根本就不知道二十面相的老巢到底在哪里。

前天，怪盗的手下曾经伪装成表演连环画剧的摊贩在楼下监视，也许今天也会有可疑人物在附近监视。如果真的是这样，就可以由此追查到怪盗的老巢了。小林带着一丝希望，不停地走上二楼观察门外的街道，可是却没有看到半点可疑人物的迹象。既然怪盗已经达到了绑架侦探的目的，那么撤去监视也是理所当然的。

在这种紧张不安的气氛中度过了第二个晚上。

到了第三天早上，这天正好是星期天。明智夫人与小林少年沉默着用过早餐后，一名少年像离了弦的箭一般冲进玄关。

"对不起，请问小林哥哥在吗？我是羽柴。"

听到少年清亮的嗓音叫喊，小林惊讶地出去一看，原来是之前羽柴家事件中的羽柴壮二少年。看来他是一路跑来的，那可爱的小脸蛋涨得通红，上气不接下气地站在门口。

各位读者想必都还记得，这个少年正是之前在自家庭院里设置了捕兽夹而令二十面相吃尽了苦头的那个著名企业家——羽柴壮太郎的公子。

"哦，原来是壮二啊。欢迎欢迎，赶快进来吧。"

因壮二比自己小两岁，所以小林把他当成弟弟看待，并带着他进了会客室。

"怎么了？你今天来是有什么急事吗？"

听到对方的提问，壮二，用一种成熟的语气回答道：

"我听说明智老师的事情了，他到现在还下落不明，是这样吧？关于这件事，我想跟你谈一谈。

"其实自从上次的事件之后，我就非常崇拜你哦。而且，我希望自己也能像你一样成为一个能干的小侦探。然后我就把你的事情讲给学校的同学们听，没想到竟然聚集了十个志同道合的同学。

"我们组织了一个少年侦探团。当然，侦探团的活动是在不影响学业的前提下进行的。我父亲也说了，只要不影响学习就可以。

"今天是星期天，所以我就把大家都带过来拜访你。大家说了，都愿意听从你的指挥，然后用我们少年侦探团的力量，去找出明智先生的下落。"

壮二一口气说完这么长一段话，然后眨着可爱的眼睛，充满期待地盯着小林少年，等待着他的答复。

"谢谢你们。"

小林几乎无法抑制夺眶而出的泪水，他努力镇定下来，紧紧地握住了壮二的手。

"明智老师要是知道了这件事，肯定会非常感谢你们的。好吧，就请你们的侦探团来帮助我吧，我们一起找出线索。

"可是你们毕竟不是专业的侦探，我不会让你们做危险的事，否则一旦有什么闪失，我无法向你们的父母交代。

"不过我知道一种没有危险的调查方法。你听说过'侦察'吗？具体地说就是从不同的人嘴里打听各种情况，无论任何旁枝末节都不放过，然后从大量的情报中梳理出有用的线索。

"比起那些冒失的成年人，孩子更加机灵，也更容易使对方放下戒心，所以我想这个办法一定行得通。

"还有，我知道前天晚上把老师带走的那个女人的容貌及衣着，还有车子行进的方向，所以我们只要沿着那个方向，用我刚才说的办法到处打听就可以了。

"不管是店里的学徒、推销员、邮差等，甚至连在附近玩耍的小孩子都可以打听，总之见到人就问。

"虽然我们知道大致的方向，可是越走岔路越多，侦察工作也将更加棘手。不过幸亏我们人数多，所以问题不大。只要一走到岔路，就各自分头行动便可以了。

"我们今天就这样侦察一整天，也许还真的能找到些有用的线索来呢！"

"好，那就这么办吧。那么，我可以把侦探团的成员都叫进来吗？"

"嗯，可以啊，我跟你一起出去吧。"

他们征求明智夫人的同意后，一起来到了门廊前。壮二飞快地跑出了门，不大一会儿就带着十名侦探团团员来到了门内。

这几个侦探团的成员看起来都是小学高年级学生，并且都是健康活泼的少年。

在壮二进行介绍后，小林站在门廊上向大家打了招呼致意，随后针对寻找明智侦探的侦察方法，详细地对每一个人进行解释并下达了指示。

大家当然一致举手赞成。

"小林团长万岁！"

小林现在已经俨然成为少年侦探团的团长，甚至还有少年在狂喜之下大喊"团长万岁"。

"好啦，我们现在就出发吧。"

于是，少年侦探团的成员们迈着整齐的步伐，消失在明智家的大门外。

下午四点

少年侦探团的成员们利用周日到周三以及其他课余时间，积极并持续地进行着侦察，可是始终没能打听到相关线索。

这毕竟是一件使整个东京数千名的成年警察都束手无策的疑难案件，虽然没能获得有价值的线索，但是绝对不能说明少年搜索队能力不足。这些勇敢的少年，在今后的活动中也许还会有更加精彩的表现。

明智侦探仍然下落不明，可是距离可怕的博物馆袭击日期——十二月十日已经越来越近了。警视厅的警察们如芒在背、坐立不安。由于怪盗在预告信上指明要偷的东西都是国宝，所以搜查长以及负责跟进二十面相案件的中村组长等人，都因过度焦虑而消瘦了不少。

可是就在十二月八日，竟然再次发生了一件轰动的大新闻。在当天的《东京日报》社会版，刊登着一则十分引人注目的报道。那是二十面相的投稿。

《东京日报》虽然不是怪盗的专属报社，但是收到了制造骚动的罪魁祸首——二十面相本人的投稿，报社自然不敢怠慢。于是立刻在社内召开编辑会议，并决定将二十面相的投稿内容全部公开。

这是一篇很长的文章，内容大致如下：

> 我之前虽然已经在预告信中宣布会在十二月十日袭击博物馆，但我想如果将时间指定得更加准确，更能凸显我的实力。因此今日在各位东京市民的面前，我郑重宣布行动的准确时间。
>
> 十二月十日下午四点。
>
> 请博物馆馆长与警视总监提前做足防范措施。戒备越是森严，我的冒险行动将会更加绽放绚丽的光彩。

难以置信，世界上竟然会有这种事！仅仅是预告作案日期，就已经足够显示其胆大妄为、无法无天了，现在居然还光明正大地宣布具体作案时间，甚至还狂妄地向博物馆馆长和警视总监进行挑衅！

看了这篇报道的市民们个个惊恐万状。就连之前将博物馆袭击事件当成哗众取宠的笑话来看的人，这会儿也都笑不出来了。

当时的博物馆馆长是史学界的泰斗级人物——北小路文学博士。就连这位地位显赫的老学者，也不得不认真看待怪盗发出的预告，特意前往警视厅与警视总监商讨防范措施。

事情还不仅如此。二十面相的事情甚至一跃成为国务大臣们内阁会议的话题。尤其是总理大臣和法务大臣，甚至单独召见警视总监，为他激励鼓劲儿。

在不安的阴云笼罩中，终于还是迎来了十二月十日。

帝国博物馆方面，从一大早开始就以馆长北小路老博士为首，加上三名组长、十名书记、十六名守卫和勤杂工全部出勤，并按照事先的部署，各自来到了自己的岗位上。

不必说，这天的博物馆自然是大门紧闭、谢绝参观。

警视厅方面，由中村组长亲自挑选了五十名警官编成队伍，分别守在博物馆的正门、后门、墙壁周围、馆内的各处重点防范场所，将整个博物馆围得水泄不通。

才刚刚下午三点半，就已经感受到博物馆周边非同凡响的警戒阵势。

载着警视总监、刑事部长以及其他警员的大型警车已经抵达。警视总监心急得如热锅上的蚂蚁，坐立不安，于是亲自上阵把守博物馆。

总监带领部下在视察了馆内馆外的警戒情况后，前往馆长室与北小路博士见面。

"竟然还要劳烦您亲自出马，真是诚惶诚恐。"

老博士向总监打过招呼后，总监尴尬地笑了笑。

"说来惭愧，我也实在是放心不下。就为了这么一名盗贼，把整个东京搅得天翻地覆，真是警界一大耻辱。自我进入警视厅以来，还从来没有受过这种屈辱。"

"哈哈哈……"老博士有气无力地笑了笑，"我也一样啊，都这把年纪了，还被那个乳臭未干的毛贼搞得整整一周都不敢合眼，都快得失眠症了。"

"现在只剩下不到二十分钟了。我说，北小路先生，在这短短二十分钟内，突破重重森严的包围圈，然后将这么多美术品全部盗走，我想就算他是个魔法师，恐怕也难如登天吧？"

"不知道。我也不知道什么魔法师，我只希望能够尽快度过四点。"

老博士的语气中带有一丝不悦。现在的这种情况下，就连与二十面相相关的事情都会让他感到火冒三丈。

室内的三个人暂时陷入了沉默，一个劲儿地盯着墙上的时钟。

身穿镶着金丝的制服、威严感十足、体格健硕如格斗选手的警视总监，与中等身材、蓄着整齐八字胡的刑事部长，身穿西装、白发白髯又清瘦的北小路博士，三人分别坐在一张安乐椅上焦急地眺望着时钟时的气氛，与其说是凝重，倒不如说是一种怪异的、不合时宜的光景。就这样压抑地过了十几分钟，刑事部长终于忍受不住沉默的煎熬，抢先开了口：

"也不知道明智老弟到底是怎么回事？我跟他之间的交往已经很久了，真的是太奇怪了。按照以往的经历来看，他根本不会犯下这种失误啊。"

总监听后，扭过健硕的身体回过头去，看着部下的脸正色道：

"你们总是明智、明智的挂在嘴边，搞什么偶像崇拜，这一点我实在无法苟同。就算他再有能力，也不过是一介私家侦探罢了，又能办成多大的事呢？之前他不是还大言不惭地说什么要独自逮捕二十面相吗？这下好了吧，这次的失败应该可以给他一点教训了。"

"可是，从明智以往的功绩看来，我觉得话也不能说得太早。刚才我还在外面和中村说起，在这种时候，要是有他在就好了。"

刑事部长的话音未落，馆长室的门突然悄无声息地开启了，一个人出现在门口。

"明智在此。"

来人嗓音洪亮、面带微笑。

"啊！是明智老弟！"

刑事部长激动得直接从椅子上蹦了起来。

来人身穿笔挺、合身的黑色西装，头发乱蓬蓬的，的确是明智小五郎本人。

"明智老弟，你怎么会在这里……"

"这个问题不重要，现在有件更要紧的事。"

"没错，我们一定要保护好美术品，不能让它们落到怪盗手中。"

"不，已经晚了。你看，预告的时间已经过了。"

听了明智的提示，馆长、总监、刑事部长一齐抬头望着墙上的电子挂钟。分针的确已转过十二了。

"咦？照这么说，二十面相不过是吓唬人的？博物馆内现在毫无异状啊！"

"对，一定是这样。预告的四点已经过了，而那家伙根本没有办法得手。"

刑事部长大声叫喊起来，仿佛高奏胜利的凯歌一般。

"不，怪盗的确履行了诺言。这座博物馆其实已经被盗空了。"

明智语气凝重地说道。

狼狈的名侦探

"你、你在胡说些什么啊？根本没有任何物品失窃！我刚才亲自检查过所有的陈列室。而且博物馆的四周还有五十名警员严阵以待，你以为警视厅的警察都是瞎子吗！"

警视总监怒气冲冲地瞪着明智并咆哮着。

"可是，二十面相再次施展了魔法，美术品的确已经被他盗光了。如果不相信的话，我们一起去确认一遍吧？"

明智平静地回答道。

"你说美术品真的被盗了？好，那我们就一起再去确认一遍。馆长，为了验证他说的是真是假，我们就先去陈列室看看吧。"

警视总监也认为明智再怎么样也不会无中生有，于是觉得有必要再行检查一下。

"我也赞同。那么北小路先生，请您也一起来吧。"

明智对着白发白须的老馆长微笑了一下，然后催促他赶快带路。

四人出了馆长室，沿着走廊进入主楼的展览厅。明智搀扶着年迈的北小路馆长走在最前面。

"明智老弟，你不会是在做梦吧？根本就什么都没有丢啊！"

刚进入展览厅，刑事部长就大喊了起来。

正如部长所说，玻璃展柜中好好地陈列着一排国宝级的佛像，确实没有丢失任何东西。

"你是说这个吗？"

明智意味深长地望着刑事部长，然后指着一个佛像展柜，对站在旁边的守卫说道：

"把这个玻璃门打开。"

守卫并不认识明智小五郎，但是馆长和警视总监都在场，所以服从了他的命令，立刻用自己身上的钥匙开了锁，"咯噔、咯噔"地拉开了大大的玻璃门。

玻璃门打开后，奇怪的事情发生了。

明智侦探简直像疯了一样，走进了宽敞的展柜中，又向其中一尊最大的古代木雕佛像走去，然后一下子将佛像上那庄重、美丽的手臂给掰断了。

他的动作十分干脆利落，在场的三人惊得目瞪口呆，甚至忘记了上前阻止，大眼瞪小眼地看着明智侦探将展柜里的其他国宝级佛像一个接一个三下五除二地分解得稀巴烂，一转眼间已经有五尊佛像遭了殃。

有的被折断了手臂，有的被拧掉了头部，还有的被扯掉了手指，场面一度十分血腥。

"明智老弟，你在做什么！快住手！还不快停下！"

明智并不理会警视总监与刑事部长异口同声的怒吼，他敏捷地跳出了展柜，又像刚才一样走到老馆长的身边，握住他的手笑了起来。

"喂，明智老弟！这究竟是怎么回事？你做得是不是太出格了？这些可都是博物馆中最珍贵的国宝啊！"

刑事部长的脸涨得通红，他高举着双手挥舞着，好像下一秒就要扑到明智身上一样。

"哈哈哈……这些是国宝吗？你的眼力未免太差了。你仔细看看，好好地观察一下刚才我折断的那几个佛像的断面。"

明智那信心十足的语气一下子点醒了刑事部长，他赶紧走近佛像，仔细观察着折断后的断面。

在佛像的脖子和手臂的断面处，竟然露出了新鲜的白色新木，和经过时间沉淀后外观已经变得发黑的古老色调形成鲜明对比。奈良时代的雕刻作品，绝不可能是如此新鲜的木材。

"这么说，这尊佛像是赝品吗？"

"是的。只要你们懂得一点美术鉴赏常识，根本不用我掰断它们，也能一眼看出这些是赝品。这些都是用新木材做出的仿造品，只是在外侧涂上涂料做出古朴的感觉而已。只要找个专门制造仿造品的工匠，根本不费吹灰之力。"

明智平心静气地说道。

"北小路先生，这到底是怎么回事？帝国博物馆的展品怎么全都是仿造品呢……"

警视总监质问着老馆长。

"这不可能，简直令人难以置信。"

被明智搀扶着的老博士茫然地站在那里，惊恐万状地回答着。

这时，三名馆员听到奇怪的声响后急忙赶来。其中一个是一位组长，他是一个古代美术品的鉴定专家。他看了一眼散落满地的佛像残骸，立刻发现了关键问题所在，并高声叫嚷起来。

"啊！这些怎么全都是仿造品？这太奇怪了，真正的国宝直到昨天为止都还好好地放在这里，昨天下午我还进过这个展柜，绝对错不了！"

"也就是说直到昨天为止都还是真品，到了今天却突然变成了赝品？怎么会有这样的事？这到底是怎么一回事？"

警视总监一脸难以置信的表情，目光在众人的脸上扫来扫去。

"你还没有反应过来吗？也就是说，这座博物馆已经成了一具空壳子了。"

明智说完，用手指着其他的展柜。

"你、你说什么？你的意思是……"

刑事部长震惊地大叫起来。

之前的那个馆员听懂了明智话里的意思，立刻快步走向另一个展柜，并把脸贴在玻璃上，对着挂在里面已经泛黑的几幅佛像画作检查了一会儿，然后大喊了起来。

"天啊，这个也是，还有这个、那个……馆长！馆长！这里面的画全都是假的！全部都是赝品！"

"快去检查其他的展柜！快！快点！"

不等刑事部长下令，三名馆员早已大惊失色地一边叫嚷着，一边对着各个展柜逐一反复查看。

"是赝品！这些最珍贵的美术品，全部都是仿造品！"

接下来，他们又手脚并用地跑到楼下的展厅，过了一会儿，他们回到二楼时，馆员的人数已经增加到了十几个，而且每个人都气得满面通红、愤慨不已。

"楼下也是同样的状况。剩下的都是一些价值不高的东西。只要是有些艺术价值的全部都被调了包……可是馆长,这真的是太不可思议了,刚才我和大家确认过,每个负责人都拍着胸脯保证,昨天下午检查的时候的的确确全都是真品,没想到只过了一天,大小上百件美术品,竟然像被施了魔法一样全部都变成了赝品!"

馆员气得直跺脚,愤恨不已地大叫着。

"明智老弟,我们好像又被那家伙给摆了一道。"

警视总监回过头望着名侦探,一脸沉痛的表情。

"没错。博物馆的确已经遭到了二十面相的洗劫。我一开始就已经提示过大家了。"

在这些人当中,只有明智完全没有惊慌失措,嘴角甚至还挂着一丝笑意。

他一直紧紧地握着经受了巨大打击、连站都站不稳的老馆长的手,好像是支撑着他一般。

真相大白

"可是我们实在是无法理解。要在短短一天之内就将那么多美术品调包,人力是完全办不到的。当然,只要事先伪装成前来参观的美术系学生,然后将图形绘制下来,倒也可以制作出仿造品。可问题是该如何进行调包?我实在是搞不清楚。"

馆员就像遇到一道难解的数学难题一样,歪着头冥思苦想着。

"到昨天傍晚为止,摆在这里的的确都是真品吗?"

警视总监发问后，馆员们信心十足、异口同声地回答道：

"这是肯定的，绝没有错。"

"那也就是说，二十面相和他的同伙是在昨天半夜悄悄潜入这里的？"

"不，这是不可能的。昨夜无论正门、后门还是围墙附近都有大批警察通宵把守；馆长和三名值勤的馆员一直看守着馆内，他们要如何突破防守如此森严的警戒网，并将大量的美术品带进带出呢？这根本不是常人所能够办到的。"

馆员依然坚持己见。

"我不明白，真是太不可思议了……不过话说回来，二十面相那家伙早就偷偷地用赝品调了包，根本不像他之前吹嘘得那样大义凛然。他之前发表的犯罪预告信，还有那个十号下午四点行动的通知，根本就是虚张声势！"

刑事部长感觉一群人被怪盗耍得团团转，因此十分气愤，语气中也带有明显的蔑视。

"可是，这还真就不是虚张声势。"

明智小五郎简直像在为二十面相辩解一般，他从一开始就一直握着老馆长北小路博士的手，好像关系十分要好似的。

"嗯？不是虚张声势？这话是什么意思？"

警视总监不解地望着名侦探，疑惑地问道。

"请看看那边。"

明智向窗边走去，用手指着博物馆后身的空地。

"怪盗必须等到十二月十日才能动手的秘密就在于此。"

早在博物馆成立的时候，那块空地上就建起了一座供馆员值夜班时休息用的日式建筑，但是现在已经不再使用了。就在数日前，这里开始进行房屋的拆除工程，现在已经基本结束了，只剩下一地的旧木材和屋顶瓦片，堆得满地都是。

"那里不是正在进行房屋拆除吗？这件事与二十面相的阴谋又有什么关系？"

刑事部长疑惑不解地看着明智。

"你马上就会知道其中的关联性了。哪位可以替我给楼下的中村组长带句话，让他立刻把今天白天看守后门的警员带到这里来。"

接到明智的指令后，虽然众人不明就里，但还是有一名馆员飞快地跑下楼去，不大一会儿便带着中村组长和一名警员回来了。

"白天守在后门的就是你吗？"

明智见到警员以后立刻发问。由于当着警视总监的面，警员显得十分恭敬，保持着立正不动的姿势回答道：

"是的。"

"那么，今天正午到一点之间，你应该看见过一辆卡车从后门驶出去了吧？"

"您问的是那辆装满拆除的旧木材的卡车吗？"

"没错。"

"是的，那辆卡车确实从后门开出去了。"

警员一脸茫然的表情，不知道明智为什么询问满载旧木材的卡车。

"我想各位应该已经都明白了，这就是怪盗施展的魔法的真相。因为上面装载的全都是废屋的旧木材，而实际上全部都是失窃的美术品。"

明智环视着众人，揭晓了所谓魔法的真相。

"也就是说，怪盗的手下混进了进行房屋拆除工程的工人中间吗？"

中村组长眨着双眼问道。

"是的。也许不仅仅是混在里面，那些工人很可能全部都是他的手下。二十面相早就已经做足了万全的准备，为的就是等待这个绝佳的机会来临。我记得房屋拆除工程应该是从十二月五日开始的，而这个拆除工程的进行日期应该早在三四个月前就已经通过相关人士定下来了。按照时间推算，十号的时候正好是运走那些陈旧木材的日子。他之所以宣布十二月十日下手，就是因为他已经提前知道了搬运木材的时间。另外，在下午四点，所有真正的美术品已经全部顺利地被运到怪盗的老巢，就算被人发现博物馆里剩下的全是赝品，也早已无济于事了。"

这真的是一起策划得精妙绝伦的阴谋。在二十面相的魔法中，隐藏着远远超乎普通人想象的周密部署。

"可是明智老弟，就算他可以用那种手段将东西运走，但贼人们是如何进入展览室，又在什么时候将真品调包的，这个谜团还是没有解开啊。"

刑事部长似乎仍然不太相信明智的推理。

"调包是在昨天夜里进行的。"

明智继续解释道，他的语气中好像有十足的把握。

"怪盗的手下们伪装成拆除房屋的工人，每天来这里工作时，都会带一些伪造的美术品进来。然后他们把画卷成细细的一条，把佛像分解成手、足、头、躯干，又分别藏在草席里和工具一起带进来，这样就不会引起别人的怀疑了。因为所有人都在戒备东西是否被偷出去，根本没人怀疑有人会把东西带进来。最后，他们把赝品全部藏在一堆拆解下来的旧木材中，等到夜深人静再行动。"

"可是，谁有能力将它们拿到展览室并调包呢？工人们到了傍晚已经全部都回去了，就算还有偷偷藏在馆内的，那他要如何潜入展览室呢？毕竟一到晚上展览室的出入口就全部封锁起来了，而馆长和三名值班人员一夜未睡，整夜监视着馆内。要在他们几个的眼皮子底下将那么多国宝调包，这实在是不可能完成的任务。"

一名馆员提出了合情合理的疑问。

"说到这里，怪盗又采取了一个非常胆大妄为的手段。昨天晚上值夜的三名馆员今早应该已经都回家了吧。请你们现在就给那三人家里打电话确认一下，问问他们有没有到家。"

明智又抛出了一个奇怪的谜团。三名值夜人员的家里都没有安装电话，不过可以打电话到他们家附近的商铺去，然后再请他们帮忙确认。一名馆员立刻前去打了电话，结果那三名馆员从昨晚出勤之后就再也没回过家。但是他们的家人以为现在正处在事件的关键时期，他们早上仍然留在馆内加班，所以并没有当回事。

"三人从离开博物馆到现在已经过了八九个小时，可是他们三个人竟然没有一个回家，这不是太奇怪了吗？他们昨夜通宵执勤应该已经很辛苦了，不太可能下了班后四处闲逛。他们直到现在都没有回家的理由，我想各位应该能够明白。"

明智的目光再次从众人的面孔上环绕一周，然后继续说了下去。

"很简单，因为他们三人已经被二十面相的手下给绑架了。"

"什么？被绑架？是什么时候被绑架的呢？"

一名馆员惊讶地大叫起来。

"他们在昨天傍晚为了值夜班，刚走出家门的时候就已经被绑架了。"

"什、什么？昨天傍晚？那昨晚在这里守夜的三个人……"

"是二十面相的手下。真正的馆员被送到怪盗的老巢关了起来，怪盗的手下则代替他们来博物馆值夜班。多么讽刺啊，负责看守宝物的竟然是一群盗贼。用仿造的美术品将真品调包，自然不费吹灰之力。"

"各位，这就是二十面相的作案手法。虽然听起来不像是普通人能够办到的事情，但其实只要稍微动动脑筋，还是能够轻松办到的。"

明智侦探一边夸奖着二十面相头脑的机智，一边将一直握着的馆长北小路老博士的手腕捏得生疼。

"什么，原来那几个是怪盗的手下啊！我真糊涂，竟然没能看破！"

老博士由于极度愤怒与羞愧，花白的胡须不停地颤抖着。他的眼梢吊起、面色苍白，看上去怒不可遏。可是，为什么老博士没能看破那三个馆员是他人乔装的呢？要是二十面相本人的话的确让人无从分辨，可如果说就连他的三名手下都有这个本事，能乔装改扮得瞒过馆长的双眼，这简直是不可能的事情。以北小路博士的精明头脑，怎么会这么容易就被蒙混过关呢？这是不是有些反常了呢？

逮捕怪盗

"可是，明智老弟。"

明智侦探刚一解释完毕，警视总监就立刻抢着发问。

"你怎么会如此详细地知晓二十面相盗窃美术品的过程呢？你毕竟不是二十面相本人，这些也只不过是你的推测吧？难道你已经掌握了一些确切的证据？"

"上述所说的当然不是凭空推测。二十面相的手下将这些秘密全部告诉了我，我也是刚刚才知道的。"

"什、你说什么？你遇到二十面相的手下了？到底在哪里？你是怎么遇到的？"

这突如其来的重磅炸弹，使警视总监也大为震惊。

"我是在二十面相的老巢里遇到的。总监阁下，你应该知道我被二十面相绑架的事情吧？无论是我的家人或所有市民都是这样想的，而报纸也是这样报道的。但其实那只不过是我的一个计策。我不但没有被绑架，反而还和他们一起行动，并且协助他们绑架了某位相关人物。

"去年的某一天，有一位十分特别的志愿者前来拜访我，希望我能收他为徒。我一看到那个人着实吃了一惊，甚至怀疑自己的面前竖起了一面大镜子。那个想拜我为师的志愿者，无论从身材、长相甚至这一头蓬乱的头发，几乎与我一模一样。那个志愿者提出在必要的时候可以充当我的替身，所以希望我能够雇用他。

"我没有跟任何人透露过这个秘密，于是雇用了他，并将他安置在某处居住，结果在这次事件中派上了大用场。

"那天我出门后直接去了他的秘密住处和他对调了服装，然后让他乔装成我先回到事务所。过了一段时间，我自己再乔装成流浪汉赤井寅三来到了明智事务所，并在门廊处和自己的替身表演了一场激烈的格斗。

"这一幕被怪盗的手下看到，于是完全相信了我。他知道我对明智怀着深仇大恨，便拉拢我成为二十面相的手下。就这样，我协助他们绑架了我自己的替身，得到了他们的信任，并成功地打入怪盗的老巢。

"话说回来，二十面相那家伙做事十分谨慎，我虽然已经成了他们的同伙，但他只让我做一些宅子里的工作，而且不允许我离开宅子一步。关于盗取博物馆美术品的计划，自然也不会向我透露半句。

"终于到了作案的当天，我稍稍改变了一下策略，静静地等待着下午的来临。然后，到了下午两点左右，地下室的门打开了，乔装成馆员的怪盗手下们各自抱着珍贵的美术品，一个个地走进地下室。他们搬运来的自然是博物馆的失窃品。

"我在地下室里面看家时已经备好了酒菜。然后我就举杯向立了大功的冒牌馆员以及与我一同看家的伙伴们敬酒。这些盗贼们沉浸在大功告成的喜悦中，每个人都卸下了包袱以酒庆功。过了三十分钟左右，他们一个接一个地昏了过去，最后所有的人都昏迷不醒了。

"你们一定想知道原因吧？答案其实很简单，我从盗贼的药品室里取出了麻醉剂，然后事先掺在了酒里。

"他们昏迷之后我立刻离开了那里，跑到附近的警局说明了事情的经过，让他们没收贼窟地下室里的所有赃物，将二十面相的手下全部逮捕。

"各位现在可以欢呼庆祝了。帝国博物馆的美术品、那位可怜的日下部老人的美术之城的宝物、二十面相至今为止盗走的所有物品已经尽数找回，即将一一完璧归赵。"

明智进行的长篇演说，使众人听得如痴如醉。名侦探果然不负众望，实现了自己当初许下的诺言，以一己之力查出盗贼老巢的所在，并成功找回了所有被盗的宝物，而且还将贼窟里面的盗贼们一网打尽。

"明智老弟，干得好！太漂亮了！是我一直低估了你的能力。在这里我需要正式向你表达最真诚的谢意。"

警视总监快步走向名侦探，激动地握住他的左手。

可是为什么握的是明智的左手呢？那是因为只有他的左手是得空的。那只右手，到现在为止都还紧紧地握着博物馆老馆长的手呢。这实在令人有些费解，明智为什么要一直握着老博士的手不放呢？

"那么，二十面相那家伙也喝了掺了麻醉剂的酒昏迷过去了吧？你刚才一直强调那些手下们的事情，二十面相的名字却一次也没提到过，该不会是让他给跑了吧？"

中村组长突然想到一个关键的问题，一脸担忧地问道。

"不，二十面相并没有回到地下室。可是，我的确已经抓住他了。"

明智的脸上仍然挂着那招牌式的微笑。

"他在哪？你是在哪里抓到他的？"

中村组长急切地问道。包括警视总监在内的其他人也齐刷刷地盯着名侦探的脸，等待着他的回答。

"就在这里抓到的啊。"

明智平静地回答道。

"在这里抓到的？那么，他现在在哪里？"

"就在这里啊！"

咦？明智到底在说什么呢？

"我说的是怪盗'二十面相'。"

中村组长一脸疑惑的表情。

"我说的也是怪盗'二十面相'啊！"

明智像鹦鹉学舌一般重复了一遍。

"请你不要再打哑谜了。站在这里的全都是我们熟悉的人，难道你是想说二十面相就躲在这个屋子里？"

"是的，是这个意思。我现在就给你看一看证据吧。不好意思，楼下的会客室中有四位客人等在那里，麻烦下去一位，帮我把他们请上来好吗？"

明智又提出了一个出人意料的请求。

一名馆员赶紧跑下了楼。不大一会儿，就从楼梯处传来一阵杂乱的脚步声，上了楼的那四名"客人"，一同出现在众人面前。

他们一出现，所有在场的人都不禁"啊"的一声惊呼起来。

那四人中站在最前面的白发白髯的老绅士，不正是北小路文学博士吗？

其余的三个人都是博物的馆员，也就是从昨晚起至今下落不明的那三个人。

"这几位是我从二十面相的老巢里面救出来的。"

明智向大家说明。

可是这到底是怎么一回事？为什么会有两个北小路博士呢？

一个是刚刚从楼下会客室上来的，而另一个是被明智握着手握了一路的北小路博士。

这两名老博士无论是服装还是长相都一模一样，他们大眼瞪小眼地望着对方。

"各位，这下你们亲眼看见二十面相的易容术是何等高明了吧？"

明智侦探话音刚落，突然将一直握着的老人的手扭到身后，又将对方按倒在地板上，然后将他的白色假发和白胡子一把扯了下来，露出了藏在下面的乌黑头发和光滑的皮肤。这名年轻的男子自然就是真正的二十面相。

"哈哈哈……二十面相老弟，你一直忍耐得很辛苦吧？你的秘密一个接一个地暴露在光天化日之下，你不但没有办法阻止，还必须得装作若无其事的样子。就算想逃走，可是这里这么多人，你也无法脱身。而且最重要的是，我的手像一副手铐一样紧紧扣住了你的手腕。可能你的手腕都有些发麻了吧？不好意思，我这样做是不是太欺负你了？"

明智一边看着低头不语的二十面相，一边同情地安慰着他，可是语气中却带有一丝嘲讽。

不过，乔装成馆长的二十面相，为什么不赶快逃离现场呢？既然昨晚已经达成目的，如果尽快带着那三名假冒的馆员一起离开，就不会落到这种地步了。

可是，这就是二十面相的尊严。他并没有选择逃离，而是继续悠闲地留在作案现场，这本来就是二十面相的作风。他是想看到当警方发现博物馆里的美术品全部被调了包之后，脸上那震惊和懊恼的表情。

以二十面相独特的冒险精神来看，如果明智没有出现，那么他就会以馆长的身份在下午四点钟假装发现美术品失窃，让大家大吃一惊。可是他聪明反被聪明误，结果造成了难以弥补的失误。

明智侦探猛地转身，面向警视总监行了一礼，语气严肃地说道："阁下，怪盗二十面相已拘捕到案。"

这出人意料的结果令众人目瞪口呆，傻傻地站在那里好半天回不过神，甚至连语言能力都失去了。过了好一会儿，中村组长才一拍大腿，大步上前去，用事先准备好的绳子将二十面相的双手反绑在身后。

"明智老弟，太感谢你了。多亏有你的帮忙，我才能够真正用警绳捆住这个作恶多端的二十面相。我从来没有像今天这样高兴过。"

中村组长的眼中闪烁着感激的泪光。

"那么，我现在就把这个家伙带走，让守在门口的同僚们也好好高兴高兴……二十面相，给我站起来。"

中村组长拉着垂头丧气的怪盗，向众人打了个招呼后，和之前站在一旁的巡警一起匆匆地下了楼。

博物馆的正门处聚集着十几名警察，当他们看到中村组长牵着反绑双手的二十面相从建筑物的正门走出时，争先恐后地跑到上司的身旁。

"各位，我要宣布一个重大的喜讯！在明智先生的大力帮助下，二十面相终于落网了！这家伙就是盗贼首领'二十面相'！"

中村组长自豪地宣布道。警察们之中顿时爆发出一阵阵欢呼声。

二十面相本人可就高兴不起来了。他这次终于在劫难逃，不但没有心思像往常一样展露笑容，只能一脸沮丧地垂着头，连抬头的力气都失去了。

接着，警察们将怪盗围在中间，簇拥着走出了正门。门外有一片像公园一样繁茂的树林，树林的尽头停着两辆警车。

"过去一个人，叫一辆车子过来。"

接到上司的命令后，一名警察立刻手握警棍跑了过去。众人的视线追逐着他的背影，落在远处的警车上。

警察们看到怪盗神情沮丧的模样，都放松了警惕，连中村组长都一时被警车分了神。这一刻，众人的目光正好不在怪盗身上，这对怪盗来说正是千载难逢的脱身机会。

二十面相咬紧牙关、使出了全身的力气，猛地挣脱了中村组长手中紧握着的绳子。

"啊！站住！"

当中村组长反应过来并大声喝止时，怪盗已经像离弦的箭一般冲到十米之外了。他的双手仍然反绑在身后，就这样撞撞跌跌地冲进树林中。

在树林的入口处，有十名正在散步的小学生，他们停下了脚步朝这边张望着。

二十面相自然觉得这一群小鬼头十分碍事，可是要逃出这里，这片树林是必经之路。于是他心想，不过是一群小孩子而已，只要看到自己凶恶的表情，一定会吓得四处逃窜。就算站在原地没有躲开，直接一脚把他们踢开就好。

在这一瞬间怪盗已经作出了决定，于是不假思索地朝那群小学生冲了过去。

可是二十面相再一次失算了。那群小学生不仅没有逃走，反而大喊了一声，冲着怪盗扑了过来。

各位读者一定已经猜到，这群小学生正是以小林芳雄为首的少年侦探团。少年们已经围着博物馆绕了很久，一直在摩拳擦掌，等待着机会伺机帮忙。

小林少年跑在最前面，他像一颗出了膛的子弹，抢先对着二十面相冲了上去。紧接着是羽柴壮二，在他后面的其他团员也一个接一个地冲了上去……他们一个一个地叠在怪盗身上，原本双手被反绑的怪盗，立刻摔倒在地，被压得动弹不得。

这一次，二十面相是真的束手无策了。

"啊，谢谢你们！你们真是勇敢的孩子！"

随后赶来的中村组长向少年们道了谢。他们这次再也不敢放松丝毫警惕，组长和手下的警察合力押送着怪盗，并将他送上了正好开到跟前的警车上。

这时，一名身穿黑色西装的绅士下了车。是明智侦探听到了附近骚动不已，于是赶忙跑来察看。小林少年一眼就看到了老师的身影，一边惊喜地大声喊叫着，一边大步跑到老师身旁。

"是小林啊！"

明智侦探也不禁呼唤着少年的名字。他张开双臂，紧紧抱住了迎面跑来的小林。这是多么美好、自豪的一幕啊！这对亲密无间得令人羡慕的师徒，通过合作终于亲手抓住了怪盗。他们在确认了对方的平安后，相互慰问并为对方感到骄傲。

站在一旁的警察们也被这感人的一幕所打动，他们满面笑容，同时感慨万分地凝视着这对师徒。至于少年侦探团的十名小学生，早已抑制不住激动的心情，也不知道谁先起了头，大家随后也跟着高举双手，然后用清脆稚嫩的声音，不停地大喊着：

"明智老师万岁！"

"小林团长万岁！"